Rodolfo Fracasso

MORTE NEL KIBBUTZ

Romanzo

Morte nel Kibbutz
© 2021 by Rodolfo Fracasso
fracasso.rodolfo@tiscali.it
Disponibile su Amazon

*A mio padre Vito,
che abita la Luce Assoluta,
e a Ercolino,
per l'ispirazione.*

PREFAZIONE

I monasteri inducono un fascino misterioso, anche senza averli frequentati.

Me ne accorsi quando ero studente universitario. Decisi di entrare nel convento di san Francesco, un giorno in cui era aperto ai visitatori.

Da tempo ero lontano dalla mia famiglia. Emozioni e sogni avevano iniziato sia a lusingarmi che a tormentarmi. Pensai di trovare risposte tra i frati.

«So cosa cerchi», mi disse un monaco seduto su una panchina di pietra, nel bosco. «Non sei venuto per curiosare tra celle, quadri e statue; pochi arrivano fin qui nella pineta, gli altri si fermano tra gli altari. Tu vuoi risposte, lo leggo nei tuoi occhi spauriti».

Mi sedetti al suo fianco.

Gli dissi che non frequentavo da tempo le chiese, e gli raccontai molte cose: dubbi, sensazioni, emozioni e sogni.

Narrai il sogno penoso di dover ancora superare l'esame di maturità, quello piacevole di scendere le scale volando, fino a quello di mio padre scomparso che, con gli occhi pieni di luce intensissima, mi ammoniva: "Tu ti impegni poco!" E mi stringeva forte la mano, in silenzio, come a farmi capire: *"Non ti posso dire altro. Fidati!"*

Il frate ascoltava impassibile, e così decisi di proseguire.

Gli dissi del tumulto di emozioni che mi prendeva nei sensi: l'odore dell'inchiostro mi dava l'ansia del compito in classe alle Elementari; il profumo dei fiori mi riportava il batticuore di un bacio furtivo o il piacere di fanciullo nello stare in chiesa protetto tra la gente, ma anche la paura della confessione col prete.

E poi, risentire alcune voci mi riportava a ricordi ora belli ora brutti; ammirare un dipinto mi deprimeva o mi dava gioia; ascoltare la musica, a seconda del genere, mi induceva la nevrosi del ritornello ossessivo o la quiete dell'anima appagata.

«Mi sento un granello impazzito del Caos che ha generato il Mondo, tra atomi di carbonio e reazioni chimiche», sintetizzai.

Il monaco fissava una statua della Madonna in una nicchia di pietra davanti a lui.

Poi prese tre sassi, li tenne nel palmo della mano, strinse il pugno e, aprendolo, li fece rotolare sul viale.

«Non c'è atomo di carbonio che tenga, non può muoversi da solo, è lo Spirito che dà la vita a tutto, come la mia mano ha animato i tre sassi. Tu sei parte del Mondo che lo Spirito ha voluto. Quello che ti accade lo consideri opera del Caos perché non distingui tra Sogno Confusione e Sogno Guida, e lo stesso ti succede per le emozioni».

E ancora mi disse che i Sogni Confusione non hanno valore: posso spiegarli per curiosità, ma servono al Demonio per distrarre l'attenzione dai Sogni Guida.

«E le emozioni?», insistetti.

«Ignorale e conserva solo quelle che ti portano verso l'Alto. Ti servono per incidere la tua Matrice Personale, quella che ti farà pensare e realizzare il Bene, ma vigila che non si incida dalla parte sbagliata, quella del Male».

«E come faccio?»

«Segui il Sogno Guida, quello di tuo padre, lui è nella Luce Assoluta», aggiunse, prima di scomparire tra gli alberi.

Da allora penso a mio padre e alle sue parole di sempre, spesso trascurate.

I figli sono convinti di appartenere a generazioni diverse e di non aver bisogno di nessuno. Poi i sogni e le emozioni danno loro una scossa, come a un albero per far cadere i frutti marci. E allora bisogna conservare i frutti buoni rimasti.

Al mio albero di oggi, uno di questi è mio padre.

Tra le sue parole trascurate c'è il racconto su un giovane conosciuto durante l'ultima guerra: un musicista ebreo che, dentro di sé, sentiva tanto la musica da rimanerne talvolta stordito.

Ricordandolo, ho ripensato alla mia giovinezza.

Ho sentito simpatia verso di lui, e ho provato a immaginare la sua storia.

Eccola.

La musica è il mediatore
tra lo spirituale
e la vita sensuale

(Ludwig van Beethoven)

I

La morte

L'uomo giaceva esanime, riverso sulla sabbia, accanto alla chiglia della barca arenata. Il breve tratto di costa che i pescatori chiamavano Rena, era diventato il teatro di una tragedia.

«Yermi, amico mio!», urlò Shimon, giunto di corsa. E lanciò uno sguardo disperato verso l'ebreo che s'era precipitato per avvertirlo.

Non si perse d'animo e girò supino quel corpo.

Aveva il volto paonazzo e bagnato, gli occhi senza vita e la bocca semiaperta. I capelli erano impastati di salsedine e sabbia. Le onde gli lambivano le scarpe, prima di scomparire nella risacca.

Gli passò il fazzoletto sul viso, gli allargò la camicia e la cintura dei pantaloni, e continuò a chiamarlo per nome.

Non ottenne risposta.

Lo sollevò per le spalle, ma la testa rimase reclinata all'indietro.

Capì.

La disperazione s'impadronì di lui.

Si abbandonò a un pianto dirotto, stringendo l'amico tra le braccia.

Shimon Bejlin aveva ventisei anni. Alto e robusto, occhi chiari e capelli castani, volto punteggiato da peluria incolta, faceva parte dei settecento ebrei, in fuga dalla guerra, rifugiati nel *Displaced Persons Camp* numero 39. Uno dei campi profughi del Salento dove un mese prima era giunto con la madre. Era un dirigente del *Kibbutz Bétar* il cui capo era proprio Yermi, trovato senza vita.

Giunsero sul posto il dottor Maier e Hamlander, il comandante del Campo. Il medico fece le manovre per rianimarlo.

«Ha le pupille dilatate, il cervello è rimasto senza ossigeno da troppo tempo, ci ho provato, ma... è morto, non c'è più niente da fare!», si arrese anche lui.

«Ma com'è successo?», singhiozzò Shimon. Negli sguardi angosciati di chi gli stava intorno non trovò risposte.

Maier iniziò a ispezionare il corpo. Sulla nuca c'era un arrossamento, un'ecchimosi vasta.

«Qui c'è la frattura della base cranica... è stata una fine rapida... probabilmente un incidente... mentre remava», sentenziò rivolto verso Hamlander, che aggiunse: «Vado ad avvisare i carabinieri in Città. É mio dovere».

Il medico e il comandante consolarono Shimon e assicurarono che s'era fatto tutto il possibile.

Quindi si allontanarono, mentre altri ebrei giungevano.

A ciascuno il giovane, affranto, riferì quel poco che sapeva.

Ordinò a uno di loro di chiamare il rabbino, perché a lui bisognava comunicare il decesso e fargli guidare il rito funebre.

Da parte sua aveva altro da fare: non si dava pace e voleva capire cosa fosse accaduto.

Per ispezionare l'imbarcazione, ancora carica di mercanzie, bisognava attendere i carabinieri della Città, a quattro chilometri di distanza. Shimon approfittò dell'attesa.

S'accorse che il pagliolo dell'imbarcazione era stranamente pieno d'acqua, tanto che alcuni oggetti galleggiavano. Fece portare recipienti e insieme ai suoi la svuotarono. Quindi scaricarono i pacchi e li sistemarono nella grotta custodita che s'affacciava sulla Rena, come aveva fatto Yermi tre giorni prima. E lui lo sapeva.

Ora poteva controllare la barca, pezzo per pezzo.

Era stato veramente un incidente? E come si era svolto?

Si sarebbe potuto evitare?

A tutto questo pensava il giovane, capendo di dover agire come uno dei nuovi punti di riferimento per centinaia di ebrei che, mai come in quel momento, contavano su di lui e sugli altri tre dirigenti del *kibbutz* rimasti: Isaia, Jakob e Riki.

Nel suo animo c'era un tumulto di sensazioni: dolore per l'amico morto, ansia di venire a capo dell'accaduto, paura di non reggere il ruolo di nuova guida.

Sì, perché era ciò che gli altri avrebbero richiesto, o preteso da lui. Non aveva dubbi in merito.

Ripensò alla dannata decisione di Yermi di non rinviare, ma di compiere da solo quell'ultimo sciagurato viaggio di carico e scarico. Aveva fretta di completare l'opera e in quella giornata nessun altro dei dirigenti aveva potuto aiutarlo: Riki per un mal di schiena e gli altri tre per impegni sui mercati rionali e dal Prefetto. L'allenatore Andreas Vogart, che l'aveva aiutato in altri viaggi, aveva impegni agonistici.

Shimon aveva accelerato lo svolgimento dei suoi incarichi per quanto aveva potuto, ma era tornato in tempo solo per accogliere la triste notizia.

Giunse il rabbino, trafelato, con indosso *kippah* e *tallit*.

Disperato, abbracciò Shimon. Pregò insieme agli altri.

Mestamente ricordò ai suoi le direttive per il funerale che, secondo la tradizione, si sarebbe svolto il giorno seguente.

Shimon proseguì il controllò la barca da cima a fondo, dall'esterno all'interno, dal pagliolo al fasciame, dai remi ai banchi, e soprattutto il banco del rematore, quello dove era seduto Yermi.

Dopo averla alleggerita dalle ultime cose, ecco la sconvolgente sorpresa!

Nella chiglia notò strane alterazioni: fori regolari, allineati orizzontalmente, proprio sotto la linea di galleggiamento. Da lì era entrata l'acqua che aveva bagnato i pacchi e soprattutto appesantito l'imbarcazione moltiplicando la fatica dell'amico e aumentando la trazione sui remi.

Li controllò, allora, quei remi e si accorse che quello a sinistra del vogatore era spezzato. Nella concitazione successiva al ritrovamento del corpo, questo particolare, seppur evidente, gli era sfuggito.

Yermi aveva forse perso l'equilibrio in seguito alla rottura del remo?

Aveva poi subìto un contraccolpo, in preda allo sforzo, e sbattuto violentemente la nuca sul banco dov'era seduto o sul bordo esterno dell'imbarcazione?

E quando la barca si era arenata di colpo, aveva causato la caduta del corpo sulla sabbia?

Allora era stato veramente un incidente?

E i buchi nella chiglia?

Li osservò con attenzione: erano troppo regolari, non avevano sfrangiature, erano dei cerchi perfetti. Concluse che erano stati fatti ad arte, con un apposito strumento; non potevano essere conseguenza di rotture del fasciame. Pensò tuttavia che, nella sua ricostruzione dell'accaduto, quello era un elemento isolato a smentire l'ipotesi dell'incidente.

Guardò di nuovo i remi.

Come mai uno si era rotto, pur essendo entrambi così robusti?

Certo, Yermi aveva una discreta forza nelle braccia.

Li osservò da vicino.

Impallidì.

Il remo si era spaccato in corrispondenza di una netta linea di cedimento. Qualcuno, con uno strumento sottile, aveva segato il remo per metà della sua circonferenza. E anche l'altro, che pure si mostrava integro, aveva subìto il medesimo trattamento.

Shimon decise di tenere ancora dentro di sé quanto aveva scoperto, perché l'accaduto era grave e non voleva essere precipitoso nel lanciare dubbi sull'incidente.

Intanto arrivarono i carabinieri, avvertiti da Hamlander. Li guidava un maresciallo, un certo Rizzini, un omaccione sulla cinquantina, obeso. Stava a malapena nella divisa e si muoveva con impaccio, tuttavia era conosciuto come funzionario solerte.

S'accorse che qualcuno aveva messo mano all'imbarcazione, e andò su tutte le furie.

«Incredibile! Come si può comprendere l'accaduto se la situazione dei luoghi è stata alterata? Siamo matti?» urlò a chiunque vedeva intorno.

Shimon e i suoi non si scomposero. Avevano altro a cui pensare. Garantirono di aver solo svuotato la barca per agevolare il lavoro dell'autorità inquirente. Il giovane rispose proprio così.

I carabinieri iniziarono il sopralluogo con l'ispezione della salma, della barca e del posto dove si trovavano. Interrogarono i presenti, compreso il dottor Maier – che nel frattempo era stato richiamato col comandante Hamlander – e soprattutto il pescatore che era accorso per primo notando il corpo, e aveva lanciato l'allarme.

Compilarono documenti, scrissero fogli.

«Qualcuno ha già spostato il corpo... da quanto mi dite», fece il militare rivolto ai presenti.

«Sì, ho cercato di rianimarlo, in qualche modo... e lo stesso ha fatto il medico», rispose Shimon.

Il maresciallo divenne pensieroso.

«Ho controllato ogni parte dell'imbarcazione», mormorò e, roteando l'indice in aria, prima in direzione del mare e poi della stessa barca, sembrò che tentasse di ricostruire l'accaduto o, almeno, quello che a lui sembrò fosse successo.

Fece una pausa.

Quindi sentenziò: «C'è qualcosa di poco chiaro; i remi sono stati segati, in parte».

Fu allora che Shimon prese coraggio e capì di non poter più tergiversare.

«Venga e guardi qui, maresciallo», disse il giovane, facendolo avvicinare alla chiglia.

«Accidenti! Qui qualcuno ha manomesso la barca. Sono buchi fatti a bella posta! Prima i remi, ora la chiglia... se un indizio è poco, due fanno una prova!», esclamò il militare.

Annotò qualcosa sui suoi fogli e ritirò dalle mani di Maier la perizia medico-legale richiesta in precedenza. Era quasi mezzogiorno e, nel frattempo, erano giunti anche Isaia, Jakob e Riki.

«A nome del *kibbutz* chiediamo un'indagine accurata e rapida» disse Shimon con tono solenne.

Il maresciallo non si scompose.

Tornò a soffermarsi sul corpo, più per un senso di cristiana pietà che per approfondire l'analisi dei fatti.

Scosse la testa, abbozzò un gesto con la mano, come di un saluto a un fratello sfortunato.

Sospirò.

«L'indagine... Certo, certo», annuì verso il giovane ebreo.

Quindi consultò i suoi collaboratori e confabulò con comandante e medico.

«Per noi basta così. Il corpo può essere rimosso. Quest'uomo che è venuto da lontano per morire a casa nostra, dopo tante sventure, merita la sepoltura che la vostra fede prevede», conclude.

Shimon, Riki e Isaia fecero portare una lettiga dall'ambulatorio di Maier, vi sistemarono il corpo, lo ricoprirono con un lenzuolo e iniziarono, in corteo, il mesto cammino verso Villa del Duca Guarini, dove Yermi abitava.

Non percorsero a ritroso la stradina che poco prima aveva consentito a Shimon di giungere in fretta sulla Rena.

Quello che era accaduto doveva essere portato sotto gli occhi di tutti: decisero di fare il tragitto più lungo.

Attraversarono l'intera banchina ovest del porto, quindi si incamminarono per la breve salita che immetteva sul lungomare soprastante e lo percorsero lentamente, fino alla villa.

L'edificio apparve loro nell'imponenza dei due piani e, in corteo, imboccarono il viale d'ingresso che divideva il giardino d'intorno.

Il portone in legno era stato spalancato ed entrarono nel salone centrale del piano terra. Deposero la lettiga al centro del pavimento.

Si avvicinarono i membri della *"società"* per i loro adempimenti, considerati un impegno di prestigio nel rito ebreo. Si trattava di un gruppo di persone che preparava le salme dei defunti e li assisteva fino alla sepoltura.

Il rabbino li raggiunse e tutto fu preparato per la veglia funebre.

La salma fu posta con i piedi verso la porta, con la bocca e gli occhi chiusi e il volto coperto da un foglio.

Su uno dei due lati corti del salone c'erano due divani, una *consolle* di noce e uno specchio che fu coperto, perché il defunto non vi doveva essere riflesso. Illuminavano l'ambiente la luce fioca delle candele e un lume a olio che sarebbe rimasto acceso per sette giorni, dopo la sepoltura.

Yermi non aveva famiglia e, perciò, furono i suoi amici ad alternarsi intorno al feretro nella lettura dei Salmi.

Come forma di rispetto, il defunto non doveva mai essere lasciato solo, fino alla sua deposizione nella nuda terra.

«Domani ci sarà il funerale. È giusto che ogni attività del *kibbutz* sia sospesa. Mi raccomando» disse con un filo di voce Shimon, rivolto a Isaia, Jakob e Riki, che annuirono.

Quando venne il turno degli altri di salmodiare, i quattro si spostarono all'esterno dell'edificio.

Il desiderio di raccogliere le idee li aveva portati a riflettere, in disparte.

Isaia ruppe il silenzio: «Shimon, ora tocca a te farci da guida».

Il giovane non rispose.

Pensieroso, chiuse gli occhi, respirò profondamente e, dopo una pausa, replicò: «Questa sera stessa, per radio, informerò gli altri Campi dell'accaduto».

«Sì, ma... cosa intendi fare? Qui c'è bisogno di uno che prenda decisioni», lo incalzò Riki.

«È vero, Yermi mi stimava, bontà sua...», si schermì Shimon.

«Settecento persone non sono facili da gestire, hanno bisogno di un punto di riferimento» tornò a dire Isaia, che insistette: «Te la senti? Noi tre ti vorremmo come nuovo capo, come nuovo segretario del *kibbutz*. Per questo ruolo ti proporremo alla prossima Assemblea generale, per la tua elezione ufficiale. Ci vorrà tempo per organizzarla».

«Sì, ma voi sapete dei miei problemi. Potrebbero essere nulla, potrebbero peggiorare, non l'ho ancora capito. In certi momenti mi sento fragile, in altri avverto, tutta intera, la forza dei miei anni».

«Quando il Signore incaricò il profeta Samuele di ungere il nuovo re d'Israele, del suo popolo, scelse il più piccolo e più gracile dei sette figli di Iesse!», lo incoraggiò Isaia.

Shimon scosse la testa, comprese l'ammonimento dell'amico e aggiunse: «Comunque va bene, sì, accetto. E giuro davanti a voi, il Signore mi è testimone, che non lo faccio né per il potere né per vanagloria, ma per mettermi al servizio dei fratelli!»

«Rispondi sì o no! Non hai bisogno di giuramenti né di testimoni. Il di più è del maligno!», sentenziò Riki.

«Nei momenti difficili emerge chi ha personalità», aggiunse Jakob.

«Sì. Allora farò come avrebbe voluto Yermi. Prenderò il suo posto!»

«Bene. I prossimi giorni saranno difficili, ma mostrandoci uniti anche gli inglesi ci rispetteranno di più», sottolineò Jakob.

«Sì. Ve l'ho detto, comunicherò per radio agli altri Campi e anche all'*Ojri* gli ultimi avvenimenti, comprese le vostre decisioni sul mio conto, nell'attesa di convocare l'Assemblea del *kibbutz*», precisò Shimon.

Gli altri approvarono.

Il giorno dopo si svolsero i funerali e partecipò al corteo anche la gente del Porto manifestando cordoglio e recitando preghiere. Tutti avevano il capo coperto.

Il parroco del Porto, don Francesco, nel frattempo aveva ottenuto dalle autorità che Yermi fosse sepolto nel cimitero della Città, in un settore non consacrato, poco dopo l'ingresso. Per il sacerdote non era stato difficile avere il permesso del sindaco perché gli ebrei volevano essere sepolti nella nuda terra.

Siccome per raggiungere il luogo della sepoltura bisognava percorrere quasi quattro chilometri, fu deciso di organizzare in maniera particolare la cerimonia di preparazione del corpo.

In genere, si svolgeva all'interno di un'apposita stanza, nel perimetro del cimitero ebraico, che lì non c'era.

Il corteo fece perciò tappa nella Villa del Matrimonio dove, nel frattempo, era stata portata la bara di legno. La salma fu posta in una delle stanze in cui, pochi giorni prima, si era svolta ben altra cerimonia.

Il corpo fu lavato con acqua, rivestito di un sudario bianco e del *tallit*, lo scialle di preghiera.

Non vi fu nessun passaggio nella sinagoga, considerato un luogo di vita.

Il rabbino lesse un memoriale a sottolineare le doti di Yermi e per esprimere il dolore dell'intera comunità ebraica. Recitò il *kaddish*, la preghiera di accettazione piena della volontà del Signore e di richiesta della sua misericordia.

Alla fine, in alcuni catini posti a lato della stanza, i presenti si lavarono le mani in segno di purificazione, dopo essere rimasti accanto alla morte.

Uscirono tutti sul lungomare.

Un camion attendeva col motore acceso.

Shimon, Jakob, Riki, Isaia, il rabbino e pochi altri, vi salirono caricando la bara e si diressero verso la Città.

Nel cimitero trovarono pronta la fossa. Ve lo deposero e ciascuno dei presenti gettò tre vangate di terra, a indicare il rispetto per il morto. Sulla tomba fu posata una pietra, secondo la tradizione, e quindi piantata un'asse di legno con nome e cognome, perché il rito ebraico non prevedeva lumini né fotografie.

Tutto finì, e il camion fece ritorno al Porto.

II

Il matrimonio

Il giorno successivo Shimon faceva fatica ad affrontare la realtà quotidiana.

Era triste.

Si affacciò sul muretto del lungomare. Si abbandonò al ricordo di uno degli ultimi incontri con l'amico morto. In un *flashback* rivide ogni scena dell'appuntamento con Yermi, pochi giorni prima, nella Villa del Matrimonio.

Davanti ai suoi occhi si ripresentò il maestoso edificio, posto di fronte alla Rotonda. I pescatori la chiamavano in quel modo, ma era appena un semicerchio che allargava il lungomare nella direzione della scogliera.

La villa rappresentava uno scenario unico per le nozze. Erano straordinarie quelle stanze con volte a stella, con mobili antichi e pavimenti a mosaico.

Ecco.

La cerimonia stava per iniziare.

Il rabbino era pronto nella sala, preparata con i segni della festa: le palme appese alle pareti e le luci delle lampade a petrolio. Al centro era stato posto un baldacchino, la *chuppàh,* quattro paletti che sostenevano una coperta di stoffa ricamata ai lati in frange dorate.

Incontrò Yermi mentre gli applausi segnalavano l'arrivo degli sposi.

«La ragazza ha un particolare vestito da sposa. Non è roba nostra. Mi sono interessato per farglielo prestare dalla signora Vittoria che abita al Porto. È stata gentile», disse il capo del *kibbutz*.

«Un buon gesto. Un segnale che fa piacere, direi», rispose l'amico.

«Qui ci sono persone ospitali, brava gente che ha capito le nostre difficoltà. Con loro abbiamo una convivenza pacifica, così mi sembra, almeno fino a oggi», aggiunse Yermi.

Nel Salento, dove la gente viveva del pesante lavoro nelle campagne o sulle barche da pesca, le leggi razziali fasciste erano ignorate. Alle persone del posto, gli ebrei erano simpatici. I sacerdoti avevano favorito questo atteggiamento e superato le norme del Diritto canonico di quegli anni, che considerava il popolo ebreo responsabile della crocifissione di Cristo.

Oltre al prestito del vestito nuziale, a ben vedere, qualcos'altro confermava la benevolenza della gente verso quei rifugiati. Tra gli invitati c'erano ragazzi del Porto ed era giunta dalla Città, come per altri matrimoni ebrei, un'orchestrina di cinque giovanotti. Il gruppo musicale si faceva chiamare "Complesso sud-ovest '46", come avevano scritto sul tamburo.

Per la verità la stessa gente del Porto aveva buoni rapporti anche con i soldati alleati, specie con gli americani, perché un buon numero di loro discendeva da italiani emigrati negli Stati Uniti.

Si svolsero le prime fasi della cerimonia. Yermi e Shimon seguirono con attenzione. Poco dopo ci fu una pausa per sistemare il velo della sposa.

«Hai fatto la ricognizione della costa e del porto, come t'avevo chiesto?» domandò il capo del *kibbutz*.

Quella ispezione serviva in preparazione della partenza, per via mare, di un importante politico ebreo. Il fatto doveva rimanere segreto ed essere pianificato nei dettagli per evitare interferenze.

Per questioni di sicurezza non si conoscevano neppure le generalità dell'ospite atteso, ma a Yermi fu comunicato che, nel riferirsi a costui, i capi delle organizzazioni semitiche europee avrebbero utilizzato il termine "*Chaver*", cioè "*amico*".

Il giorno precedente Shimon s'era fatto accompagnare col camion, per esplorare il Canale del Rio, l'insenatura a circa un miglio dal Porto, in direzione sud.

In quel tratto della costa e in un giorno ancora segreto, Chaver sarebbe giunto con la scorta, proveniente dal Campo numero 34 di Santa Maria al Bagno di Nardò. Yermi e Shimon li avrebbero fatti salire sul barcone che lo stesso Yermi avrebbe rifornito del materiale necessario per il viaggio.

Quindi li avrebbero portarti in mare aperto per l'incontro con la nave clandestina che Chaver attendeva e che avrebbe caricato lui, la scorta e quel materiale, portandoli in Palestina.

«Prima di affidarci questo incarico, i capi hanno voluto conoscere i nomi dei membri del Segretariato attuale nel *kibbutz* e ho fornito le nostre generalità. Da parte loro mi hanno informato che la misteriosa personalità che aspettiamo ti conosce già e ti apprezza; solo questo mi è stato confidato, non so altro», gli aveva detto Yermi, suscitando la curiosità dell'amico.

Il giovane non aveva idea di chi potesse trattarsi. Né lo sfiorò il dubbio che lo stesso Yermi avesse voluto solo lusingarlo per stimolarne l'impegno. Non sarebbe stato necessario.

«Ho già iniziato a trasportare quello che servirà per l'arrivo di Chaver e ti voglio spiegare il da farsi perché ci dovremo alternare in questo incarico. È un grosso lavoro. Tutto va fatto per il meglio e preferisco che lo facciamo noi dirigenti... Non possiamo rischiare che qualcosa vada storto», disse Yermi.

Proseguì: «Magari ci faremo aiutare da un uomo di fatica, senza dare nell'occhio. Meglio essere prudenti. Nessuno deve sapere. Aspetterò la fine del matrimonio per comunicarti i dettagli. Ora partecipiamo alla cerimonia, dopo parleremo. Dobbiamo essere i primi a rispettare le nostre tradizioni», concluse.

«È giusto così! Ci apparteremo durante il banchetto, dopo il rito religioso, mentre per gli altri ci saranno canti e balli», rispose il giovane.

Yermi annuì.

La sposa aveva ora il volto velato. Poco prima lo sposo si era recato nella stanza della donna, la *kallah*, per vederla in viso.

I ragazzi del Porto non ne furono sorpresi, ma rivedendo la scena sorridevano ogni volta tra loro. Sapevano oramai che lo sposo si comportava in quel modo in ricordo della disavventura, narrata nella Bibbia, del patriarca Giacobbe, che sposò la donna sbagliata non avendola riconosciuta a causa del velo.

La cerimonia si svolse di fronte al rabbino e al *chazzan,* il cantore della sinagoga. Iniziò col fidanzamento, i *Kiddushin*. Lo sposo andò sotto la *chuppàh* e due testimoni portarono al suo fianco la sposa.

Dopo che il rabbino aveva recitato le parole della benedizione, la *Birkat ha-Erusin,* su un bicchiere di vino, lo sposo regalò alla donna un anello semplice infilandolo all' indice della mano destra. Lo fece recitando la formula: "Ecco, tu mi sei consacrata per mezzo di questo anello, secondo la legge di Mosè e di Israele".

Tutti seguivano la cerimonia in un silenzio carico di gioia contenuta, che si sarebbe manifestata di lì a poco. Per i ragazzi del Porto ogni momento del rito, anche se ne erano stati più volte testimoni, conservava intatte le sue suggestioni.

Dopo i *Kiddushin,* lo sposo consegnò alla sposa la *ketubbàh*, il documento con gli obblighi finanziari che il marito si assumeva nel mantenimento della moglie e della famiglia. Seguì il matrimonio vero e proprio, i *nissu'in.*

Il rabbino pronunciò la benedizione nuziale su un altro bicchiere di vino che fu consegnato agli sposi e quindi il rito si concluse con la rottura di quel bicchiere, schiacciato sotto i piedi dallo sposo.

Fu allora che partì un applauso generale, quasi un atto liberatorio, e l'orchestrina cominciò a suonare.

Seguirono il banchetto, i canti e i balli ai quali tutti parteciparono, ebrei e gente del posto. Si mangiò il tonno cucinato per l'occasione e ci furono anche uova, torte e dolciumi. Non c'era spazio per i brutti ricordi perché il matrimonio diventava un segno di speranza.

I due amici si spostarono nel salone adiacente a quello della festa.

Scelsero uno dei tre affacci da cui giungeva ancora la luce naturale, aprirono la persiana e si fermarono sul balcone.

Da quella posizione potevano seguire i balli, ma i suoni giungevano ovattati ed era quanto serviva per un dialogo che non doveva essere disturbato oltre misura.

«Sarà per l'undici febbraio il passaggio di Chaver», esordì Yermi.

«Accidenti! Così presto!», esclamò l'altro.

«I capi premono! Me l'hanno comunicato per radio in mattinata, tanto che, come t'ho detto, ho già iniziato il trasporto del necessario per il viaggio. Anche questo me l'hanno chiesto loro», avvertì il capo del *kibbutz*.

«E di cosa si tratta?»

«Coperte, armi, vestiario e alimenti che non si deteriorano. Serviranno per Chaver e la sua scorta. Il viaggio sarà lungo perché l'imbarcazione farà tappa a terra», spiegò quello e proseguì: «L'ospite dovrà cambiare mezzo di trasporto. La nave che lo deve caricare al largo del Porto è di transito, non l'aspetterà più di tanto. Lo porterà a Corfù e, da lì, il gruppo salperà per la Palestina il giorno dopo, con una diversa imbarcazione».

«Ma perché questo trasporto del materiale con una barca?»

«Non posso usare il camion. Hamlander non vuole, per motivi di sicurezza; almeno così dice», spiegò Yermi.

Karl Hamlander di Magnus era il comandante americano del Campo 39 e, quindi, delle forze alleate che vi stazionavano.

«Lui cosa teme?», domandò Shimon.

«Non vuole sorprese. Conosce i malumori che serpeggiano tra noi verso gli inglesi. Per questo ha impartito un ordine perentorio: nessun mezzo pesante può percorrere il lungomare nei pressi della Villa del Comando, da dove lui presiede ogni operazione».

«Solo per questo?»

«No. C'è anche il fatto che la sua abitazione è lì vicino, nella villa Daniele, la Villa degli Americani. È una sede comoda e soprattutto strategica: tra la casa e la banchina portuale c'è un tunnel che favorisce soluzioni militari, sia in caso di attacco che di difesa, perché fornisce un accesso diretto al mare».

«Che tipo ti sembra... è troppo severo, rigido?»

«Non direi, anzi», precisò Yermi.

E spiegò che, al pari del dottor Maier, medico del Campo, Hamlander si era distinto in iniziative sociali e umanitarie. Gratuitamente aveva messo a disposizione l'ambulanza militare per trasportare malati poveri negli ospedali della provincia e pure lui aveva infilato qualche soldo nelle loro tasche.

«Più volte ha concesso l'uso dei camion inglesi per il ritiro di farina e di generi alimentari dai mulini o dai grossisti della provincia. Un aiuto prezioso perché gli alimenti, sia pur razionati, non sempre giungono in tempo per sfamare la popolazione», aggiunse.

Anche ad Hamlander, come al dottor Maier, qualcuno stava proponendo la cittadinanza onoraria per meriti speciali, ma naturalmente, se la solidarietà umana aveva le sue ragioni, ancor più ne avevano, in quei tempi, la guerra e la prassi militare.

Nessun camion poteva transitare nei pressi del Comando.

Le disposizioni di Hamlander erano categoriche, senza eccezioni.

«Per non indisporre il comandante ho studiato una soluzione alternativa», disse Yermi.

«Quale?», domandò l'amico.

Il frastuono che giungeva dal salone della festa coprì la domanda.

Incuriositi, tornarono nella sala e videro che al centro era stata sistemata una pentola d'argilla, la *"pignata"*. Si trattava di un gioco proposto dai giovanotti del Porto, un'usanza locale per il Carnevale. Gli ebrei talvolta se la ricordavano.

Alcune ragazze, bendate e disposte a cerchio, cercavano di romperla a turno con un bastone: gli incitamenti degli invitati e il rumore causato da chi batteva a vuoto sul pavimento, generavano quel frastuono.

Finalmente una ragazza riuscì a rompere la *"pignata"* e ne venne fuori un biglietto piegato. La fanciulla era del luogo.

Si capì dalla semplicità del vestito e dalle sue parole di ringraziamento. Lo sposo, leggendo il biglietto dopo averlo dispiegato, aveva annunciato che la ragazza aveva vinto un vestito e una sciarpa. Seguirono battimani ma, poco dopo, l'atmosfera si fece più sobria, tanto che Yermi potette spiegare all'amico come intendeva aggirare il divieto del comandante Hamlander.

«Ho affittato una barca da Cosimo, un pescatore. Quando gli ho dato il denaro in acconto aveva gli occhi lucidi, pover'uomo! L'imbarcazione serve per trasportare il materiale dalla scogliera della Rotonda fino alla caverna della Rena. Ho già iniziato i lavori».

La grotta di destinazione era una cavità naturale carsica scavata dall'acqua piovana, situata proprio ai piedi della Villa del Comando.

Yermi l'aveva chiusa con una porta in legno per nasconderne il contenuto a occhi indiscreti.

«Questo pomeriggio mi sono fatto aiutare da Andreas, l'allenatore. È un tipo educato, riservato, non mi ha chiesto spiegazioni. Ma per il prossimo carico, tra due giorni, lui non potrà venire perché ha gli allenamenti per le *Maccabiadi*. Tu sai che ci saranno le gare nel Campo di Santa Cesarea».

«Ti darò una mano io, lo prometto!», assicurò Shimon.

Andreas Vogart era un ebreo ungherese, strappato ai nazisti dall'industriale tedesco Oskar Schindler. Costui, in cambio di denaro, se l'era fatto assegnare come operaio per la sua fabbrica di pentole, assieme a molti altri ebrei. Poi aveva fatto credere ai tedeschi di fabbricare anche armi e aveva ottenuto la loro fiducia. In realtà Schindler, con questo stratagemma, aveva salvato molti dalle mani del nazista *untersturmführer* Amon Göth e dal campo di concentramento di Auschwitz. Arrivati i russi al posto dei nazisti, anche Andreas era scappato verso sud, in Italia, giungendo nel Campo 39. Quarantenne, alto, capelli nerissimi, fisico muscoloso da sembrare scolpito nella roccia, allenava il gruppo che si dedicava all'atletica.

In assenza del divieto di Hamlander, il camion avrebbe potuto raggiungere facilmente la grotta di destinazione, come gli spiegò il capo. Sarebbe stato sufficiente deviare dal lungomare sulla stradina che portava direttamente sulla Rena, fiancheggiando la stessa Villa del Comando. Ma era proprio questo che Hamlander temeva e perciò Yermi aveva escogitato quel modo di trasportare ciò che serviva.

Il camion del *kibbutz* proveniente dalla Città, giungeva sul lungomare nei pressi della Rotonda di fronte alla Villa del Matrimonio, a circa cinquecento metri da quella del Comando. Poi deviava sulla stradina che portava verso una rientranza della scogliera e qui si fermava, quasi sulla battigia.

Yermi aspettava nella barca, ancorata a poca distanza dalla riva. Con l'aiuto di una gru e di una carrucola, dal camion vi trasferivano il materiale diviso in pacchi. Il capo *kibbutz* infine, con i remi e la forza delle braccia, vogava per seicento metri e giungeva fino alla Rena.

Qui scaricava tutto nella grotta custodita, sistemandolo nella stiva di un'imbarcazione più grande, tirata a secco nella stessa grotta.

Sarebbe stato questo il mezzo di trasporto di Chaver e della sua scorta, verso l'appuntamento dell'11 febbraio in mare aperto. Completato lo scarico, Yermi ancorava la barca nel porto, fino al successivo arrivo del camion, che egli stesso programmava.

Non temeva di essere notato perché era consueto vedere ebrei che spostavano merci per le attività commerciali. E le grotte erano utilizzate come deposito anche dai pescatori.

«Hai escogitato una soluzione faticosa, ma capisco che bisognava pur trovare un'alternativa... e trovarla in fretta!», chiosò Shimon.

«Tu, piuttosto, dimmi della perlustrazione sulla costa», chiese l'altro.

«Il trasbordo di Chaver avverrà di sera. Questo lo sai meglio di me. Per ispezionare ci sono andato con la luce del mattino. Mi sono reso conto che si tratta di posti tranquilli. Sia il Canale del Rio che il porto sono riparati. Se le condizioni del mare saranno sfavorevoli potremo trovare una soluzione diversa per l'imbarco».

«Quindi?»

«Stando alle direttive che ti hanno comunicato i capi dell'organizzazione, Chaver e la scorta giungeranno col camion. Ci attenderanno all'imboccatura del canale del Rio, poco distante dal Porto», disse il giovane. E aggiunse: «Li faremo salire sul barcone che stai preparando e ci dirigeremo verso est. Penso che il trasbordo possa avvenire, senza problemi e come previsto, ad almeno un miglio dalla costa, ma credo che dovremo prendere una precauzione».

«Quale?»

«La costa è uniforme, l'imboccatura del porto è piccola. C'è poca visibilità».

«Quindi?»

«Serve un segnale luminoso sul porto».

«E come fare, secondo te?»

«Per quella sera, uno dei nostri accenderà una grossa luce rossa, un faro, su Punta Cannone».

«Sì, è una buona idea e darò disposizioni perché tutto sia pronto».

Yermi lo guardò compiaciuto. Il piano era perfetto. E glielo disse, con un sorriso e una pacca sulle spalle.

Intanto s'era fatto buio sulla la costa e i due s'affacciarono sul balcone. Bagliori intermittenti comparivano tra gli scogli: anche quella sera qualcuno era a caccia di granchi.

Sulla strada che fiancheggiava la villa non passava anima viva e l'aria della sera invitava a rimanere oziosi, respirando a pieni polmoni.

«Andiamo alla radio. Contatto gli altri Campi per sapere se ci sono novità», fece Yermi, scuotendosi da un torpore che lo stava tentando.

Prese dalla tasca alcune chiavi e aprì la porta di una stanza dove solo il responsabile del *kibbutz* poteva entrare, come avvisava un cartello. Al centro di un tavolo c'era la trasmittente. L'accese e fece cenno al giovane di avere pazienza.

«Bene! Mi godo ancora la festa» l'avvertì Shimon, spostandosi nel salone.

La musica gli fece tornare alla mente la giovinezza e la sua famiglia.

I suoi genitori, originari di Pinsk in Bielorussia, avevano vissuto per oltre ventisette anni a New York, dove lui era nato. Alla morte prematura del padre, aveva fatto vari mestieri: il portuale, il venditore di giornali e il garzone in un grande magazzino. La passione per la musica, trasmessagli in famiglia, aveva impresso una svolta alla sua vita. Il padre faceva parte degli ebrei *ashkenaziti*, originari della Renania, ed era cultore della musica *yiddish*.

Il ragazzo aveva assorbito quello stile musicale perché gli piacevano le sue sonorità. Mano a mano ne era rimasto affascinato e, con altri coetanei ebrei, aveva formato un gruppo musicale *klezmer* prendendone la guida. Facevano serate, erano richiesti nei concerti, e guadagnavano. In seguito la madre aveva voluto tornare a Pinsk con lui, per vivere con i familiari la precoce vedovanza.

Simili ricordi e le note della festa nuziale gli suggerirono una domanda: il suo misterioso estimatore, divenuto importante capo ebraico, proprio colui che stava per arrivare, era forse tra gli amici musicisti di quel periodo?

Il ritorno di Yermi lo distolse dai pensieri.

I canti e i balli erano gioiosi, coinvolgenti e la gente sorrideva scambiandosi bicchieri di vino. Ebrei e abitanti del luogo socializzavano. Oltre i ricordi della guerra, ora erano lontane anche le contestazioni dei proprietari di alcune villa. Si lamentavano soprattutto dei rifugiati slavi; protestavano per come le abitazioni erano tenute e per come l'arredo e il mobilio non fossero rispettati.

«Capisco che tu debba restare fino alla fine della cerimonia, il *kibbutz* ha le sue necessità, ma io vorrei andare per il film», aggiunse Shimon.

«Vai pure… tanto più che per radio non mi hanno dato novità su Chaver. Ora sai tutto. Non dimenticarti l'impegno di domani mattina. Arriverà di nuovo il camion dalla Città. Ho bisogno di aiuto per il trasporto».

Il giovane sorrise, fece un cenno d'intesa e si avviò verso l'uscita.

Percorse il tratto di lungomare che lo separava dalla Villa del Latifondista. Era buio pesto e il chiarore della luna non riusciva a penetrare la coltre di nubi. Il giorno successivo non si annunciava sotto i migliori auspici, ma il giovane non se ne crucciò. Sapeva che nei paesi della costa i venti erano capricciosi. Venivano impetuosi, quando meno li si attendeva, e lasciavano il cielo d'un azzurro limpido.

All'orizzonte le luci fioche delle rare lampare lo sorpresero.

"Ma non c'era il divieto di pesca?", pensò.

Chissà da quale porto erano partite e se erano veramente lampare.

"La guerra ha sempre avuto tanti interrogativi ma poche risposte sensate, e questi sono gli interrogativi meno importanti!", aveva concluso tra sé e sé.

Il ricordo della serata felice insieme a Yermi svanì, con le sue canzoni e le sue danze quando, sollevando lo sguardo sul cielo di quel nuovo giorno, d'improvviso il sole spuntò prepotente dietro una nube.

Decise di rifare la ricognizione della costa in preparazione dell'arrivo di Chaver.

Ora tutto era sulle sue spalle.

Non poteva sbagliare nulla.

III

Il parroco

Un vento leggero gli portò una musica lontana, che sembrava suonata da un organo.

Veniva dal lungomare verso cui il giovane stava salendo e dove, guardando bene, vide in lontananza una chiesa. Il grande crocefisso, proteso al vertice della facciata, non gli lasciò alcun dubbio: era una chiesa cattolica.

Con i cristiani non voleva averci a che fare, ma uno come lui, che aveva un debole per la musica, non poteva resistere a quel richiamo. Che melodie! Si rammaricò di non comporre musica per organo da tempo. Da quando collaborava con la Tin Pan Alley , la casa discografica padrona della musica folk quando lui stava a New York.

"*Ma sì, ora che ci penso. Qualcuno dei dirigenti della Tin Pan Alley; quella era gente in gamba, capace*", si ricordò d'improvviso. "*Può essere uno di loro il personaggio che attendiamo e che mi stima, bontà sua. In fondo mi conoscevano bene. Però, a pensarci ancora meglio, passare dai guadagni di quella editrice musicale alla guida di un popolo disperso non è facile e non è certamente redditizio. Ma per ambizione politica o per amor patrio si potrebbe fare. Sì, può essere uno di loro, l'ospite tanto misterioso*", concluse fra sé e sé.

La necessità di un improvviso balzo per non inciampare, sul sentiero che percorreva, lo riportò alla realtà.

Saltellò sulle rocce, attraversò alcuni canneti e giunse sul lungomare. La chiesa era scomparsa, ma la musica era più vicina e guidava i suoi passi.

A un tratto, ecco la facciata alta e bianca, col portone al centro.

Da un lato era adiacente a una casa e dall'altro confinava con una stradina che saliva sulla collina.

Si avvicinò al portone, ma lo trovò chiuso. Intorno non si vedeva nessuno. Alcune reti rimanevano ad asciugare, stese al sole, e qualche passero vi saltellava beccando qua e là.

Era perplesso e, forse, stava cercando intorno a sé qualcosa o qualcuno che lo distogliesse da quel desiderio di entrare. Imboccò la stradina laterale e s'accorse che c'era una porta anche da quel lato.

Ora la musica era piena, alta.

Esitò, ma poi allungò la mano.

La porta si aprì senza alcun rumore. L'organo riempiva l'aria di note altissime.

Si fermò.

La porta si richiuse, per inerzia, alle sue spalle.

Si rese conto di trovarsi vicino a un maestoso organo, con le canne che raggiungevano il soffitto ligneo. Riflettevano in parte la luce del sole, che filtrava dalle vetrate colorate infilandosi, come una lama, nella penombra della chiesa.

Spinse in avanti il capo, come chi volesse spiare, ma lo ritrasse subito.

Aveva visto il musicista che, con maestria e foga, scorreva le mani sulla tastiera e pigiava sui pedali. Sembrava incurante di quello che succedeva intorno a sé e comunque sicuro di essere solo.

Era preso dalla musica, compiaciuto di eseguirla ad alto volume.

Aveva l'abito talare. Era un sacerdote. Poteva avere una sessantina d'anni, portava gli occhiali, i capelli erano brizzolati e ondulati, il viso ben rasato.

Ora la musica sembrava diffondersi nella navata centrale. Era come se si distribuisse tra le capriate in legno della volta, per ritornare magicamente dalle due navate laterali, segnate da colonne in marmo azzurro.

Il giovane si acquattò contro l'organo.

Riuscì a scorgere l'altare centrale, in pietra intarsiata. Notò che era sormontato da cinque statue colorate e lo colpì quella centrale, imponente, con la scritta *S. Michael* sul piedistallo. Raffigurava un giovane angelo con l'elmo in testa nell'atto di colpire, con una lancia, il demonio agonizzante sotto i suoi piedi.

"Accidenti, sembra, anzi è certamente l'Arcangelo Michele, il protettore degli Ebrei, lo dice il profeta Daniele nel suo libro" pensò.

Delle cinque statue, le due coppie laterali erano invece più piccole e avevano aureole di filo di ferro sul capo. Capì che si trattava di simulacri di personaggi religiosi; alla base, portavano incise piccole scritte. Gli venne la curiosità di leggerle e ci riuscì: *S. Carolus, S. Mattheus, S. Ioseph, S. Ioannes.*

Per farlo si sporse e fu subito notato.

La musica s'interruppe di colpo e un velo di disappunto comparve sul volto del sacerdote, ma fu un attimo.

«Buongiorno, sono don Francesco, il parroco».

Seguì una breve pausa.

Poi, indicando la tastiera, disse: «Confesso, mi sono lasciato trasportare. È vero, la musica è la lusinga dell'anima. È evidente che la mia anima ama molto la melodia».

Mentre parlava, sorrideva tra l'imbarazzato e l'accogliente, come a chiedere la benevolenza dell'interlocutore.

A quelle parole il giovane si limitò a rispondere con un sommesso saluto di cortesia. Non disse altro. Per lui, ebreo, si trattava di un ambiente nuovo, tutto da scoprire. Era come se, quella mattina, gli occhi e lo spirito avessero preso il sopravvento sulla parola.

Il sacerdote non forzò quel silenzio.

Si alzò e si diresse con passo lento verso la sacrestia. Lo fece canticchiando sommessamente e ondeggiando con calma il capo, come a seguire una melodia rimasta nell'aria solo per lui.

D'improvviso, la musica s'impadronì daccapo della chiesa.

Il giovane era alla tastiera.

Il parroco tornò sui suoi passi.

Si fermò, un po' distante ad ascoltare, con sorpresa e rispetto, quella musica straordinaria. Dopo pochi minuti, fu di nuovo silenzio perché, di colpo, il giovane si voltò e incrociò lo sguardo del sacerdote.

«Mi deve scusare, non ho resistito! Mi chiamo Shimon, Shimon Bejlin, sono un ebreo rifugiato in questo Campo, con altri della mia gente... sono dispiaciuto, l'ho salutata appena... ciò che ho visto e sentito m'hanno distratto», disse.

Don Francesco lo guardò bonariamente, come un buon padre di famiglia farebbe con un figlio impertinente.

«Ebreo, hai detto? Mi è dispiaciuto della tragica morte di Yermi, uno dei vostri. Ho pregato per lui. Che tragedia!»

Il giovane chinò il capo e non rispose.

«Da quanto tempo sei nel nostro paese?», gli domandò.

Quello esito, poi disse: «Sono arrivato il mese scorso».

«Da dove?»

«Da lontano, da molto lontano. Vengo dalla Bielorussia».

«Ma ti esprimi bene nella nostra lingua, sento».

«Ho imparato a parlarla e a leggerla durante la sosta di alcuni mesi nel Campo di Nereto, in Italia. Mi è servito, ma parlo anche l'inglese perché ho vissuto a New York».

«E così, dopo tanti secoli gli ebrei tornano nel Salento...».

«Non capisco».

«Poco più di quattrocento anni fa gli aragonesi vi cacciarono da queste terre, dopo aver sconfitto gli angioini».

«Non conosco questa parte della nostra storia. Però capisco che il nostro destino è questo: essere cacciati. Chissà se avremo tempi migliori».

«Come ti trovi, da noi?»

«Sono i primi giorni, ma fino a oggi non mi lamento. Certo, non è come essere a propria casa, ma questi sono anni difficili».

«Avete sofferto molto, tu e la tua famiglia?»

«Hanno sofferto di più tanti altri che hanno lasciato la pelle nei campi di sterminio. Essere senza patria e scappare dalla guerra è dura».

«Sei giovane, ma fai discorsi di chi è cresciuto in fretta».

«Sarà così. Anche la musica mi ha aiutato, mi ha dato serenità quando è stato necessario, quando la disperazione avrebbe potuto vincere. Anche se succede...».

«Succede cosa?»

«Niente... Succede che qualche volta, come dire, mi fa allontanare con la mente un po' troppo, tutto qui. Ma la musica è importante nella mia vita».

«Ho ascoltato! Da dove provengono queste note?»

«Penso che la musica sia dentro di noi. Basta chiudere gli occhi».

«Vuoi dire che ciascuno dovrebbe trovare la forza di ascoltare la propria anima?»

Il giovane annuì.

«In questo abbiamo qualcosa in comune. Io nel mio ministero e tu nella tua vita; se vuoi ne possiamo parlare», replicò don Francesco.

Il giovane lasciò vagare ancora lo sguardo verso l'interno della chiesa. Replicò: «Vuole dirmi che parliamo la stessa lingua, quella della musica? Io sono un ebreo, cosa ho da spartire con voi cristiani?»

«Nei secoli abbiamo avuto una sorte comune. Oggi voi siete perseguitati, uccisi, come lo furono i primi cristiani, sbranati dalle belve nel Colosseo, a Roma», precisò con calma il sacerdote.

«Dov'era il vostro Dio, allora?»

«Il Signore ha i suoi tempi per rendere giustizia, e sono tempi giusti. Non paga il sabato né la domenica, paga quando è il momento migliore per l'uomo. Può sembrare strano, ma è così. Come potevano quei cristiani lottare contro un impero, quello romano? C'è voluto il tempo giusto, ma ce l'hanno fatta, e siamo qui!»

«Cristiani, cristiani, ma che c'entriamo noi ebrei con voi?»

«Nulla! Condividiamo lo stesso Padre», rispose don Francesco.

«Il Padre è al posto suo; qui sulla terra c'è la guerra e quello che ho visto, anche sulla mia pelle, mi ha portato lontano da Lui! Mi ha portato a non capire tante cose».

«Il male, l'odio, la guerra sono scelte nostre, scelte dell'uomo...», obiettò il sacerdote.

«Ma Dio può impedire tutto questo, se vuole...».

«Dio è amore e soprattutto libertà, per l'uomo... libertà di sceglierlo o di rifiutarlo. Certo, se il Signore volesse, potrebbe manifestarsi a ciascuno di noi con la sua potenza e, in questo modo, farsi riconoscere e farsi accogliere. Ma così l'uomo non sarebbe più libero...».

«E quale libertà hanno avuto quelli che sono morti per la guerra, decisa da altri, e quei bambini e quelle madri che hanno sofferto e soffrono per le violenze?»

«La sofferenza! Ecco il grande mistero del credente. È difficile da accettare, è vero, anche per me che sono ministro di Dio, eppure ha un valore educativo. Sì, direi così, educativo. La sofferenza ci insegna molto. È una compagna di viaggio che ci spinge a guardare verso l'alto. Ci porta a cercare ciò che è al di fuori e al di sopra dell'essere uomini e donne, pieni di problemi», cercò di spiegare il sacerdote.

«Libertà ... libertà. Il dolore, nessuno lo sceglie! Dov'è, in questo caso, la libertà?», obiettò con forza il giovane, questa volta.

«Quello che il Signore ci propone è un dolore che ci riscatta. Sta a noi accettarlo o rifiutarlo. La sofferenza ci fa andare verso di Lui e ci fa capire che su questa terra siamo solo di passaggio. La sofferenza è un aiuto per la scelta», rispose, con tono pacato. Come se misurasse le parole, come se non volesse urtare la suscettibilità di quell'inatteso interlocutore.

«Un aiuto?»

«Ci fa sperimentare il dolore del presente per farci apprezzare la promessa del Paradiso». Quindi aggiunse, allargando le braccia come chi chiede comprensione: «D'altra parte, nessuno ha potuto passarla liscia».

«Cosa?».

«Figlio mio, non lo scopro io che la strada della fede nel Signore è via di sofferenza. È solcata dalle tribolazioni dei grandi profeti, i vostri profeti, è bagnata dal sangue dei martiri. Per non parlare della mannaia che decapitò Giovanni Battista, il più santo di tutti, e quella che tagliò la testa a Paolo di Tarso, il discepolo più capace, o della spada che trafisse l'anima di Maria santissima nostra madre. Per finire a Gesù, il figlio stesso di Dio...».

S'interruppe, non completò la frase come avrebbe voluto.

Si rese conto che avrebbe potuto offendere la sensibilità e la storia di un ebreo.

Perciò sorrise, cercando un argomento per cambiare discorso.

Per prendere tempo allargò il braccio nel tentativo di invitare il giovane – che continuava svogliatamente a guardarsi intorno – a precederlo nel visitare, più da vicino, la chiesa. Ma quello rimase fermo e si limitò a esclamare: «È una bella chiesa, questa!»

L'altro provò un senso di sollievo al pensiero che, per un soffio, avesse evitato una sorta di incidente diplomatico.

Guardò compiaciuto le donne che entravano in chiesa per la messa e d'un colpo gli venne in mente l'argomento nuovo.

Mentre il suo volto si illuminava, aggiunse: «Eh... al Porto tra breve avremo un ospite importante, anche se di passaggio...».

Sperava di aver ricucito il rapporto confidenziale col giovane.

«E lei come fa a saperlo? Come fa a sapere tutto?», disse invece l'ebreo con inattesa durezza, quasi puntando l'indice verso il prete.

Costui, preso alla sprovvista, non colse il tono perentorio della domanda e, in un primo momento, l'attribuì a una reazione al suo accenno alla morte di Gesù.

In un secondo momento pensò, piuttosto, che il giovane avesse voluto sfidarlo a rivelare la fonte della notizia e, soprattutto, a dargli una prova della sua attendibilità. La personale e repentina sintesi fu, comunque, che una risposta doveva dargliela, visto che sperava di continuare il discorso.

«Mah! Vedi, in un modo o in un altro, in paese sono conosciuto, mi sembra ovvio. Faccio domande, ricevo confidenze. E poi, se non fossi al corrente io del fatto, chi dovrebbe esserlo?», chiosò don Francesco.

Con queste parole pensava di aver colto al volo un'altra occasione di dialogo, pronto com'era a proseguire sull'argomento. Ma il giovane s'irrigidì, cominciò a guardare verso l'uscita, quella centrale questa volta, aperta poco prima dal sacrestano.

Il sacerdote capì che stava per perderlo e anticipò la proposta che, nelle sue intenzioni, avrebbe dovuto concludere un amichevole dialogo: «Sei un bravo musicista, stiamo preparando un concerto di musica sacra in chiesa e abbiamo già il permesso del vescovo in via eccezionale; ci daresti una mano?»

Shimon smise di guardarsi intorno e, sorpreso dalla proposta, rispose deciso: «No, non credo sia una buona idea, non posso, per tanti motivi», concluse, scuro in volto.

Si girò di scatto e, per fare più in fretta, uscì dalla stessa porta dalla quale era entrato.

IV

L'equivoco

Il giovane tornò sul lungomare alla frenetica ricerca degli altri membri del gruppo dirigente. Ne vide due in lontananza, sulla Via per la Città, mentre discutevano animatamente.

Jacob Radzi e Riki Stern, inviati dall'Unrra nel Campo, s'erano fatti notare da Yermi e dagli altri perché erano esperti con carta e penna e, per questo, avevano ottenuto l'incarico di redigere i comunicati e di organizzare il giornale del Campo.

"Si stanno confrontando sul nuovo numero, forse, ma ora c'è qualcosa di più importante!", pensò Shimon.

Camminava con passo celere per raggiungerli e, per quanto si sforzasse di decifrarne le parole, non ci riusciva.

A disturbare i suoi tentativi c'erano, alcune decine di metri a monte, su quella strada che si snodava in salita, quattro slavi impegnati rumorosamente a caricare mobili su un camion, all'uscita di una villa.

Prima che le abitazioni fossero requisite dalle forze alleate, diversi proprietari ne avevano custoditi altrove sia i mobili più pregiati che i quadri, ma la famiglia che possedeva quella villa non aveva potuto o voluto farlo. Sicché gli slavi ne stavano caricavano gli arredi, le suppellettili e anche le porte e le finestre, per venderli in paese.

Il giovane non approvava affatto quel comportamento, e l'aveva detto ai suoi, diffidandoli dall'imitarli.

Mentre ci pensava, si accorse di essere stato notato dagli amici; era oramai a pochi metri da loro e il dialogo tra i due si era interrotto.

«Ti vedo turbato!», esclamò Jacob.

In verità, il turbamento in Shimon era diventato un tumulto.

Si trovava a combattere tra il dovere patriottico, per così dire, e la simpatia che, nonostante tutto, provava per quel sacerdote. Era stato gentile, l'aveva accolto con benevolenza, lui, un rifugiato e, per giunta, ebreo. E poi, che diamine, era anch'egli un musicista!

«Ho fretta di parlarvi... in chiesa, il prete sa tutto di Chaver, e non vorrei che corressimo qualche rischio», disse con fare concitato.

«Non è possibile, si tratta di un equivoco, nessuno può sapere nulla, stai tranquillo», replicò l'amico.

«Sì, forse... adesso che ci penso, potrebbe essere una conclusione affrettata; in chiesa mi sono sentito a disagio e non mi è venuto in mente di entrare nei dettagli per capire meglio», aggiunse Shimon.

Invece Riki si avvicinò manifestando il suo disappunto.

Scuotendo la testa disse: «Non starei così tranquillo. Quello che è successo non mi piace; vado a parlare io con lui, col prete! Bisogna comprendere fino a che punto siamo stati scoperti e farlo cantare ...».
E mentre pronunciava quelle parole, batteva la mano destra sulla tasca.

Shimon capì che voleva indicare un'arma ed ebbe un sussulto.

Disapprovava le frequenti reazioni esagerate dell'amico.

«Proprio di questo arrivo mi stava parlando Jacob, e mi ricordava le raccomandazioni di Yermi fino all'ultimo», aggiunse Riki, che proseguì: «Mi voleva convincere a preparare presto quello che servirà per il viaggio di quel personaggio importante atteso; diceva che il tempo stringe e l'imbarco s'avvicina; bisogna prendere decisioni rapide», concluse, mettendo fine all'incontro.

Yermi si era reso conto di dover difendere non solo la propria reputazione ma soprattutto quella della sua comunità.

Si trattava di un'occasione da non perdere, in particolare davanti al collaboratore del più autorevole candidato alla guida della nazione che gli ebrei volevano costituire.

Non a caso, David Ben Gurion dal 1935 era presidente dell'Agenzia ebraica, una specie di governo ombra degli ebrei che risiedevano in Palestina, sotto il mandato britannico.

Il governo inglese, dal 1917 al 1922, infatti aveva amministrato quella terra al pari di un'autorità militare e, in seguito, aveva invece avuto dalla Lega delle Nazioni il mandato di governare la stessa Palestina e preparare i suoi cittadini per l'autogoverno.

Alla fine della seconda guerra mondiale, però, quando gli inglesi si erano accorti che gli ebrei nazionalisti intendevano costruire uno Stato autonomo, indipendente dall'Inghilterra, avevano cercato di bloccare la loro immigrazione in quella terra.

Yermi non condivideva il prolungarsi del viaggio in Europa di Ben Gurion e dei suoi amici più fidati. Li considerava più influenti in Palestina, dove potevano agire nel *Mapai*, un partito politico dal grande seguito, ma non poteva immaginare che, invece, le vie della diplomazia, in quel periodo, correvano in una doppia direzione, palestinese ed europea.

Terminata la guerra, Ben Gurion si proponeva come mediatore tra il governo britannico e le formazioni estremiste israeliane dell'*Irgun* e della banda Stern che già avevano messo in atto azioni terroristiche a impronta nazionalista.

Si stava inoltre prodigando – così almeno correva voce nei campi dei profughi – per dare sostegno alla *Brichah,* una *rete invisibile* formata da quasi duecento attivisti e che, dopo la fuga degli ebrei per le manifestazioni antisemitiche in Polonia, era stata avviata per collegare i campi dei profughi con le città dell'Europa centro-orientale.

C'era dunque da pensare che Ben Gurion agisse su due fronti: il consenso internazionale e quello dei propri connazionali, anche se la nazione era, di fatto, solo nelle idee e nelle attese.

Perciò puntava sull'aumento del flusso migratorio degli ebrei verso la terra promessa e, in quel periodo, siccome contava di far rientrare in Palestina, il più presto possibile, uno tra i suoi maggiori collaboratori, Chaver appunto, sapeva che la via più celere passava proprio dal Campo 39.

Di tutto questo Yermi aveva messo al corrente Shimon da un po' di tempo. L'aveva saputo tramite le due radio che il *kibbutz* aveva acquistato con i contributi dei rifugiati, e che servivano per il collegamento con le navi clandestine.

Shimon non conosceva l'opinione di Jacob e Riki sui movimenti di Ben Gurion e del suo gruppo.

Con loro non ne aveva ancora parlato e anzi, nonostante abitassero nella stessa villa, non ne conosceva bene neppure i caratteri.

O meglio, del primo aveva notato la bonomia alternata a rari scatti d'impazienza e la bravura nella matematica; dell'altro, più impenetrabile, il comportamento altalenante.

E di Riki si chiedeva perfino se mostrasse talvolta impulsività per mascherare insicurezze personali o piuttosto perché intendeva, a modo suo, interpretare il ruolo dirigenziale nel *kibbutz*.

Il tempo gli avrebbe dato la risposta, ma era certo di una cosa: di lui e del suo modo di fare non poteva fidarsi.

Perciò, quando lo vide allontanarsi verso la chiesa – cogliendo di sorpresa lo stesso Jacob, che non aveva replicato all'intenzione di recarsi dal prete – il giovane gli corse dietro, gridandogli: «Aspetta… meglio indagare, con cautela e senza tradirsi, magari tra i militari che stanno nella Villa del Comando!»

«Il meglio è nemico del bene, ricordalo!», gli replicò a gran voce quello, per tutta risposta, senza fermarsi. A Riki piaceva spesso replicare con queste frasi particolari.

«Te l'ho già sentito dire… e non è detto che sia sempre così!», rispose Shimon.

Decise di seguirlo a distanza, pur provando disagio: spiare, controllare l'operato di qualcuno non lo considerava onorevole e poteva esporlo a critiche, ma sentiva di doverlo fare.

Mentre era dibattuto nell'animo si sentì chiamare e, girandosi, riconobbe un compagno di viaggio, lasciato a Nereto: David Melech, ebreo polacco che aveva trascorso gli anni della guerra in Unione Sovietica. Era musicista pure lui, suonatore di violoncello.

Si abbracciarono.

"*Forse l'ospite misterioso mi ha conosciuto a Nereto, in fondo ci sono rimasto a lungo*", pensò rapidamente il giovane, prima di sorridere verso l'amico.

«Anche tu qui?», gli chiese.

«Sì. Che piacere ritrovarti. Sono a Casa Panico, la Villa del Monsignore, vicino alla chiesa, da pochi giorni», rispose David.

Costui percepì l'impazienza dell'amico perché, mentre gli parlava, quello alternava i sorrisi con gli sguardi ripetuti verso il lungomare.

«Mi ha parlato di tutti voi, il parroco. Dalla chiesa mi ha sentito suonare ed è venuto a trovarmi per invitarmi a collaborare con lui», disse ancora David. Proseguì: «Stanno preparando un concerto in onore di un vescovo, una persona importante che passerà dalla parrocchia del Porto proveniente dall'Australia. Gli ho risposto di sì».

Quello non fece in tempo a completare la frase e il giovane, spalancati gli occhi e resosi conto dell'equivoco col sacerdote, cercò subito di sganciarsi.

Gli mise le mani sulle spalle e disse: «Scusami! Ci vedremo presto…».

Iniziò a correre verso la chiesa, scommise con sé stesso che anche Riki avrebbe scelto l'ingresso laterale, ed ebbe ragione.

Lo vide, fermo vicino all'entrata.

Tamburellava ancora con le dita sulla tasca destra e, con la mano sinistra, manteneva la porta semiaperta, quanto bastava per rendersi conto che la funzione religiosa era ancora in corso.

«Ci penso io, lo faccio cantare», ripeté Riki, «e poi dovremo capire chi ha fatto la spia».

«Non c'è bisogno di fare nulla, calmati. È stato un equivoco, andiamo via!», replicò Shimon scandendo le parole.

Era questa una delle differenze di comportamento tra i due: tanto brusco l'uno, quanto razionale l'altro. Forse il rapporto di Shimon con la musica aveva modellato il suo carattere, lo aveva fatto diventare più saggio dei giovani della sua età.

E poi, quello che lui stesso chiamava "*piccolo inconveniente tra me e la musica*", e cioè un improvviso e breve estraniarsi fino allo stordimento durante i concerti, in realtà aveva lasciato nel suo animo una leggera ferita, un'impercettibile sofferenza, che l'aveva maturato.

Per questo, Yermi lo stimava e gli dava ascolto, più che agli altri suoi collaboratori del *kibbutz*, e tutti l'avevano notato.

«Non mi fido, è meglio sentire il prete», sibilò Riki verso l'amico. L'altro non si oppose.

Si limitò a un cenno di assenso con la testa, pur certo dell'equivoco.

In cuor suo voleva che l'amico imparasse dai suoi errori o che, almeno, ne fosse scornato.

L'incenso che si espandeva nell'aria fece capire che la funzione religiosa volgeva al termine.

Dopo la benedizione, i fedeli abbandonarono i banchi; don Francesco andò in sacrestia e si tolse i paramenti.

Tornò nella navata, appena in tempo per scorgere i due: avevano spalancato la porta laterale e si dirigevano verso di lui.

«Buongiorno!», esclamò sorridendo e tendendo loro le mani.

Shimon capì che il saluto era indirizzato soprattutto a lui a causa del modo brusco con cui, poco prima, aveva abbandonato la chiesa.

«Siete i benvenuti, spero vogliate stare con noi e seguire le prove del concerto; stiamo per iniziare», disse. E spiegò: «Lo faremo qui nell'abside, sotto lo sguardo protettivo della statua di san Michele Arcangelo. Il giovanotto l'ha ammirata questa mattina».

«Sì... in fondo si dice che l'Arcangelo sia protettore del nostro popolo. Non so come avete fatto a metterlo su un vostro altare», obiettò Shimon seccamente.

Don Francesco non replicò, ma avanzando ancora verso i due, proseguì con un sorriso: «Restano solo pochi giorni; il 10 febbraio verrà a farci visita monsignor Giovanni Panico. Proviene da Londra e fa una tappa in Città per rivedere sua madre dopo tanti anni. Presto tornerà a Sydney, in Australia, dove è Delegato apostolico del Papa». Poi aggiunse: «Lui è affezionato a questi luoghi dove, oltre vent'anni fa, da giovane sacerdote, ha fondato questa parrocchia, prima di diventare diplomatico della Santa Sede».

Shimon lanciò uno sguardo severo verso Riki, che abbassò gli occhi.

«Qui in paese abbiamo un'orchestrina formata da qualche ragazzo volenteroso, che suona nei matrimoni: fisarmonica, clarinetto, batteria, chitarra e tromba; niente di più», spiegò il parroco e continuò: «Non è detto che tutti questi strumenti siano necessari per il nostro concerto. Stiamo allargando il gruppo e abbiamo avuto nuove adesioni... però avremmo ancora bisogno di qualche integrazione, come dire, sostanziale, voi mi capite. Che ne dici Shimon?»

«Beh! Potrei... sì, ma forse è meglio di no! Potrebbe non essere giusto. Credo che ci potrebbero essere dei problemi..., lui lo sa», rispose.

«Deciditi, o è no o è sì... sii chiaro!», lo ammonì, sorridente, Riki che sembrava favorevole. E aggiunse sottovoce, mentre il sacerdote si distraeva per salutare una parrocchiana: «Non hai bisogno di testimoni, il di più viene dal maligno!»

Shimon, questa volta, in cuor suo sentì tutto intero il peso dell'invito: c'erano il riconoscimento delle sue doti, il dovere dell'ospite e, infine, il risarcimento per l'equivoco e per il rischio che aveva fatto correre al prete.

«Riki potrebbe far parte del coro», rispose ammiccando verso l'amico per averne l'approvazione, e quindi proseguì: «Va bene... da parte mia sono d'accordo, ne parleremo...».

Stava offrendo una disponibilità di massima perché la guerra l'aveva allontanato dalla musica, e poi temeva che il solito problema, l'indecifrabile estraniazione, gli si potesse ripresentare, magari attenuato o forse anche accentuato.

«Però, per un buon concerto manca un po' di gente», obiettò Shimon.

«Oltre l'organo, il clarinetto, la fisarmonica, la tromba, la chitarra e la batteria abbiamo un oboe, un violoncello, un professore americano di musica che suona la viola, un soprano, un tenore e una dozzina di coristi da organizzare e da guidare» rispose subito don Francesco.

«Va bene, ho capito. Mi faccia pensare. Magari nei prossimi giorni ne riparleremo; il tempo stringe per tante cose che ci sono da fare» concluse il giovane ripensando a Yermi e a Chaver.

V

La ragazza

Nel frattempo, nella chiesa tornata deserta, si udirono un calpestio ovattato e un vociare trattenuto a stento.

«Ecco Maria e Rocco, questa mattina proviamo *il Miserere*», annunciò don Francesco.

Maria, la voce soprano della parrocchia, aveva diciassette anni. Esile ma ben formata, non tanto alta, chiara di carnagione, aveva un bel volto ovale. Era incorniciato da capelli castani, tenuti a bada da un fermaglio nero su un lato mentre, dall'altro, una riga precisa testimoniava la cura della persona. I capelli cadevano sui lati coprendo, in parte, le bretelle che, incrociate sulle spalle, sostenevano in avanti il pettorale del vestito, che si allungava fin sotto le ginocchia.

A Shimon parve che in lei si fondessero bene la semplicità della fanciulla e la dignità della donna.

La osservò mentre, giunta ormai nell'abside, sfogliava con cura lo spartito musicale poggiato sull'altare.

Suo fratello Rocco, più giovane d'età, portava l'oboe infilato nella tasca dei pantaloni alla zuava, per avere le mani libere e divertirsi a tirare una delle bretelle della sorella. Forse la considerava troppo concentrata sullo spartito e pretendeva attenzione.

Don Francesco, vedendo i due ebrei fermi a osservare, si era convinto che avessero accettato l'invito a rimanere. Quindi si sedette all'organo, pronto per la prova, e lanciò un'occhiataccia a Rocco. Il ragazzo capì, smise di disturbare la sorella, sfilò l'oboe dalla tasca e lo portò alle labbra, facendo intendere che attendeva solo l'*incipit*.

La base musicale partì repentina, le canne soffiarono dolcemente dando vita al preludio e, quando la tonalità stava cadendo, il sacerdote, senza staccare le mani dalla tastiera, girò lo sguardo verso Rocco.

Era il segnale.

Il ragazzo, impettito, con gli occhi chiusi, con le dita che correvano agili sull'oboe, entrò col suo strumento, al momento giusto. Il suono, prima flebile, poi via via più sostenuto, si spandeva d'intorno.

Per Maria non ci fu bisogno di nessun segnale e, al suo turno, iniziò quasi sottovoce. Il duetto con l'oboe parve subito convincente, mentre l'organo procedeva sottofondo.

Quindi la voce gradatamente crebbe, divenne possente, inattesa in una ragazza così esile.

Ora la musica era piena: l'oboe si sposava bene con le caratteristiche del *Miserere,* dava il senso della richiesta lamentevole del perdono, mentre la voce di Maria, forte e dolce nello stesso tempo, incarnava la dignità del penitente.

L'acustica tra le navate era perfetta e la prova scorreva bene.

Rocco aveva riaperto gli occhi e Maria aveva le giugulari turgide nell'attingere alle tonalità più alte delle corde vocali.

Don Francesco suonava e ascoltava, teso ma soddisfatto.

Shimon rimaneva fermo, rapito, estasiato.

All'improvviso s'udì un tonfo sordo, netto.

La musica s'interruppe.

Shimon era riverso supino sul pavimento, esanime. Un piccolo rivolo di sangue scorreva sulla fronte. Era caduto e aveva battuto la testa sulla pedana in legno dell'organo.

Riki gli fu subito addosso.

Guardò intorno, in tutte le direzioni, torvo, quasi a cercare un colpevole. Gli mise il braccio sotto l'ascella per aiutarlo a risollevarsi e si accorse che era cosciente.

Maria fu la prima ad accorrere e gli passò la mano sulla guancia, come una carezza. Poi col suo fazzoletto, aveva iniziato a pulirgli la fronte, quando il giovane ebbe una reazione improvvisa: le allontanò la mano con un gesto veloce, quasi uno schiaffo.

«Ma che gli ho fatto?», disse sorpresa la ragazza cercando, prima nello sguardo del fratello e poi in quello di don Francesco, una qualche spiegazione, che non venne.

Girò le spalle e col volto corrucciato ritornò verso l'altare.

«Mentre cantava ho avvertito un trasporto particolare, poi ho visto una grande luce e, in quel momento, non sono stato più padrone del mio corpo. Le gambe hanno ceduto… e mi sono ritrovato per terra. Ve l'avevo detto, quando mi avete chiesto di prendere il posto di Yermi», fece rivolto a Riki e aggiunse, parlandogli con fatica: «L'ho allontanata d'istinto…, come per difendermi da qualcuno o qualcosa, e poi… l'idea che una fanciulla…, anche se brava nel canto, mi possa mettere in difficoltà e ridurmi… in queste condizioni…».

Fece un colpo di tosse.

Tacque.

Nella mente, che man mano tornava più lucida, si ripresentò l'immagine di chi gli aveva messo il fazzoletto sulla fronte.

Provò un senso di rammarico, ma non disse nulla.

Chiuse gli occhi e respirò profondamente.

Lo pervase un senso di appagamento, come per uno scampato pericolo.

Fu in quel momento che, in un *flash*, rivide quanto gli era accaduto a Pinsk, dove aveva ricostituito il suo gruppo musicale *klezmer* con altri amici.

Alcuni anni dopo l'arrivo da New York aveva manifestato un disturbo particolare. Gli succedeva, nel bel mezzo del concerto, quando la musica era più coinvolgente, di smettere di suonare. Il pianoforte taceva per alcuni secondi e lui, con gli occhi sbarrati, si perdeva nel vuoto.

Un intervallo breve, in definitiva, che agli altri del gruppo sembrava interminabile e che presto avevano imparato a coprire. Lo facevano con digressioni eseguite con i fiati e gli archi, e il pubblico non si accorgeva di nulla. Quando il pianoforte, come per incanto tornava a suonare, tutti i musicisti rientravano nello spartito e gli applausi non mancavano.

La madre l'aveva fatto visitare dal medico di famiglia vincendo le resistenze del figlio.

Il professionista era un anziano signore calvo, con una corona di capelli bianchissimi sulle tempie e sulla nuca, la barba candida e curata, a coprire labbra e mento, e gli occhi vivissimi dietro due lenti tonde. Li aveva ricevuti con un sorriso, in piedi, forse prevedendo, o sperando, che l'incontro sarebbe stato breve.

Poi aveva iniziato il colloquio col giovane: serrato, intenso.

"Punta sulla forza della parola e sulla capacità di penetrare l'animo dei suoi pazienti, forse per liberarli da suggestioni e paure", aveva pensato Shimon.

Avevano parlato anche di argomenti non legati alla salute: le origini della famiglia, il rapporto col soprannaturale, le amicizie.

La madre ne era rimasta sorpresa e non li aveva interrotti, certa della bravura di quel professionista. Una cosa aveva notato: sembrava un discorso tra pari e non tra medico e paziente. Se n'era inorgoglita.

Il dottore aveva interrogato anche la donna e, dopo aver visitato il giovane, aveva scandito le parole della sua diagnosi: «Signora, escludo quello che lei teme. Shimon ha superato da tempo la soglia dell'adolescenza e i brevi periodi di assenza si verificano solo durante l'ascolto della musica, per cui non si tratta di crisi epilettiche. Potete essere tranquilli», aveva sentenziato. «Anzi, suo figlio è un giovane a posto», aveva aggiunto facendosi riflessivo, come se il suo pensiero fosse altrove.

La povera donna, invece, non era sembrata rassicurata. Anzi, i modi sbrigativi del dottore avevano aumentato la sua perplessità e aveva insistito nel chiedere spiegazioni più approfondite.

Il dottore non si era intenerito e aveva aggiunto, concludendo con il tono del congedo: «Quelle crisi che lei teme, signora, si sarebbero già dovute manifestare molto tempo prima. E poi, si verificherebbero numerose volte nel corso della giornata, anche più di cinquanta e, le ripeto, non solo sotto lo stimolo musicale!»

La signora s'era rincuorata, ma un'ultima domanda l'aveva fatta: «Perché questo accade a mio figlio e, soprattutto, mi dica, nel futuro, potrebbe peggiorare?»

L'altro aveva sospirato, aveva lasciato cadere gli occhiali sospesi a una cordicella che circondava la nuca e, allargando le braccia, aveva risposto: «La natura umana è impenetrabile nella sua complessità, signora. Non tutto riusciamo a spiegare; noi siamo tecnici, ci basiamo sull'esperienza professionale e sui dati scientifici; per suo figlio, sono certo che non si tratti di cosa preoccupante, anche per il futuro. Per il resto….. siamo nelle mani del Signore, per chi ci crede».

Tendendo la mano in segno di saluto, aveva aggiunto: «… E io ci credo!»

Shimon aveva assistito al dialogo senza intervenire.

A tratti si era sentito a disagio per le insistenze della madre, ma si era anche divertito osservando quel siparietto finale tra i due. Era uscito infine sollevato dal consulto, tranquillizzando la madre.

Ora all'istante, in un lampo, così come erano venuti, quei ricordi svanirono, lasciandolo sul pavimento della chiesa, tra le braccia dell'amico.

"Ma oggi e qui, nel campo profughi, ai piedi dell'altare di questo piccolo paese, perché mi è successo questo? E a distanza di tanto tempo dai fatti di Pinsk?", pensò.

Non seppe darsi una risposta.

E questo lo inquietò.

Intanto si era avvicinato il dottor Alfonso, un medico condotto della Città.

Anch'egli faceva parte del coro, tra le voci basse, e stava attendendo gli altri coristi, in fondo alla navata, per le prove successive al *Miserere*. Con un cenno concitato, don Francesco aveva richiamato la sua attenzione ed era accorso.

Si piegò verso il giovane, l'osservò, gli tastò il polso, gli chiese di sollevare braccia e gambe e di stringere con forza le sue mani.

Gli fece poche domande, quindi espresse il suo parere verso il parroco e gli altri: «Non ho gli strumenti medici ma non servono, vedo che si è ripreso». Lo guardò negli occhi, gli abbassò le palpebre. Continuò: «Non è inciampato né scivolato, non ha avuto un calo della pressione sanguigna perché sarebbe pallido e sudato, non ha *deficit* neurologici evidenti, è cosciente, non ha avuto convulsioni né bava alla bocca che possano far pensare a qualcosa di serio… non so che dire. Se il fatto si dovesse ripetere, fatemelo sapere, faremo delle indagini più approfondite…».

Il giovane lo guardò perplesso.

Aveva parlato come un professionista a un congresso medico.

Ne sorrise.

Poi gli venne in mente il medico di famiglia a Pinsk e si chiese se i medici di paese avessero tutti lo stesso aspetto. Perché anche questo era calvo, aveva la barbetta col pizzo, portava gli occhiali appoggiati sul panciotto e ispirava una certa bonomia. E poi, anche lui continuava a rassicurarlo senza spiegargli nulla di concreto, lasciandolo in quei dubbi che ora si facevano sempre più strada nella sua mente.

Il medico si rimise in piedi e lo fece sedere sul bordo della pedana.

«La medicina purtroppo non è come la matematica dove due più due fa sempre quattro. In questo giovane non trovo nulla di organico che sia evidente, sarà un problema psicologico...», concluse.

«Quando non sanno che pesci prendere, dicono sempre che è un problema psicologico!», sibilò Riki verso l'amico, senza farsi sentire.

Gli fece cenno di volerlo prendere sottobraccio per avviarsi, insieme, verso l'uscita laterale, ma Shimon alzò la mano destra, facendo intendere che non era il momento.

Non doveva sembrare una fuga perché era pur sempre un capo *klezmer,* e poi, aveva dato la sua parola.

Si mise in piedi senza tentennamenti. Respirò profondamente.

«Per un buon concerto mancano almeno tre o quattro violini, don Francesco, e sono curioso di sentire come se la cava il coro. Ma oggi non è il giorno giusto, mi sembra evidente...», concluse.

«Ti aspetto, allora. E ricorda che dove non arriva il medico del corpo potrebbe arrivare quello dello spirito...».

Il giovane ascoltò le ultime parole del prete senza comprenderne il senso perché, in quell'istante, la sua attenzione era rivolta altrove.

Andò verso l'altare dove Maria manteneva lo sguardo sullo spartito musicale e tradiva imbarazzo: le braccia erano ferme mentre le ginocchia e il bacino roteavano lentamente. Rocco, alle sue spalle, aveva ripreso a tormentarle le bretelle.

Si fermò davanti a lei e le tese la mano attirandone l'attenzione.

Lei lo guardò, gli sorrise timidamente e gliela strinse senza esitare.

«Grazie!», disse il giovane ebreo ricambiando il sorriso.

Poi lasciò che Riki lo prendesse sottobraccio.

Si avviarono insieme verso l'uscita della chiesa.

VI

Il Campo profughi

S'incamminarono in discesa, verso il porto. Shimon appoggiava la mano sulla spalla dell'amico. Tutto era passato, le forze gli erano tornate e perciò si staccò da lui, attraversò il lungomare e si affacciò dal muretto, verso la costa.

Si sentì rigenerato, si inebriò della giornata mite, del profumo dell'erba, dell'odore della salsedine e della calma del mare vasto.

L'orizzonte gli fece pensare a lontani luoghi di speranza.

La guerra e le preoccupazioni personali, a un tratto, gli sembrarono lontane.

Poi vide sotto di sé la Villa del Comando.

«Andiamo da Maier», disse all'improvviso.

«Voglio sentire il suo parere», aggiunse con decisione.

Il capo *klezmer* era tornato, aveva ritrovato fiducia in sé stesso e ora provava un sentimento di ribellione per quanto gli era accaduto. A quella caduta intendeva trovare, in ogni modo, una spiegazione.

Serviva la persona giusta che la potesse dare, perché l'alibi dei "problemi psicologici" non gli avrebbe giovato. Aveva vissuto per anni a New York, avrebbe dialogato bene con quella persona.

Friedrich Maier, medico del Campo 39, era infatti un americano di origine austriaca, poco più che trentenne, noto in paese per la preparazione professionale e per lo spirito altruistico. Non si occupava soltanto dei profughi, ma accorreva anche se chiamato dagli abitanti locali. Aveva curato persone abbienti e anche centinaia di poveri. Tra questi ultimi ne aveva fatto ricoverare alcuni addirittura nel sanatorio di Lecce, accompagnandoli con l'ambulanza del Campo e aveva perfino elargito, in tutta riservatezza, aiuti in denaro a malati bisognosi.

In paese era stato il primo a curare con la penicillina – che aveva portato con sé dagli Stati Uniti – salvando vite umane. Sul suo conto si era sparsa voce che, per rendergli merito di tutto ciò, la Conferenza di San Vincenzo – un sodalizio locale che aiutava materialmente i poveri e gli abbandonati – lo avrebbe proposto agli amministratori della Città per il conferimento della cittadinanza. Di più, all'ebreo era giunta notizia che aveva curato gratuitamente oltre trecento ammalati poverissimi e aveva effettuato una ventina di visite ortopediche preparando cinque ingessature. Il suo operato aiutava a mantenere rapporti di buon vicinato tra i cittadini del luogo e gli ospiti stranieri. Un professionista serio, una persona competente e di grande umanità, insomma, che non passava inosservato, neppure a Shimon.

«Andiamo da Maier», ripeté.

Superarono il cancello della Villa del Comando, l'antico edificio rossastro che sovrastava il porto e ospitava il comando anglo-americano.

Nel porticato qualcuno del *kibbutz* aveva disegnato una *Menorah* e il *Maghen David*: la prima era un candelabro d'oro a sette bracci, l'emblema universale degli ebrei; la seconda era la stella di Davide, a sei punte, formata dalla sovrapposizione di due triangoli. Al piano terra videro l'indicazione "*medico del Campo*" e la seguirono salendo le scale che li portarono al primo piano, in un salone in cui la porta dello studio medico, però, era chiusa.

Nell'attesa, decisero di affacciarsi alle finestre.

L'intero specchio d'acqua del porto era ai loro piedi. L'aria era limpida e, in profondità, l'orizzonte si allungava nitido.

Per tre giorni la tramontana, dai Balcani e dal nord, aveva imperversato a raffiche increspando il mare, e ora il cielo era terso." *'U friscu' dura tre giurni*", tre giorni, "*per nascere, pascere e morire*", come dicevano i pescatori. Dall'alto, si poteva osservare il disegno del *Displaced Person Camp* numero 39 e seguire, da una posizione privilegiata, lo scorrere della vita di molti suoi ospiti.

«Guarda lì», fece Shimon.

Due giovani si stavano esercitando nel pugilato. Erano all'interno di un *ring,* allestito tra i due chioschi posti nel piazzale, vicino alla fontana, sul lungomare. Più che cercare di colpirsi, in realtà, si muovevano per schivare i colpi che a turno si scambiavano senza affondarli.

«È un *ring* preparato dagli angloamericani tre anni fa», rispose Riki.

L'amico mostrava di sapere che nel 1943 gli alleati avevano organizzato nella provincia i *Rest Camp*, i campi militari di riposo dove i soldati, di ritorno dal fronte, potevano ritemprare il corpo e lo spirito. Dal 1945, questi erano diventati campi per profughi come Shimon e gli altri.

Da quella posizione i due osservarono tutto, anche le belle ragazze slave ed ebree che passavano sul lungomare o che andavano a prendere l'acqua con le brocche, attingendola alla fontana.

Non c'erano solo le donne: videro anche una ventina di giovani, in tenuta sportiva, che si allenavano alla corsa e con esercizi ginnici. E guardando con attenzione, ancora più in basso, ecco altri ragazzi che giocavano a pallavolo sulla spiaggia della Rena, la distesa di sabbia che copriva gli scogli dove era stata edificata proprio la Villa del Comando.

«Sono i nostri! – disse Shimon – Si stanno preparando per gareggiare, fra otto giorni, a Santa Cesarea, nelle *Maccabiadi*. Questa volta speriamo proprio di vincerle noi».

I rifugiati ebrei, ovunque fossero, non erano soli perché nei Campi erano affiancati da agenti politico–culturali che si occupavano specie dei giovani.

Lo facevano con tornei sportivi, eventi culturali teatrali e proiezioni cinematografiche, secondo le idee del *kibbutz Bètar*. Le *Maccabiadi* erano gare sportive tra gli ebrei dei Campi sparsi nel Salento, e correva voce che fosse un'iniziativa locale, pensata proprio in quel periodo. Le competizioni si svolgevano in tornei che riguardavano soprattutto calcio, pugilato, atletica leggera e ping-pong.

Quegli agenti dei Campi erano gli emissari inviati dall'*Organization of Jewish Refugees in Italy*, conosciuta come *Ojri*, che forniva supporto finanziario e logistico agli ebrei.

«Ehi voi, che desiderate?»

La porta del medico si era aperta e ne era uscito l'infermiere.

«Se cercate il medico, potete entrare, ora è libero».

Fisico alto e asciutto, volto giovanile e pulito, capelli folti con riga laterale e sfumatura alta, tipicamente militare: il dottor Maier era come i due giovani l'avevano immaginato sentendone parlare, e bene.

Notò la ferita e il bernoccolo sulla fronte del giovane.

«Vieni», gli disse avvicinandosi al carrello delle medicazioni.

Valutò il taglio, lo disinfettò e decise che non era necessario suturare.

Fece applicare dall'infermiere un cerotto e avvertì: «Non lo bagnare e non lo togliere prima di tre o quattro giorni».

Poi gli mise in mano una borsa di ghiaccio.

«Tienila per qualche minuto, finché sei qui».

Li invitò ad accomodarsi mentre si sedeva dietro la scrivania.

Era questo il suo stile: andare al sodo; prima la cura, poi il dialogo. Preferiva soddisfare le esigenze più immediate, poi approfondire per chiarire le situazioni. Forse per questo ad alcuni malati, vedendone lo stato di malnutrizione a causa dei razionamenti della guerra, aveva prima consegnato denaro e cibo e poi era tornato a visitarli.

«Che ti è successo?», chiese al giovane.

Quello gli raccontò tutto, dai tempi di Pinsk fino a quella mattina, comprese le prove del concerto e la proposta del parroco. Il medico ascoltò. Lo interruppe solo per farsi precisare sensazioni e reazioni che avevano preceduto e seguito gli episodi narrati.

L'ultimo, in ordine di tempo, era scritto sulla sua fronte.

Quando ebbe finito di parlare, lo visitò sul lettino e gli misurò la pressione. Gli fece perfino l'elettrocardiogramma con uno strumento, in verità piuttosto voluminoso, che in Italia non era ancora conosciuto.

«Come ti trovi in questo Campo?», gli chiese.

«Non mi lamento. Ho visto la guerra».

«E la musica? Me ne hai parlato come qualcosa di importante per te».

«Di questi tempi, ci sono altre cose che vengono prima, ma la tentazione c'è sempre; anzi, sono alla ricerca di quattro violinisti», confidò il giovane.

«Violinisti? Allora è proprio una cosa seria per te!», sorrise. Quindi proseguì. «Ricorda, giovanotto, quello che ti è successo non deve condizionarti. Segui le tue inclinazioni. Alla tua età ci sono tante risorse… supererai il problema, ammesso che lo sia».

«Ma, mi spieghi, questa mattina, cosa mi è successo?»

«Il fatto che non ci siano state né perdite di conoscenza né convulsioni è positivo, è molto confortante».

«E allora?»

«Spesso in medicina ci sono risposte semplici, mentre noi medici siamo tentati dalle diagnosi complicate…».

«All'improvviso non ho sentito più le gambe, subito dopo le braccia mi si sono afflosciate, come un burattino al quale qualcuno aveva tagliati i fili...».

«Potrei ipotizzare che tu abbia avuto un'improvvisa sequenza di extrasistoli cardiache, ma avresti sentito dei colpi nel petto e, oltre tutto, il tuo elettrocardiogramma è perfetto!»

«E la grande luce che ho visto, prima di cadere?»

«Chi ha un calo della pressione vede in realtà il contrario…».

«E allora?», tornò a chiedere Shimon.

«Giovanotto, tu sei un sensitivo; voglio dire che la tua parte emotiva è forte. Questo è positivo, fornisce una carica creativa, uno spirito artistico. L'arte talvolta è impenetrabile, perché affonda le radici nell'animo umano. Accetta te stesso così come sei e non te ne pentirai!», concluse, allargando le braccia in un invito a seguire il consiglio senza porsi interrogativi.

Si sorrisero.

Maier lo fece perché voleva essere convincente, a sua volta Shimon lo fece per altri motivi.

Perché gli aveva scoperto la vena creativa, senza rivelargli di comporre musica; poi perché la sua conclusione non era stata impulsiva ma frutto di ragionamento e di dati strumentali. E, ancora, perché era sembrato evidente che il dottor Maier aveva preso a cuore il suo caso, non aveva minimizzato con la solita pacca sulle spalle di chi vuole togliersi presto un impiccio.

Infine, perché la giovane età del medico glielo aveva fatto sentire, se non complice, almeno amico e questo gli aveva ridato tranquillità. Restituì la borsa di ghiaccio, ringraziò e gli strinse la mano. Maier salutò anche Riki e li accompagnò fino alle scale.

Usciti dalla Villa del Comando videro, sullo sfondo, l'ingresso della Villa del Monsignore, al fianco della chiesa.

Shimon si ricordò di David, che alloggiava in quell'edificio, e ne raccontò l'incontro all'amico. Pensò di dover rimediare al modo brusco con cui, poche ore prima, aveva interrotto il colloquio con lui, ma mentre raccontava vide qualcuno e cambiò idea.

«Preferisco proseguire verso casa», fece.

«Da come mi hai parlato di David, io andrei a conoscerlo», replicò Riki.

«Vai pure. Digli da parte mia che, per farmi perdonare, una sera mi fermerò per assistere, in sua compagnia, alla proiezione di un film organizzato dai nostri agenti».

Non aggiunse altro.

In lontananza aveva riconosciuto Maria.

Era seduta sul muretto del lungomare e dava le spalle allo specchio d'acqua del Porto. La schiena sembrava inarcata perché le palme delle mani erano ben piantate sul bordo di quel muretto, contro il quale tamburellava i tacchi. Rocco, al suo fianco, contemplava il mare.

Shimon si fermò davanti a lei.

«Buongiorno!», fece.

«Buongiorno!», rispose la ragazza.

Il giovane si portò la mano sulla fronte per controllare la ferita.

Ne risero insieme, ma la ragazza si fece subito seria.

Con la mano cercò di allungare il vestito che già arrivava alle caviglie, perché quella posizione, davanti a un giovanotto, le sembrava sconveniente.

Balzò in piedi.

Si accorse che lui in altezza la superava di almeno una decina centimetri e se ne sentì stranamente rassicurata. Sorrise ancora, quindi cercò la mano del fratello senza staccare lo sguardo dal giovane.

Era d'abitudine in quei luoghi che le ragazze passeggiassero o parlassero con un ragazzo tenendo per mano la sorella o il fratello minore, oppure portando al braccio la borsa della spesa.

Insomma, una ragazza perbene non passeggiava per diletto, e ancor meno in tempo di guerra.

L'ebreo la fissò, serio.

Voleva scrutarne ogni atteggiamento e ogni emozione che potessero tradirne il pensiero. Desiderava impossessarsi della sua attenzione, dei suoi occhi e, con essi, della sua anima, come per liberarsi da quanto gli era accaduto e che l'aveva messo in difficoltà davanti a tutti, in chiesa, quella mattina. Lui, un dirigente del *kibbutz*!

«Come ti chiami?»

«Maria... e qui c'è mio fratello Rocco».

«Hai una bella voce, sei brava... chi ti ha insegnato a cantare?»

«Don Francesco, qualche consiglio.... Secondo lui ho delle qualità naturali... dovrei esercitarmi, studiare... ma la guerra è la guerra!»

«Anche a me piace la musica. Suono pianoforte e organo... canto, faccio composizione... la musica è la mia passione».

«Davvero? Anche tu! Che bello! Allora ti unisci al nostro gruppo? Dai, vieni con noi... ma stavolta non scivolare, mi raccomando!» disse la ragazza, tutto d'un fiato.

Non c'era malizia nelle sue parole.

Il giovane colse, in quella frase, la convinzione di Maria che si fosse trattato solo di un piccolo incidente. Questa volta la guardò con tenerezza perché ogni sua idea bellicosa era stata scacciata dall'ingenuità della ragazza.

La sentì indifesa, anche se l'eco del suo canto era ancora viva nella sua mente; tuttavia non voleva respingere quell'invito, che gli sembrò sincero.

«Penso di sì. Hai sentito quello che ho detto al prete in chiesa. Lui mi ha invitato. Penserò meglio a come fare, ci vuole tempo... ci sono alcune cose che devo finire... forse domani...», le rispose.

«Ma tu chi sei? Non ti ho mai visto dalle nostre parti... eppure abito da tempo in via Borgo Pescatori, qui vicino», tornò a chiedere la ragazza.

«Mi chiamo Shimon, sono un ebreo… sono in questo Campo da alcune settimane… c'è sempre tanto da fare… e poi, la guerra è la guerra, come hai detto tu, e ti porta dove vuole!»

«Dove abiti?»

«Qui vicino, a una cinquantina di metri… sono con mia madre, in una villa di due piani con undici stanze ma… non sono tutte per noi due, … ci sono decine di ebrei», rispose il giovane, indicando con la mano nella direzione della Via per la Città.

«Nella casa dei signori di Ruffano?», chiese riferendosi alla Villa del Latifondista.

«Sì».

«Ma quella è una grande villa, dove non sono mai entrata… e sarei curiosa di leggere le scritte che si vedono dalla strada, di fianco all'ingresso interno, oltre il cancello».

«Le ho viste. Lodano la solitudine… che, di questi tempi, è una fuga, la voglia di non fare niente. Ti posso accompagnare a leggerle, se vuoi…», le disse.

La ragazza si fece più seria.

Temeva di essere stata troppo intraprendente.

In fondo, quel giovane l'aveva appena conosciuto, anche se aveva un volto pulito, dei modi gentili e, sorridendo, guardava così dritto negli occhi da trasmettere più amicizia che soggezione.

«Devo aspettare nostro padre, di ritorno dalla pesca. Ci ha detto che verso mezzogiorno sarebbe passato di qua…, ha bisogno di noi per portare i pesci e per accompagnarlo verso casa. Lui non sente…», si schermì Maria.

Non le sembrava opportuno accettare così, su due piedi.

Non voleva neppure dire di "no" o almeno non intendeva pronunciare un "no" che non fosse motivato. Era stata comunque sincera e, mai come in questo caso, la verità l'aveva tolta dall'imbarazzo.

Il padre Cosimo aveva fatto la guerra in Marina, sulla corazzata "Cavour" e, dopo l'armistizio dell'8 settembre 1943, era rimasto bloccato sulla nave, nel porto di Trieste. In quel periodo, i tedeschi la facevano ancora da padroni in città, con esecuzioni sommarie:

fucilazioni e impiccagioni. Perciò, si era unito ai partigiani della brigata "Garibaldi", continuando la guerra sui monti, al confine tra Italia, Jugoslavia e Austria. Catturato dai tedeschi, era stato pestato a sangue, per costringerlo a dare informazioni sui suoi compagni, ma alla fine si era finto morto sulla neve e quelli avevano desistito, salvandogli così la pelle.

Era tornato a casa nel giugno dell'anno precedente.

Aveva cercato di riprendere l'attività di pescatore, rimettendo in mare la sua barca, rimasta nel deposito durante il conflitto. Però aveva avuto una brutta sorpresa: dal 4 aprile 1944 era stato imposto il divieto di pesca a partire dal porto e per buona parte della costa verso nord.

L'aveva deciso la Capitaneria di Brindisi per motivi di sicurezza a causa della guerra. Agli inglesi una simile limitazione andava bene: li aiutava a controllare meglio ciò che si muoveva in mare, nei piccoli porti come quello, sempre nel timore di imbarchi clandestini.

Per tirare a campare, Cosimo e gli altri pescatori di quella ventina di famiglie che abitavano al Porto facevano lavori alternativi: con le barche portavano in mare gli americani e gli inglesi per gite di piacere lungo la costa oppure per farli divertire con la canna da pesca, ricevendo in cambio denaro o roba da mangiare.

Il cibo scarseggiava, era razionato perché si poteva ottenere solo con la tessera che ciascuno presentava e sulla quale era annotata la razione che spettava a ogni famiglia. Invece gli alleati, come i rifugiati, ricevevano cibo abbondante tramite l'Unrra e potevano permettersi di darne anche a quei pescatori.

Negli ultimi tempi il divieto di pesca s'era allentato, e i militari non sparavano più contro chi stava pescando. Perciò Cosimo continuava a portare in barca gli alleati ma, di nascosto, era tornato a calare in mare due nasse, come ai vecchi tempi, nei fondali marini che solo lui e pochi altri conoscevano.

Quella mattina le avrebbe tirate su e il pesce non sarebbe mancato. Per questo motivo aveva preso accordi per farsi aiutare da Maria e da Rocco, al ritorno dalle prove per il concerto.

«Mio padre non sente più niente dopo le botte che gli hanno dato in guerra…, la mamma dice che il Signore ha ascoltato le sue preghiere perché, almeno, l'abbiamo riavuto vivo», aggiunse Maria.

«Mi dispiace per lui. Senti, per mezzogiorno manca ancora un'ora…».

Shimon insistette nell'invito, con un sorriso.

Maria tentennò, si guardò intorno più per prendere tempo che per cercare qualcuno.

«Va bene, andiamo! Ma facciamo presto…».

Dette una pacca sulle spalle a Rocco, che continuava a guardare il mare, lo prese per mano e si mise al fianco del giovane, accompagnandolo alla villa.

Giunti sul posto, aprirono il cancello in ferro e attraversarono un vialetto. Si trovarono davanti un altro cancello, montato su grosse colonne in tufo. Sulle due facciate c'erano attaccate lastre di marmo rettangolari con un'epigrafe ciascuna: una era in italiano e l'altra in italiano e latino.

Si fermarono a leggerle; sì, lodavano la solitudine, definita come portatrice della "pace dell'animo".

Il giovane rivelò a Maria quanto gli avevano detto nel primo giorno in cui aveva messo piede nella villa: quelle parole erano state incise, oltre un secolo prima, da Antonio Leuzzi, latifondista e proprietario della villa dal 1836, prima di donarla al nipote Giuseppe Pizzolante con la clausola che avrebbe preso anche il cognome dello zio. Giuseppe aveva mantenuto l'impegno e, da allora, la proprietà era diventata dei Pizzolante Leuzzi.

L'aveva incuriosito e se l'era ricordato: era una consuetudine diffusa, tra le famiglie ricche, affidare in ogni modo ai posteri il proprio cognome.

Quando questo non poteva accadere per eredità filiale, si mettevano in atto soluzioni alternative attraverso altri familiari ai quali far integrare le loro generalità originarie, magari con donazioni testamentarie.

Lette quelle frasi, Maria cercò di tradurre al giovane qualche termine latino, così come aveva imparato da don Francesco.

Si guardarono cercando di cogliere, l'uno negli occhi dell'altro, un tacito commento.

«Certo che di questi tempi e in questo luogo, parlare di solitudine, in un posto in cui siete quasi un migliaio e solo in questa villa decine di persone, sembra un'assurdità», fece lei.

«La solitudine... sì, è vero, la solitudine è una tentazione; qualche volta me ne vado sul molo a guardare in silenzio l'orizzonte», rispose lui.

«Ma si può sapere che facciamo ancora qui? E nostro padre? Ehi... mi sembra di sentire un certo profumo di pane fresco!»

Rocco si era stancato di seguire la sorella e si fece sentire.

Maria guardò l'ebreo col sorriso di chi chiede di scusare l'impertinenza di qualcuno.

«Il profumo viene dall'interno... venite», soggiunse il giovane.

Salirono la scala verso il primo piano e si trovarono in un sottarco sulle cui pareti c'erano attaccate bacheche con numerosi fogli.

Si fermarono a sbirciarli.

«Queste sono le convocazioni per gli allenamenti. Ecco il programma delle gare delle *Maccabiadi* di Santa Cesarea che si svolgeranno nell'ultimo giorno del mese», spiegò il giovane, invitando Maria e Rocco ad avvicinarsi.

Tra le date e gli orari dei tornei, in fondo al documento, c'era anche il testo della canzone *Hatikvah*, la Speranza, con l'invito a cantarla alla fine delle manifestazioni sportive perché inneggiava alla speranza degli ebrei – dispersi da Tito nel 70 dopo Cristo – di tornare a radunarsi insieme nella terra dei Padri.

Shimon fece anche notare ai due che, su un lato della bacheca, c'era un *vademecum* sull'educazione dei figli e che, in quella materia, l'ordinamento interno del *kibbutz* era piuttosto severo.

Indicò ancora gli appuntamenti per le funzioni religiose, che si svolgevano in varie abitazioni, trasformate in sinagoghe. Ricorrevano in particolare i nomi delle ville Risolo, Scarascia e Da Ponte, tutte poste sul lungomare, ma a distanze diverse. Spiegò alla ragazza che ciò accadeva per favorire la partecipazione ai riti religiosi da parte di tutti, indipendentemente dalla posizione della villa che li ospitava, perché la preghiera era il momento culminante, in cui si toccava con mano il senso dell'unità dei profughi ebrei.

Le aggiunse che, durante il rito, i maschi indossavano la *kippah*, il copricapo tondo portato in segno di rispetto verso Dio, come prevedeva il *Talmud*, uno dei testi sacri dell'Ebraismo. E infine che, nel corso della cerimonia, vestivano anche il *tallit*, lo scialle rettangolare di stoffa bianca con bande laterali azzurre.

Il giovane ebreo spiegava con orgoglio le radici e i riti della sua gente, ma si rendeva conto che cresceva in lui, più della volontà di illustrare, piuttosto il desiderio di parlarle, di guardarla negli occhi, di fermarne il sorriso.

Perciò decise di continuare e rivelò che il loro giorno di preghiera era il sabato, quando tutto si bloccava, anche l'attività delle cucine: si poteva prelevare e mangiare il pasto, ma non farlo preparare. E solo di sabato le ville dove erano ospitati gli ebrei erano illuminate con lanterne a olio.

In un angolo della bacheca Shimon lesse, ad alta voce, la comunicazione di un matrimonio pomeridiano tra due ragazzi ebrei a villa Risolo.

«Guarda! E poi questa sera, dopo il matrimonio, nella nostra villa fanno un film e domani uno spettacolo teatrale... ci vieni? È una cosa nostra, ma puoi venire, magari questa sera», disse l'ebreo, indicando una locandina appesa.

Maria sollevò le spalle senza parlare, mantenendo lo sguardo fisso sul giovanotto.

In verità non sapeva cosa rispondere, perché tutto stava accadendo in fretta.

Accettando poteva sembrare inopportuna, rifiutando poteva apparire scortese. Il silenzio la salvò.

Si avvicinarono nel frattempo Jakob e Riki e quindi anche Isaia Levyn, ebreo polacco di Danzica, un giovane di personalità. In quel momento si ritrovò il gruppo dei dirigenti del *kibbutz*.

I tre avevano in mano fogli ciclostilati e non furono incuriositi dalla presenza di Maria e Rocco. Per loro erano due degli ospiti della villa. Jacob guardò la fronte del giovane: «Nulla di grave, spero», disse.

«No, niente, un graffio, più o meno», rispose sorridendo verso Maria. «Come sai, domani esce il nuovo numero del nostro Giornale e stiamo facendo l'ordine del giorno per l'Assemblea generale di dopodomani. Ricorda che ci devi essere. Ti vogliamo proporre come nuovo segretario. Bisogna anche decidere cosa fare per gli inglesi... e per altre cose... e poi ci devi informare dell'ultima ricognizione sulla costa e sul porto», concluse l'amico. Shimon annuì.

Nel *kibbutz* il gruppo dirigente era ristretto e faceva proposte, ma le decisioni venivano prese nell'Assemblea generale. Si svolgeva nella rimessa della Villa del Latifondista, che aveva accesso diretto sulla Via per la Città, al fianco dell'ingresso stesso della villa. Gli inglesi stavano stringendo la morsa per impedire le partenze degli ebrei, ma nei piccoli porti come quello del Campo 39 e quelli degli altri Campi del Salento, avendo difficoltà a operare blocchi efficaci, provavano a intensificare i controlli.

Di conseguenza i nazionalisti più accesi, i sionisti, premevano perché il *kibbutz* si esprimesse con documenti di condanna e organizzasse marce di protesta, per ammorbidire gli inglesi.

Qualcuno aveva anche portato nella villa, senza ancora esporla, la bandiera dell'*Irgun Zwai Leumi*, un'organizzazione sovversiva paramilitare antibritannica.

«Guardate, ci sono gli orari dei treni, ma per quale motivo? Qui al Porto non c'è la stazione ferroviaria!», obiettò Rocco.

«Ma c'è in Città e, per arrivarci in tempo col camion che porta i nostri, abbiamo bisogno di quegli orari. Noi siamo commercianti, compriamo e vendiamo tante cose», spiegò il giovane.

Proseguì aggiungendo che ogni giorno gli ebrei del Campo salivano sul treno dalla Città e andavano a Lecce, a una cinquantina di chilometri di distanza. Si rifornivano di merci: coperte, vestiti e indumenti di ogni genere, scarpe, generi alimentari, a cominciare dal pane, e poi carburanti, olii.

Li vendevano nei mercati dei paesi della provincia, sia recandosi porta a porta, sia esponendoli sulle bancarelle nelle piazze principali.

«Ma io ho visto tanti di voi che passeggiano e non fanno niente!»

«Rocco, devi sapere che gli ebrei benestanti e quelli assistiti direttamente dall'Unrra, non commerciano. È vero, li hai riconosciuti per l'aspetto più curato e perché indossano vestiti che si fanno cucire dai sarti della Città».

«Non lo sapevo».

«Rocco, avvicinati... ecco da dove viene quel profumo».

L'ebreo aprì una porta e l'odore del pane fresco divenne intenso. Il calore che ne veniva fuori e un chiarore diffuso tradivano la presenza di un forno.

Prese un sacco di stoffa, lo riempì di pane e lo diede al ragazzo che sgranò gli occhi. Dall'inizio della guerra non ne aveva mai visto tanto.

Shimon spiegò ancora che gli ebrei e i militari, sia quelli americani che gli inglesi, ne potevano avere abbastanza, secondo le loro necessità perché c'erano forni che avevano la licenza di panificare solo per loro. Per tutti gli altri c'erano le restrizioni, il razionamento, la fame.

Rocco sapeva bene che, da settimane, i suoi coetanei per sfamarsi andavano a una certa ora nelle ville Cafiero e Daniele dove c'erano le cucine comuni per gli ebrei, e in cui costoro si recavano a ritirare i pasti.

Qui i generi alimentari non mancavano e, perciò, i ragazzi aspettavano che fosse terminata la distribuzione per tirare fuori i secchi di latta, svuotati del formaggio servito ai soldati americani, e riempirli di cibo, pane e pasta soprattutto. Lo facevano con l'assenso degli ebrei e la disponibilità degli operai locali che lavoravano in quelle cucine comuni.

Rocco sgranò gli occhi, e anche Maria era contenta.

Con quel pane, non avrebbero portato a casa solo il pesce, pensarono soddisfatti. E la riflessione fece tornare alla loro mente ciò che stavano dimenticando.

«Papà! Nostro padre...», esclamarono in coro i due, rivolti verso Shimon. Il giovane non se lo fece ripetere e li accompagnò verso l'uscita.

Si affrettarono tutti e tre verso il lungomare e, nella concitazione, non si accorsero di quattro uomini che stavano litigando. Erano slavi, due serbi e due croati, appena usciti da uno dei due chioschi dove c'era un'osteria. Al Porto gli slavi avevano fama di essere irrequieti.

Arrivati nel Campo prima degli ebrei, scappavano dalla loro terra. C'era chi fuggiva dai nazisti e dai fascisti e chi dai partigiani comunisti del maresciallo Tito che combattevano sia i nazisti che i fascisti. I Croati temevano la ronda dei Serbi e sospettavano che anche lì ci fossero le loro spie. Chissà qual era l'oggetto di quel litigio ma, certamente, gli argomenti non mancavano.

I tre rallentarono perché avevano capito di dover essere prudenti.

Il giovane li precedeva.

D'improvviso volarono, a un palmo dalle loro teste, una sedia e un coltello e fu allora che Rocco si buttò per terra, al riparo del muretto del lungomare, e Maria si strinse d'istinto a Shimon, abbracciandolo.

Subito intervennero altri slavi a sedare la rissa tra urla, grida e le imprecazioni del padrone dell'osteria.

Il giovane ebreo non riusciva a capire una sola parola dell'alterco, e non era solo per la diversità della lingua. Era abbastanza distratto da Maria, che gli si stringeva al petto, ma tutto durò pochi istanti.

La ragazza si staccò con la stessa rapidità con cui gli si era abbracciata. Arrossì, abbassando gli occhi, ma subito li risollevò.

Vide che dalla strada il padre agitava la mano per attirare la loro attenzione e si rivolse a Shimon. «Grazie... e di tutto... e scusami...», disse allontanandosi.

«Verrai per il film, questa sera, o domani per il teatro?», gridò lui.

«Non lo so... forse, ... dopodomani mattina ci sono le prove per il concerto», lo avvertì.

Non riuscì ad aggiungere altro perché Rocco la strattonava correndo.

In poco tempo furono lontani.

Il giovane rimase fermo a osservarli.

Lei si girò, fece più di un cenno con la mano, sorridendo.

Poi scomparvero, col padre, sulla salita di via Borgo Pescatori.

VII

Il rabbino

Il giovane si rese conto che, per rivederla, la circostanza migliore erano le prove del concerto. Prese le chiavi che utilizzava Yermi, corse alla Villa del Matrimonio, entrò nella stanza della ricetrasmittente, la mise in funzione e da quel momento ebbe un preciso obiettivo: trovare i quattro violinisti.

La ricerca fu laboriosa e il tempo trascorse in fretta, ma il risultato lo entusiasmò: rintracciò due violinisti russi a Santa Maria di Leuca e due ebrei a Nardò. A un musicista mancava lo strumento, ma il problema si poteva risolvere. Li convinse a spostarsi nel Campo 39: il concerto li allettava.

Decise che avrebbe parlato col comandante Hamlander per comunicare all'Unrra il loro arrivo, ed era certo che qualche villa del Campo li avrebbe ospitati. Non restava che trovare il mezzo di trasporto per prelevarli.

In serata il giovane giunse nei pressi della villa del Latifondista per incontrare i suoi. Notò che il portone del garage era ancora aperto. Si guardò intorno un'ultima volta, anche se era certo che Maria non sarebbe venuta. Povera ragazza! Erano successe tante cose, e così in fretta. Sospirò, scosse la testa e si convinse che il film l'avrebbe rilassato.

Entrò senza attendere oltre.

La proiezione non era iniziata e il vociare nell'androne era diffuso, ma senza confusione. In parte rimbombava negli spazi che sembravano dilatati dalle mangiatoie poste sui lati più lunghi del locale.

Si trattava di una vecchia stalla che il proprietario aveva destinato a garage, con la pavimentazione in basoli di pietra, puliti di recente.

Sedie e sgabelli erano sistemati in due file e sullo sfondo c'era, come schermo, un grande lenzuolo bianco, teso in un telaio e appeso al muro.

Tutti aspettavano di conoscere il film scelto per quella sera dagli agenti del *kibbutz* e, nell'attesa, i rifugiati socializzavano. E quanto c'era da raccontarsi, lontani com'erano dalla loro terra e dai familiari.

Partecipavano anche ragazzi del luogo che venivano per assistere a uno spettacolo inusuale per loro. Si notavano perché avevano formato un piccolo gruppo che, rimanendo in piedi, si muoveva con un po' d'imbarazzo e tendeva a rimanere in disparte.

«Shimon, Shimon», qualcuno lo chiamò.

«Eccomi, sono qui!», rispose.

Si trattava di David Melech che, andandogli incontro, aggiunse: «Che ti è successo in fronte?»

«Nulla di particolare, non ti preoccupare», rispose con un sorriso.

«Possiamo finalmente passare la serata insieme, come a Nereto. L'hai promesso, me l'ha detto Riki», chiosò David.

«Il film è una buona occasione. Hai sempre la passione per il violoncello?»

«Sì, e non solo... mi piacciono le belle ragazze... a Nereto ce n'erano poche... mi piace la loro compagnia».

«Qui invece non ti puoi lamentare».

«Sulle ebree ho qualche riserva... sono giovane, non mi voglio impegnare adesso. Ci sono le slave, alte, formose, bionde... a me piacciono le brune e qui sono tutte scure di carnagione».

«Le ragazze del Porto? Si contano sulle dita di una mano!»

«Sì, ma c'è anche la Città».

«E come fai? Ci sono quattro chilometri di distanza!»

«Ho preso un'automobile, comprata d'occasione mentre giravo nei paesi, per vendere roba... è stata una via di mezzo tra un acquisto e un baratto. L'ho fatta sistemare, funziona bene».

«E cosa fai?»

«La sera vado in giro nei paesi vicini. Questa sera ho fatto un'eccezione per te, in ricordo dei vecchi tempi».

A Shimon s'illuminarono gli occhi.

«Senti... se sei un amico, allora posso dirti che ho bisogno di una cortesia».

«Di cosa?»

«Nei prossimi giorni dovremo andare a Santa Maria di Leuca e Nardò o Santa Maria al Bagno».

«Così lontano? Non so se la macchina reggerà... ma potrebbe farcela. Cosa dovremmo fare?»

«Prendere quattro amici e portarli qui. Sono musicisti, anche loro, e faranno parte del gruppo per il concerto che sta preparando don Francesco».

«Don Francesco..., quel prete ha personalità. Va bene, d'accordo!»

«Andiamo a Leuca?», tagliò corto Shimon.

«Andiamo a Leuca!», approvò David.

S'interruppero perché un uomo aveva iniziato a parlare, in fondo, davanti allo schermo. Annunciava che avrebbero assistito a un film sullo spirito della cooperazione e sull'amor patrio.

Per tutti, il periodo che stavano vivendo spingeva a stare insieme, a discutere su ciò che univa, piuttosto che lasciarsi trasportare dai brutti ricordi.

Alla conclusione della proiezione, Shimon salutò l'amico e tornò a casa.

Che giornata intensa!

Le vicende per lui si erano susseguite a ritmo serrato: l'avevano sollecitato, sia come dirigente con responsabilità, che come giovane in preda a emozioni.

In camera l'attendeva la madre.

«Ma... mio Dio, che ti è successo in fronte?»

«Niente, mamma. Un graffio... stai tranquilla».

Non voleva che l'assalissero le preoccupazioni di Pinsk.

«Meno male... sia ringraziato il Signore! Dove sei stato? Non sei venuto per ritirare la cena. T'ho aspettato a lungo».

«È vero, scusami, ho avuto da fare», si giustificò.

«Ti ho messo il piatto da parte, ecco», gli disse sorridendo.

«Grazie. Se non ci fossi tu».

Consumò il pasto, poi si sdraiò sul letto e avvertì, dalla testa ai piedi, la stanchezza. Chiuse gli occhi.

Gli avevano insegnato a farlo, quando era turbato: ripercorrere mentalmente la giornata per capirne insegnamenti ed errori. In questo la musica l'aveva aiutato e l'esercizio della concentrazione gli era facile.

Due immagini si fermarono nella sua mente: don Francesco che lo ammoniva a considerare non solo il medico del corpo, ma anche quello dell'anima, adesso se lo ricordava, e il sorriso di Maria.

Sì, il sorriso, non più la voce.

Si rese conto di quanto fosse importante per lui una simile distinzione.

Si toccò la fronte con un gesto istintivo, non perché gli facesse male.

Riaprì gli occhi.

Oramai nella stanza c'era buio fitto.

Anche il verso stridente dei grilli, nel giardino della villa, s'era fatto lontano.

S'addormentò profondamente.

La mattina successiva, Shimon camminava sul lungomare.

Era una giornata di sole: il vento di tramontana aveva spazzato le nubi e portato tempo asciutto e cielo terso. Allungò lo sguardo fino all'orizzonte: la distesa del mare gli parve sconfinata e amica.

Nei giorni precedenti si era ricordato di non aver ancora messo piede in una delle tre sinagoghe del Campo, quella di villa Scarascia, a pochi metri dall'abitazione dove s'era svolto il matrimonio.

Alle altre due aveva rivolto qualche attenzione in cerimonie religiose.

Era a questo che pensava, prima di ogni altra cosa: non riuscire più a credere, a immaginare un Essere superiore. Perciò frequentava poco i riti della sua gente, nonostante il suo ruolo.

"*La fede è un dono del Signore*", aveva sentito dire dal rabbino di Pinsk e, negli ultimi anni, faceva fatica a collegarlo con la guerra e i suoi scempi, con la violenza e le lacerazioni delle famiglie. "*Come *mai Dio non indirizza al bene il cuore di tutti gli uomini? Non è sempre il bene che deve vincere sul male? Dove sei, Signore?"*

Questi interrogativi erano riecheggiati più volte nella sua mente in Bielorussia prima della fuga, ma il giovane continuava a non trovare risposte.

Qualcuno lo salutò: «Buona giornata, Shimon».

Il rabbino del Campo, Joshua Harzog, era appena uscito dalla sinagoga di villa Scarascia. Di media statura, con la barba bianca e la *kippah* sulla testa incanutita, aveva una sessantina d'anni e un portamento fiero.

«Buongiorno, rabbi».

«No, non si entra di là, quella è la porta d'ingresso indipendente che introduce al *miqveh*, la stanza del bagno rituale. Vieni da questa parte. L'aula del culto è qui».

Nel vuoto e nel silenzio che incutevano meditazione, spiccavano due arredi che Harzog indicò al giovane come importanti: la *tevah*, il pulpito in legno dove era recitata la preghiera e letta la *Torà*, e poi un armadio grande.

«È l'*aron qodesh*, la parte essenziale di ogni cosa, di tutto; dietro queste ante sono custoditi i libri della *Torà*. Renditi conto che è sistemato sul muro che guarda a oriente, verso la Palestina».

Sulla parete adiacente era stato posto un telo bianco, che la occupava quasi per intero, e sul quale una mano esperta aveva dipinto quattro elementi: la *menorah*, un candelabro a sette bracci al centro, e ai vari lati un ramo di palma, un corno d'ariete e un cedro.

«Noi siamo tutto questo. Sono i nostri simboli, i simboli del popolo scelto dal Signore», esclamò con orgoglio il rabbino.

«Sì, ma siamo stati spesso cacciati perché ebrei; per fortuna la gente di questi paesi ci ha accolti con benevolenza perché ci ha visti senza patria».

«Il Signore agisce attraverso le persone semplici. Ricordalo sempre: Lui c'è; magari gira in incognito, ma c'è. Non sempre ce ne accorgiamo. Diamo etichette di casualità a quello che ci accade, ci rifugiamo nel destino che pensiamo già scritto, ma Lui, in realtà, ci è vicino».

«Il Signore, il Signore. Ma dove sta? In questa guerra ho visto solo il trionfo del male. Dio ci ha abbandonati», disse sconfortato il giovane.

«Abbi fede», lo ammonì il rabbino.

«Lo so, dovrei vedere sempre ciò che è buono nella vita, ma cosa c'è di buono in un campo di concentramento... nell'essere mangiati dalle pulci... Pensavo che il male fosse solo in Germania, ma gli stessi scempi me li hanno raccontati in Polonia, in Francia. Eravamo in America, ma per aver voluto tornare in Bielorussia la mia famiglia s'è trovata nel mezzo della guerra. Siamo gente abbandonata, perseguitata e senza patria; è impossibile vedere luce in tutto questo. Dio dov'è?», obiettò con rabbia il giovane.

Harzog, con la mano, gli fece cenno di attendere.

Aprì l'armadio, tirò fuori un libro e lesse con enfasi: "*Ci sarà un sentiero e una strada e la chiameranno via santa. Su di essa ritorneranno i riscattati dal Signore e verranno in Sion con giubilo; felicità perenne splenderà sul loro capo; gioia e felicità li seguiranno e fuggiranno tristezza e pianto*".

«Sì, ma gli strazi della guerra che ho visto... », replicò Shimon.

«Noi crediamo alle parole che ti ho letto dal libro del profeta Isaia».

«Le ricordo quelle parole, ma quanto è difficile».

«Tu sei giovane, non essere impulsivo; forse hai il diritto di essere impaziente, ma hai il dovere della speranza. Di nutrirla per te e di trasmetterla agli altri». L'altro lo guardò, poi fissò la grande aula e non rispose.

«La speranza è come una luce e una luce, anche se piccola, può rischiarare l'oscurità», insistette.

«Ieri, in questo Campo, un ragazzo della Brigata Ebraica ha ritrovato tra i profughi suo padre, che è scampato ad Auschwitz. È stato un incontro molto bello, ma al suo arrivo ha portato anche la notizia della morte, nel *lager*, della madre dell'amico dello stesso ragazzo. È giusto questo?», chiese il giovane.

«Chi può dire ciò che è giusto e quello che non lo è! La creazione era fondata sulla giustizia, ma rendendosi conto che il mondo non avrebbe retto, il Signore e Creatore decise di unire la misericordia alla giustizia. Non c'è giustizia senza misericordia e non c'è misericordia senza giustizia», rispose il rabbino.

«Dov'è la misericordia?»

«Quella di Dio è nello stesso atto creativo. La creazione è un dono misericordioso del Signore all'uomo; così come è un gesto di misericordia la promessa fatta da Dio ad Adamo ed Eva di inviare il Salvatore».

«E la misericordia dell'uomo dov'è?»

«È nella fede nel Dio misericordia, è nel perdono».

«Come perdonare chi ha fatto tutto questo male alla nostra gente, a me stesso... e come sperare dopo quello che ho visto e vedo?»

Harzog stava per riporre il libro della Torà nell'armadio, ma lo riaprì. «Ecco, è il libro dell'Esodo. Qui si legge: *"Io mando un angelo davanti a te per custodirti nel tuo cammino e per farti entrare nel luogo che ho preparato"*. Fratello mio, figlio mio, il cammino è lungo, ma il luogo è preparato e l'aiuto è intorno a noi».

«Un aiuto? Un angelo?», domandò il giovane.

«Sì, l'Arcangelo Michele».

«Mah, io angeli non ne ho mai visti e penso a vivere giorno dopo giorno perché i problemi non mancano», sbottò il giovane.

«Non è sufficiente vivere».

«Che vuole dire?»

«La vita non basta viverla, bisogna dedicarla. Offrila, dedicala al Signore e non te ne pentirai!».

«Non credo nel Signore!»

«Ma Lui crede in te! Tanto che ti ha scelto! Anche per guidare questo kibbutz», concluse il rabbino.

Shimon annuì distrattamente. Salutò e tornò all'aria aperta.

Guardò in alto: l'azzurro tenue, a tratti segnato da nubi bianchissime, era solcato da gabbiani dal volo misurato.

I promontori rocciosi di Castro e di Santa Cesarea a est e del "*Quadrano*" a ovest risaltavano nitidi.

Sentì la guerra lontana.

Ne fu intimamente felice.

VIII

Echi di guerra

Shimon si affacciò al muretto del lungomare. L'amico morto rimaneva nei suoi pensieri e un nuovo *flashback* consolatorio s'impadronì della sua mente.

Non sullo schermo bianco del garage, ma sul cielo limpido che sovrastava il mare, vide qualcosa. Lì, rivisse l'ultimo incontro col suo capo.

«Eccomi! Conto su di te. Me l'hai promesso durante la cerimonia nuziale», disse Yermi con un sorriso, incontrando Shimon davanti allo specchio d'acqua del porto.

«Andiamo» rispose il giovane mentre tirava la fune che, fissata a un grande anello in ferro, tratteneva la barca vicina della banchina. Poi si piegò sulle ginocchia e, con la mano, bloccò la prua facendo salire Yermi. Quindi salì anche lui.

Insieme sistemarono i remi e uno di loro staccò la fune di aggancio alla banchina, mentre l'altro liberava l'imbarcazione dalla boa di ancoraggio sul fondale. Presero il largo e con la forza delle braccia di Shimon, remando sotto la costa, superarono i frangiflutti dell'imboccatura del porto e giunsero nei pressi della Rotonda.

Il camion, arrivato dalla Città, li stava già aspettando.

Yermi insegnò all'amico la stessa operazione di carico che aveva condotto nel pomeriggio precedente. Furono rapidi, ma con grande fatica, manovrando un remo per ciascuno e coordinando i movimenti.

Giunti alla Rena, scaricarono tutti pacchi e legarono l'imbarcazione alla banchina.

Se ne tornarono verso casa percorrendo la stradina in salita che fiancheggiava la Villa del Comando, prima di immettersi sul lungomare.

Qui, sentirono alte grida provenire da via Borgo Pescatori e le seguirono di corsa, certi di dover aiutare qualcuno. Si ritrovarono sull'uscio di un'abitazione da cui giungevano i pianti delle donne e le imprecazioni degli uomini.

Erano l'espressione di un dolore grande.

Riuscirono a intravedere, all'interno della casa, il maresciallo dei Carabinieri che rincuorava una donna dallo sguardo atterrito e un'altra donna che sedeva, esanime. Due anziani, con le mani sul volto, bestemmiavano contro la guerra battendo i piedi sul pavimento. I due ebrei capirono: in quella casa era arrivata la notizia di un congiunto morto in battaglia.

Era la prima volta che accadeva, per una delle famiglie del Porto.

Erano rimasti solo loro, in tutte le stagioni, perché i villeggianti non si facevano più vivi da tempo, come accadeva invece in primavera, in estate oppure nelle belle domeniche di sole di qualsiasi periodo.

Erano tornati nei paesi d'origine, nell'entroterra, da un paio d'anni, da quando s'era diffusa la notizia di un possibile sbarco delle forze alleate sulle coste leccesi.

I due amici si guardarono, imbarazzati: volevano esprimere partecipazione a quel dolore, ma capivano di essere degli estranei. Non intendevano apparire indifferenti, visto che erano vicini all'ingresso, ma nello stesso tempo rischiavano di essere inopportuni.

Sapevano che ogni popolo aveva un suo modo di esternare la sofferenza e perciò nelle parole o nei gesti temevano di essere fraintesi.

Rimasero sulla porta, indecisi sul da farsi.

«Buongiorno, buongiorno a voi!»

Qualcuno poggiò la mano sulla spalla di Shimon.

Era don Francesco.

«Buongiorno anche a lei, padre», rispose Yermi.

Il sacerdote, allargando le braccia, aggiunse sconfortato: «Fino a oggi la guerra ci aveva solo sfiorato; la radio ci informava sui combattimenti, è vero, ma per noi erano cose ancora lontane anche se, in Città, le notizie della morte di nostri concittadini non sono mancate. E non sono mancati neppure gli allarmi improvvisi delle campane della chiesa madre e delle sirene dell'Acait, il nostro tabacchificio, facendoci correre in qualche rifugio. Ma ora e oggi, la guerra è qui nel Porto con le sue tragedie. Si è preso uno dei nostri figli, sparsi sui fronti e sui mari!»

Scosse la testa sconsolato e entrò nella casa.

I due tornarono a guardarsi e si sentirono ancora più soli.

Fu questione di poco, perché arrivarono parenti e amici della famiglia, e ci furono testimonianze di solidarietà e di cordoglio.

Shimon e l'amico s'accorsero che erano manifestazioni sincere, di gente abituata a spezzarsi la schiena nel lavoro, provata dalle sofferenze, ma fiera di una dignità che veniva dalla fatica e dal timor di Dio.

Non si trattava di consolazione rituale, ma di partecipazione a qualcosa che poteva capitare a chiunque.

Nel tempo di permanenza in Puglia, i due ebrei l'avevano capito, ed era per il desiderio di rispettarlo che non sapevano come muoversi.

Si limitavano a manifestare un turbamento interiore, tuttavia sapevano che non sarebbero stati tacciati di indifferenza perché la loro stessa vita di profughi, da quel punto di vista, li giustificava.

Tra i vicini accorsi c'era anche Cosimo.

Era uscito da una modesta abitazione vicina alla fontana, in quella stessa strada. Entrato, si dava da fare insieme agli altri.

Capirono che qualcuno si era preso l'incarico di sbrigare le pratiche in caserma: bisognava sapere quando e come far arrivare in paese la salma.

Altri avevano preso il compito di avvisare i parenti in Città e quelli residenti fuori, e di organizzare il funerale. Altri ancora si interessavano dei pasti per i familiari più stretti del defunto, sia per quella giornata che per le successive.

Qualche bambino si era avvicinato alla porta della casa. Alcuni scalzi, altri con il vestito sdrucito, rimanevano sull'uscio accontentandosi di osservare la scena. Una presenza, la loro, che sembrava di impertinente attesa, quasi a voler scrutare, e soprattutto giudicare, i più grandi nei momenti della difficoltà.

Così apparivano, nel loro ripetuto sporgere la testa, per guardare meglio nell'interno della stanza, e poi ritrarsi, quasi a voler comunicare che loro non avevano nulla da spartire con quanto stava accadendo. E che il dolore e le sue conseguenze ricadevano solo sui più grandi.

Poco dopo uscirono dalla casa don Francesco, il maresciallo dei Carabinieri e Cosimo.

Si intrattennero con i due ebrei.

Cosimo voleva notizie della barca data a noleggio e il maresciallo si era mosso al seguito del sacerdote, perché gli venne spontaneo che fossero in sintonia le due autorità, quella militare e quella religiosa.

«Scusateci, ora vediamo che sono arrivate tante persone..., siamo forestieri, non sapevamo come aiutare», abbozzò Yermi all'indirizzo dei tre.

«L'importante è che siate qui, insieme agli altri. A un prete fa piacere vedere crescere la solidarietà nella sua parrocchia perché vuol dire che stiamo seminando bene. Il dolore ci distrugge, è vero. Il dolore ci unisce. Eh, quanto siamo piccoli!», sospirò don Francesco, presentando ai due amici il maresciallo.

Costui iniziò a raccontare la vicenda della morte dello sfortunato giovane, così come comunicata dal Ministero della Guerra.

«Oggi mi è toccato portare per ben due volte una cattiva notizia; qui, in questa casa e, ancora prima, a casa di donna Filomena, moglie di don Peppino», esordì il militare.

«Una cattiva notizia? A casa di chi?», chiese Cosimo.

Il pescatore, nonostante la sordità, aveva imparato a comprendere le frasi dell'interlocutore osservandone il movimento delle labbra e, se necessario, chiedendogli di ripetere qualche parola pronunciandola lentamente.

Fece così anche col maresciallo.

«Sono stato nella bella casa di don Peppino, il maestro di scuola. Povera signora Filomena, non si aspettava una simile notizia, e alla fine della guerra! Rimanere vedova a 36 anni, con tre figli», ripeté il militare scandendo le parole.

Si fermò nella narrazione, perché aveva visto Cosimo turbato. Il suo volto si era ancor più rattristato, in un'espressione tra sgomento e dolore.

«Siete parente di don Peppino, forse?»

«Parente? Io? Di don Peppino avete detto? No, no! Dispiace sempre per la morte di un compaesano», rispose, con tono di chi non voleva proseguire sull'argomento.

Seguì una pausa.

«La tua barca va bene, Cosimo. L'abbiamo utilizzata questa mattina e tra pochi giorni te la restituiremo», assicurò Yermi.

«Perdonatemi, vado a preparare la messa in suffragio di questo giovane e per il conforto spirituale della sua famiglia», si scusò il sacerdote, che aggiunse: «... e domani mattina abbiamo le prove del concerto, ricordalo», disse al giovane, che annuì.

«Anche noi abbiamo qualcosa da preparare, Shimon, lo spettacolo teatrale di questa sera», concluse Yermi, e ciascuno si avviò verso la propria strada.

I due ebrei giunsero sul lungomare: la fatica con i remi e le emozioni per la morte del giovane, li avevano provati.

In prossimità della Villa del Duca, prima ancora di salutarsi, udirono improvvisamente le grida d'aiuto di una donna, provenienti dalla Via per la Città.

S'affrettarono in quella direzione.

Una ragazza che conoscevano, Consiglia, la domestica di casa Pisanelli, la Villa dell'Onorevole, posta proprio di fronte alla Villa del Latifondista, si dimenava per resistere a un uomo che voleva portarla via con la forza. Dalla lingua e dalle frasi scurrili e sconnesse, i due capirono che si trattava di un americano ubriaco che tentava di usare violenza sulla donna.

Yermi non ci pensò due volte: con un balzo gli fu addosso e l'atterrò con un pugno. L'americano capì bene che non gli conveniva insistere e mollò la presa, ma allontanandosi gli lanciò imprecazioni e minacce: «Te la farò pagare, vedrai! Non la passerai liscia». Il capo *kibbutz*, che comprendeva la lingua inglese, non si fece intimidire, anzi insieme all'amico decise che avrebbero informato dell'accaduto sia il comandante Hamlander che i Carabinieri.

«Me ne occuperò io. Andrò a Leuca con David, per i due violinisti. Ci siamo intesi. Nel tragitto passerò dalla Città per denunciare in caserma la tentata violenza», disse Shimon e aggiunse: «Avviserò soprattutto il comandante Hamlander».

Shimon ripensava a tutto questo: immagine per immagine, parola per parola, emozione per emozione.

Qualcuno lo strattonò per un braccio e il ricordo della giornata trascorsa con Yermi svanì di colpo.

Un ragazzino del Porto, sorridente e a piedi nudi, gli tendeva la mano. Shimo non aveva con sé quel pane bianco che la gente del luogo preferiva, e gli diede un grosso pezzo di formaggio che, chissà come, si trovò in tasca. Glielo porse mentre uno dei suoi, dalla Villa del Latifondista, gli urlò che, dopo qualche ora, ci sarebbe stato un incontro tra di loro.

In serata, il garage della Villa del Latifondista fornì di nuovo la scenografia più adatta per l'occasione.

L'interno aveva gli spazi organizzati per la vita associativa degli ebrei. Poteva ospitare la proiezione dei film o eventi teatrali e, ancor più, le Assemblee generali. Come quella che avrebbe avuto luogo il giorno successivo.

Gli agenti politici del *kibbutz* non lasciavano impigrire i loro giovani e quella sera, appunto, toccò al teatro.

Si esibivano con divertenti scenette da avanspettacolo e canzoni tradizionali ma anche con improvvisazioni.

Spesso facevano uso di un linguaggio, per così dire, versatile perché si basava sulla lingua di provenienza, certo, ma includeva termini inglesi, italiani e qualche espressione del dialetto locale.

Cittadini del mondo.

Si creava un'atmosfera surreale, perché strideva con l'attualità legata a echi di guerra, ma spargeva un vento di fiducia nell'avvenire. A quel divertimento potevano assistere anche i paesani del Porto.

Ma era destino che quella giornata non dovesse finire mai!

Quando il giovane si recò a casa c'era, come al solito, la madre ad aspettarlo.

«Ci sono problemi con Sara..., sembrano più seri delle altre volte, Stiamo aspettando il dottor Maier, che conosce i disturbi della ragazza. Le ha fatto avere qualche sedativo nei giorni scorsi, ma in questa occasione, visto l'aggravarsi dei sintomi, ha detto che verrà di persona, in serata».

Shimon ascoltò in silenzio, scosse la testa scuro in volto.

«Speravo che, dopo un mese passato in questo luogo tranquillo, potesse migliorare. Forse abbiamo sottovalutato i suoi problemi... altro che cinema, teatro e *Maccabiadi*! Certo, anche quello serve... per carità!», disse rimettendosi la giacca.

«Rimani qui... tu riposati, vado a trovarla», concluse il giovane, che conosceva la storia della ragazza e della sua famiglia.

Sara Gerechter, ebrea quindicenne, era ospitata nella Villa del Duca con i suoi genitori. Erano giunti nel Campo 39 sul finire del 1945, provenienti dall'Albania, occupata dalle forze italiane. Suo padre era polacco, ma l'intera famiglia viveva da sempre ad Amburgo ed era conosciuta come ebrea tedesca. Per questo, insieme agli altri ebrei, era stata braccata nella *Kristallnacht*, la "notte dei cristalli", il 10 novembre del 1938, quando Sara aveva poco più di sette anni.

Quell'esperienza l'aveva traumatizzata: sembrava eternamente inquieta, sorrideva di rado, preferiva rimanere in casa e, spesso, aveva difficoltà ad addormentarsi.

Negli anni i disturbi si erano attenuati, ma ogni tanto si accentuavano con dolorosi lamenti.

Quella sera era uno di quei momenti di difficoltà.

Shimon giunse nella villa.

Trovò Sara e la madre nella camera di una coppia di anziani ebrei, i signori Otto, che avevano perso i tre figli, due ragazze e un maschietto, in un campo di concentramento. La donna ne portava le fotografie incastonate in un medaglione appeso al collo. La loro disperazione li aveva poi portati a trovare rifugio in Italia. Ora si coccolavano Sara, cercavano di rassicurarla, le sorridevano, e si guardavano bene dal ricordarle la sorte dei loro tre figli.

Il giovane non fece in tempo a decidere cosa fare, perché Maier li raggiunse e cominciò la visita.

La ragazza era pallida, con gli occhi sbarrati e continuava a ripetere di non sentirsi bene, di provare la strana sensazione di poter venire a mancare da un momento all'altro. La guardò sorridendole e le somministrò un sedativo. Poi iniziò a parlare. La famiglia comprendeva bene l'inglese per averlo appreso in Albania, tra altri profughi.

«Signora Gerechter, mi racconti qualcosa...», disse prendendo in disparte la madre.

La donna capì che il medico voleva conoscere, fino in fondo, l'intera vicenda per poterne parlare con la figlia e tentare di rimuoverne gli effetti negativi.

Così lasciò Sara con i coniugi Otto e lo seguì.

Gli parlò di quello che, al pari di molti altri ebrei, la sua famiglia aveva subito durante il lungo *pogrom*, la distruzione della "notte dei cristalli": la folla delirante, le finestre della sinagoga infrante a sassate, i negozi ebrei distrutti e le merci disperse per le strade, gli arresti e le deportazioni.

«Quella mattina Sara non poté entrare a scuola, e la riportai indietro con me. Ci rifugiammo in casa e ci rimanemmo a lungo, con porte e finestre sbarrate e luci spente. Di giorno, la voce di Hitler si diffondeva nel quartiere, dalle radio dei vicini. Venne la Gestapo, di notte, picchiò forte alla porta ma non aprimmo. Eravamo spaventati a morte. Poi se ne andarono, pensando che non ci fosse nessuno in casa. Mia figlia ne è rimasta sconvolta», esordì la donna.

«Come riusciste a fuggire?»

«All'alba del giorno dopo, le lascio immaginare con quale paura, raccattammo poche cose e ci rifugiammo a casa di mia suocera, dove era già nascosta una famiglia di ebrei. Ma anche lì venne la Gestapo, in cerca di mio suocero, per arrestarlo. Per fortuna dimostrammo che era morto da tre anni e se ne andarono. Poi fuggimmo in Albania dove tante brave famiglie, di religione islamica, ci hanno ospitato, prima di venire qui, il mese scorso», concluse la donna.

«Sara ha manifestato da allora questi problemi?»

«Sì, l'abbiamo fatta visitare. Ci hanno detto che si tratta di "nevrosi ansiosa reattiva" a ciò che ha vissuto, quando era psicologicamente troppo fragile», e aggiunse commuovendosi: «Poi vennero anche le crisi di panico, terribili… ma in Albania le cose sembravano migliorate».

«Si trova bene qui?»

«Sì, non si è mai lamentata del cambiamento, ma socializza molto poco».

«Statele vicini, le farà bene, ma deve vivere con i suoi coetanei, aprirsi alla vita, sentirsi utile a sé e agli altri. Capisco che non è facile farlo di questi tempi, fate il possibile!»

«Mio marito sta cercando di trasferirsi negli Stati Uniti; forse ci riusciremo nel giugno prossimo. Pensa che potrà aiutarla?», chiese speranzosa.

«Mettere l'oceano tra sé e i luoghi dove si è sofferto, avrà certamente un effetto positivo, ma la soluzione dei suoi problemi dipende solo dalla ragazza. Deve farsi una ragione di quello che le è accaduto, convincendosi che il male subìto non potrà mai più ripetersi. In questo, voi genitori potrete essere importanti. Da parte mia consiglierò dei farmaci per le situazioni particolari e, soprattutto, le parlerò».

«Grazie dottore, penso che lei abbia compreso il problema».

«Signora, abbia fiducia. I ragazzi hanno dalla loro parte la giovinezza. E la giovinezza dà tante energie. Cominci a mostrarsi ottimista innanzitutto lei, e lo faccia anche suo marito. Vedrà che ne avrà un aiuto. Adesso venga da Sara, le parleremo insieme», soggiunse Maier, con tono rassicurante.

Tornò da Sara, i coniugi Otto e Shimon.

Quindi portò la ragazza e la madre nella loro camera, le fece accomodare, chiuse la porta e si sedette di fronte a loro.

«Va meglio, Sara?», esordì.

La ragazza sembrava più distesa, ma anche imbambolata per effetto del sedativo.

«Un poco», rispose, guardando il medico e poi la madre.

«Vengo da una famiglia modesta del Texas e ho dovuto lottare per laurearmi e imparare una professione», iniziò il dottore, rivolto alla signora. E continuò: «Quando mi inviarono come responsabile medico in una compagnia militare, conoscevo le difficoltà a cui andavo incontro, aggravate dai terribili problemi che può portare un campo di battaglia. Ma era il mio lavoro. La notte, almeno le prime notti, non dormivo bene», aggiunse rivolto, questa volta, verso Sara, e proseguì: «Mi svegliavo d'improvviso col cuore in tumulto, un groppo alla gola e la sensazione che il cielo nero mi piombasse addosso, che potessi morire da un momento all'altro».

Maier stava volutamente esagerando sulle sue esperienze personali. E la madre lo comprese.

«Sì, sì, è così, io mi sento così», l'interruppe la ragazza.

Il medico le sorrise e tentò di minimizzare: «Vedi, cara fanciulla, può accadere a chiunque un poco di ansia, ricordalo».

«E come si fa? Io vorrei sentirmi bene…, ma quello che mi accade è più forte di me, come posso fare?», chiese piagnucolando.

«Difendi la tua giovinezza, non fartela strappare dalla guerra. Devi reagire, non puoi andare avanti con i sedativi. Sarebbe una sconfitta per te. E anche per i tuoi genitori».

«Difendermi, in che modo?»

«La violenza, la guerra sono colpe di alcuni uomini, che vanno fermati. Devi convincerti che quello che ti è accaduto, quello che hai visto, il terrore che hai provato, vengono dalla follia umana, che ora è finita, per sempre. Come quella voce terribile che gracchiava dagli altoparlanti di Amburgo e che tace oramai, anch'essa per sempre, dal 30 aprile dello scorso anno. Hitler è morto!»

«Tace?»

«Sì, per sempre. Il Bene, prima o poi, vince. Le persone buone sono più numerose, forse non ce ne accorgiamo. Ma tu e i tuoi genitori l'avete provato in Albania, e anche qui, o no?»

«Sì, è vero».

«Allora, ricorda sempre che, quando riusciamo a spiegarci o farci spiegare le cause di un nostro problema personale, in quello stesso momento ne abbiamo trovato la soluzione, l'abbiamo superato, mandato via, come un demonio strappato dalla nostra anima. Così anche tu, ora che ti ho spiegato i motivi del tuo malessere, tornerai serena. Man mano ti renderai conto che il male che hai visto non potrà più tornare e pian piano acquisterai maggiore fiducia in te stessa. L'importante è reagire».

«Cosa dovrei fare?»

Il medico si alzò, sorrise verso le due donne.

«Venite con me».

Tornò verso il giovane e gli Otto.

«Shimon, penso che il parroco abbia ancora bisogno di una voce femminile per il suo coro, non credi?», disse Maier.

«Sì... sì, ne sono certo», rispose quello, dopo un attimo d'incertezza, che gli fu sufficiente per capire le intenzioni del medico.

«La signorina Gerechter potrebbe essere un buon acquisto per il concerto... so che lo state preparando, me l'ha detto il parroco», chiosò il dottore guardando dritto verso la madre.

La donna fece un cenno di assenso con la testa e ripeté il gesto verso la figlia, per invogliarla ad accettare.

«Sì, il concerto è in preparazione; ci sono le prove», avvertì Shimon.

«Vuol dire che potrai accompagnarla per le presentazioni», sintetizzò il medico che aveva verificato, con sguardi veloci, il parere favorevole delle due donne

«Volentieri! Lo farò domani, prima di partire per Leuca, come ho concordato con David», concluse il giovane.

Oramai s'era fatto tardi.

Maier e Shimon uscirono dalla Villa del Duca e presero strade diverse per tornare a casa.

Il medico meditava su come, troppo spesso durante quei mesi, aveva dovuto ricorrere al colloquio, alla cura psicologica piuttosto che solo a quella farmacologica.

Era la guerra!

Shimon, invece, non riusciva a fissare una sola immagine, tra le tante di quella lunga giornata.

Ma alla fine una considerazione gli balzò alla mente: quel diavolo d'un Maier! Era proprio bravo.

Aveva ottenuto di far uscire Sara dal guscio, l'aveva convinta a guardarsi intorno, magari verso il mare.

Era proprio il caso di dare onore al merito.

E d'altra parte, se molti intendevano proporlo per la cittadinanza onoraria, qualche valido motivo dovevano averlo.

IX

Il pescatore

La mattina successiva, Shimon uscì di buon'ora in previsione dell'impegno preso col medico e del viaggio a Leuca con David.

Attese sul lungomare la signora Gerechter e Sara, per portarle in chiesa e presentare la ragazza a don Francesco e ai coristi. Tutti l'accolsero benevolmente.

Mentre Shimon si apprestava a uscire, arrivò Maria per le prove e andò incontro al giovane con un sorriso.

«Mi è dispiaciuto non poter venire per il film... mio padre non mi manda da sola... Rocco non voleva fare tardi, ha preferito esercitarsi con l'oboe», si giustificò.

«L'avevo capito. Non mancheranno altre occasioni», rispose il giovane.

Contava che si sarebbero rivisti, e non solo con lei. Voleva ancora dare di sé un'immagine diversa da quella mostrata nel giorno dello svenimento, o di che diavolo gli fosse successo.

«Resti per le prove?», gli chiese Maria con un rossore sul volto.

Benedetta ingenuità.

C'erano ragazze che, a qualsiasi età, sapevano nascondere le emozioni dietro un silenzio o un sorrisetto. Per Maria non c'era verso di fingere né di nascondere: se era emozionata, parlavano le sue guance.

Lei lo considerava un difetto, ma i genitori, in particolare il padre, la pensavano diversamente e glielo facevano notare. Non per rassicurarla, ma per convincerla che non c'era proprio motivo di crucciarsene. Col passare del tempo i giovani imparano tante cose!

Così pensavano della figlia.

«Mi aspetta David, devo andare in Città, nella caserma dei Carabinieri, poi a Leuca e domani a Nardò per prendere i violinisti...

anzi, don Francesco...», fece il giovane rivolgendosi al sacerdote, «uno di loro non ha il violino e bisognerà trovarlo... magari lei potrebbe chiederlo ai suoi amici».

«Ci proverò!», rispose il prete e s'interruppe, perché Maria volle intervenire: «Hai detto che devi andare in Città?»

«Sì, devo fare una denuncia e poi continuare per Leuca».

«È da ieri che mio padre vuole andare in Città. Allora facciamo un patto: io mi prendo cura di Sara e tu dai un passaggio a mio padre, ti va?»

Il rossore era scomparso.

Maria si sorprese per l'impertinenza della proposta. Forse il tempo della sua maturità stava scorrendo veloce oppure era quel giovane a infonderle fiducia.

«D'accordo, ma vai a chiamarlo», rispose quello.

Poco dopo, i tre erano nell'autovettura di David e, in pochi minuti, giunsero a destinazione.

In caserma, Cosimo chiese informazioni su come raggiungere la casa di don Peppino e, compreso bene il percorso da fare, scelse di farlo a piedi. Perciò salutò i due amici che, fatta la denuncia, proseguirono verso Leuca.

Durante il viaggio in auto Cosimo aveva detto poche parole.

Era nervoso, e non solo per la sordità.

Stava per incontrare una persona che non vedeva da quasi vent'anni. Non una persona qualsiasi, ma la donna che aveva amato in gioventù, e che improvvisamente non aveva più incontrato né visto, senza sapere dove e come si fosse volatilizzata.

Filomena... L'aveva conosciuta nel 1926, quando lei aveva sedici anni e lui diciotto.

Alta, con i capelli ricci e neri, l'aveva notata durante la messa nella chiesa del Porto, una domenica d'estate. L'aveva seguita con lo sguardo e lei se n'era accorta. Non s'era avvicinato perché la ragazza era accompagnata dalla sorella più piccola e lui s'era fatto prendere dalla timidezza.

L'aspettò inutilmente nelle domeniche successive: alla messa non s'era più vista.

L'incontrò di nuovo durante un giorno di festa in Città. Questa volta lei, sentendosi ancora osservata, con una scusa allontanò la sorella. Fu il segnale: lui si avvicinò, con garbo le chiese se poteva accompagnarla. Lei non rispose, fece finta di guardarsi intorno come se volesse farsi corteggiare e, richiamata la sorella, con lo sguardo fece capire a Cosimo che gli permetteva di seguirla.

Cominciarono a frequentarsi, ma gli incontri non erano assidui, perché lui faceva il pescatore col padre e la sera andavano a calare le reti.

Cosimo percorreva in bicicletta i quattro chilometri che dividevano il Porto dalla Città, e altri quattro se li faceva al ritorno. Lei l'aspettava, affacciata sulla verandina del primo piano, pronta a scendere se lo vedeva arrivare.

Per un certo periodo i genitori le consentirono di parlare con Cosimo, purché si fermassero sulla soglia di casa.

Era quella la rigida consuetudine nei paesi meridionali.

Visse giorni di emozioni che non aveva dimenticato. Parlarle gli dava il batticuore e si rendeva conto che non poteva fare a meno di vederla. Quella ragazza gli aveva sconvolto le giornate: mangiava poco e dormiva ancora di meno. Era come se si nutrisse solo della sua presenza, del suo sorriso, delle sue parole.

Poi, d'improvviso, Filomena scomparve.

Lui continuò a cercarla e un giorno, per un guasto alla bicicletta, si fece il solito tragitto addirittura a piedi, ma non ci fu niente da fare. Non c'era verso di sapere dove fosse finita quella ragazza.

Sembrava svanita nel nulla.

Lui pensò che forse era malata e bussò al suo portone: qualcuno si affacciò sul balcone, ma il portone non si aprì.

Cosimo era disperato.

Si chiedeva in cosa avesse potuto sbagliare, cosa mai avesse detto di sconveniente.

Ne parlò con un amico più grande, che gli mise una pulce nell'orecchio: e se fossero stati i genitori di lei a intromettersi? In fondo accadeva di frequente, in Città, tra due fidanzati!

Quello si propose nel prendere informazioni al posto suo, con calma, e gli consigliò pure di rimanere in attesa, di non fare tanta strada prima di avere avuto sue notizie.

Cosimo accettò e, d'altra parte, non sapeva proprio che cosa fare. Trascorso qualche giorno, non resistette. Riprese a passare e ripassare sotto quel balcone, senza risultato.

Nei vani tentativi una cosa aveva notato: di sera, proprio vicino alla porta dove s'era spesso incontrato con la ragazza, sostava un'automobile. Una presenza davvero insolita per quei tempi e su quella strada. Una presenza fuori luogo.

Finalmente l'amico venne a trovarlo e gli comunicò a malincuore il risultato delle sue ricerche. Aveva gironzolato da quelle parti, aveva parlato con alcuni vicini di casa della ragazza e soprattutto con un parente.

Non c'erano dubbi: la signorina si era fidanzata e fidanzata in casa, da subito. Ciò significava che il promesso sposo aveva già parlato con i genitori e ne aveva ottenuto il consenso. Di più: erano stati proprio i genitori a portarlo in casa per legarlo alla figlia.

Si trattava di una persona perbene, un maestro di scuola, figlio di un proprietario terriero. Aveva quasi il doppio dell'età della ragazza e una bella automobile, parcheggiata sotto casa: don Peppino, come lo chiamavano tutti, con rispetto.

A quella notizia Cosimo sentì di sprofondare.

Ne soffrì intimamente e cercò di lenire il dolore con il lavoro. Quindi si arruolò e, un anno dopo, morto il padre, gli concessero di tornare a fare il pescatore. Trascorsero i mesi, poi, nel 1928, si sposò e l'anno successivo nacque Maria, la primogenita.

Filomena s'era sposata poco tempo prima ed era andata ad abitare nella villa del marito.

Scoppiata la guerra, anche lui era finito in armi e, in una caserma della provincia di Trento. Svolgeva compiti di coordinamento. Dopo l'armistizio dell'8 settembre 1943, con l'esercito italiano in rotta, aveva cercato invano di tornare al sud. Invece si era ritrovato da partigiano nella brigata Mazzini, che era impegnata nelle vicinanze del monte Tricorno, al confine con la Jugoslavia.

Nel maggio 1945, con la guerra agli sgoccioli, la brigata aumentò gli atti di sabotaggio contro le forze tedesche per favorire l'avanzata delle truppe alleate. L'esercito tedesco, in vista della ritirata, scatenò una violenta controffensiva, anche con l'impiego di mezzi aerei, per liberare le vie di fuga. Il maestro e altri della sua brigata, sorpresi in azione militare sulla neve dove era impossibile nascondersi, risultarono facile bersaglio e furono mitragliati dall'alto.

Nessuno si salvò.

I loro corpi furono a lungo sepolti e dimenticati sotto la neve.

La notizia era giunta in Città sul finire di gennaio dell'anno successivo, gettando nella disperazione la moglie e i tre figli di don Peppino.

Cosimo giunse finalmente davanti a quella casa in via Alessano.

Si trovò di fronte una villa signorile, con un'ampia facciata.

Il portone, centinato e inciso da disegni barocchi, era racchiuso da una cornice modanata. In alto, alcuni vasi in terracotta coronavano il muro d'attico.

Il pescatore si sentì in soggezione.

Il mascherone sul portale aveva un'espressione poco invitante, ma si fece avanti.

Assestò un solo colpo col battente in ferro e fu sufficiente per farlo aprire.

Si affacciò una ragazza, col grembiule a tracolla.

«Volete qualcosa?», chiese.

«Sono un conoscente...», provò a giustificarsi.

«Ma la signora vi attende?»

«Se mi aspetta?», ripeté per essere certo di aver compreso la domanda sulle labbra della ragazza, che annuì. «No, no... ma se non è possibile...».

La voce di Cosimo fu interrotta da quella di Filomena, dall'interno della casa.

«Forse è ancora il nostro amico ebreo?», chiese con tono sofferente.

«No».

«Chiunque sia, fai entrare, Assunta», concesse la signora.

Qualche visita di cordoglio se l'aspettava, dopo la notizia della morte del marito.

La ragazza gli aprì una delle due ante del portone e, superata insieme la corte interna, lo fece accomodare nel salotto, oscurato da pesanti tende.

Le luci del lampadario facevano lampeggiare le sue foglie di cristallo. Due divani in broccato di raso e altrettante poltrone erano a ridosso delle pareti più lunghe. Nelle due più corte c'erano, una di fronte all'altra, una finestra con una tenda ricamata, e una porta, ai lati della quale due specchiere con cornici dorate impreziosivano ancor più la grande stanza.

Il pescatore ne rimase impressionato.

Si fermò e alzò lo sguardo sulle decorazioni delle volte, in stile *liberty*. Disegni sinuosi e ritratti di paesaggi occhieggiavano dall'alto.

Una figura si avvicinò lentamente alla porta.

Filomena avanzò vestita di nero e si fermò al centro della stanza. Le luci del lampadario facevano risaltare le ombre e la tensione di un volto sofferente, pur sempre giovanile.

Vide l'uomo di schiena e accennò un leggero colpo di tosse, come a schiarirsi la voce, per attirarne l'attenzione.

Cosimo si girò verso di lei.

Lo guardò, dalla testa ai piedi, titubante e incuriosita, mentre Assunta le era giunta al fianco. «Buongiorno, signor ...», s'interruppe.

«Sei tu!», esclamò prima di appoggiarsi, barcollando, tra le braccia della domestica.

L'aveva riconosciuto.

Si riprese subito e, con rapidi tocchi delle mani, ricompose i capelli.

Poi Assunta l'aiutò a sedersi sul divano e lei fece un cenno a Cosimo perché facesse altrettanto.

Seguì un silenzio che sembrò un po' di circostanza e un po' necessario alla donna per ripensare in un attimo alla sua giovinezza, ma non lo volle dar da vedere.

«Quando hai bussato al portone, ho pensato che fosse tornato il signor Yermi».

«Il portone …, il signor Yermi? Yermi chi?»

«Sì, Yermi, un signore ebreo molto per bene».

«Ebreo …, un amico di famiglia?»

«No, no. Quasi due mesi fa alcuni mercanti ebrei, che abitano al Porto, bussarono qui per vendermi mercanzie. Il nostro garage era aperto e dall'atrio notarono l'autovettura di Giuseppe, in stato di abbandono. Tra i miei figli c'è chi non vuole guidarla e chi non può, per l'età. Il giorno dopo venne il loro capo, Yermi appunto, a propormi di venderla alla sua gente, perché ne avevano bisogno per il mercato», raccontò mestamente.

«Scusami, ma … mi sono distratto …», mentì, «il signor Yermi diceva qualcosa? Cosa voleva?»

«Comprare l'automobile di mio marito».

«Yermi voleva comprare la vostra autovettura?»

«Sì. È ferma da oltre cinque anni. Forse anche Giuseppe ci avrebbe fatto un pensiero, ma nonostante Yermi sia tornato più volte per convincermi, non mi sono mai decisa. Alla fine, gli ho risposto che avevo inviato una lettera a mio marito per informarlo della richiesta e che sarebbe stato meglio per lui tornare dopo alcune settimane per la risposta. Ora… ora Giuseppe non c'è più…», concluse la donna commuovendosi.

«Giuseppe, sì. Ho saputo, ho saputo… mi è sembrato giusto venire, appena ho potuto», fece Cosimo.

«Perché?», chiese lei, con un filo di voce.

Non ci fu bisogno di leggere il movimento delle sue labbra.

Lui quella domanda se l'aspettava, e sapeva che si sarebbe trovato in difficoltà. Per quanto ci pensasse da ore, non aveva trovato una risposta adeguata o, meglio, un modo per dargliela.

Certo, vent'anni prima qualcosa era rimasto in sospeso tra loro due, ma come parlarne senza che sembrasse un rimprovero? E in casa altrui, per giunta. Però pensava che fosse necessario riaprire, anche solo per un attimo, quel discorso. Se non altro per poter capire. O per giustificare, se fosse stato necessario. Oppure per recriminare, se fosse stato indispensabile. Poi un saluto da buoni amici, se fosse stato possibile.

Con garbo, Filomena fece cenno ad Assunta di lasciarli soli.

In quel modo pensava di facilitare il dialogo. Non aveva compreso la titubanza dell'altro nel rispondere.

«Perché?», ripeté.

«Scusami», rispose finalmente Cosimo, puntando l'indice verso l'orecchio, «la guerra m'ha salvato la vita, ma mi ha preso le orecchie; non sento più niente però, se parli piano ti capisco».

Mai bugia fu, nello stesso tempo, più vera e soprattutto più propizia.

La disse con un sorriso, sia per farle capire che considerava la sua menomazione un nulla rispetto al suo lutto, sia perché era perfettamente cosciente di aver capito la domanda.

«Sei venuto per solidarietà».

«Non è passato molto tempo da quando eravamo ragazzi, ma siamo abbastanza grandi per capire cosa conta nella vita, e cosa no», disse lui.

«Quanti figli hai?»

«Figli? Sai che mi sono sposato, allora. Ne ho due, maschio e femmina».

«Sono contenta. La famiglia conta! Ancor più per te, che hai sofferto».

«Se ho sofferto? Ho sofferto, sì. Ho capito bene. Ti riferisci alla guerra, solo a quella?»

Cosimo cercava di indirizzare il dialogo verso il chiarimento che sperava.

«La guerra, la vita, ci tolgono sicurezze, ci danno amarezze, ma ho capito che l'importante è darsi sempre la forza per ricominciare. Questo riesce meglio se non si è soli», fece lei. «Ora, senza Giuseppe sono sola, ma il Signore mi ha dato tre figli. É da loro che voglio ricominciare. Le ferite bisogna farle rimarginare, non devono diventare una scusa per abbandonarsi. Confido nel Signore».

«Nel Signore, sì... bisogna crederci. Questo è bene, bene per te perché, nonostante tutto, sento nelle tue parole che non hai perduto la speranza».

«Anche i ricordi fanno crescere la speranza, Cosimo».

«Sì, i ricordi aiutano. E tu hai buoni ricordi, Filomena?»

Lei tacque.

Se avesse parlato dei loro ricordi giovanili avrebbe fatto torto alla memoria del marito e si sarebbe sentita ingrata per la vita e la famiglia che lui le aveva assicurato. Se avesse parlato solo del matrimonio con don Peppino avrebbe rinnegato una parte della sua giovinezza, quella vissuta con Cosimo.

«Sono convinto che anche tu, in caso di bisogno da parte mia, mi avresti aiutato. La pensiamo allo stesso modo. Le nostre famiglie ci hanno dato buoni sentimenti», aggiunse lui. Credeva in quel che stava dicendo. Lo disse tuttavia per deviare il discorso dalla loro vicenda personale di tanti anni prima, perché s'era accorto che generava in lei, in qualche modo, un residuo disagio.

«Consolare, alleggerire le sofferenze degli altri è una buona cosa», continuò Filomena.

«Le sofferenze, sì», fece lui fissando le sue labbra.

«Grazie per la tua vicinanza... ora dovrò pensare all'arrivo di Giuseppe. I carabinieri mi hanno detto che mi avvertiranno in tempo».

«Giuseppe? I carabinieri? Se hai bisogno, fammi sapere; sono al Porto e non ci vuole molto a trovarmi. Le case sono poche».

Il dialogo s'interruppe.

Filomena si sollevò dal divano.

Lui comprese che il momento del congedo si avvicinava e provò un profondo senso di rammarico.

Rischiava di non rivivere più una simile occasione.

Non se lo sarebbe perdonato, e osò.

Prese tra le sue la mano che lei gli tendeva per salutarlo e le disse: «Filomena, mi perdonerai... ma te lo devo chiedere... me lo devi!»

«Dimmi...».

«Vent'anni fa... successe che ti impedirono..., ti costrinsero a non vedermi più?»

Filomena accennò un sorriso stanco.

Fece una pausa, quindi rispose: «Il passato serve a vivere meglio il presente e il presente sono le nostre due belle famiglie».

«Non è per dare colpe a qualcuno, ma solo per capire», abbozzò lui.

«Ai miei genitori non posso rimproverare nulla», replicò lei, irrigidendosi.

E proseguì, abbandonandosi al ricordo volentieri, questa volta: «A modo loro mi hanno voluto bene. Ogni madre, ogni padre vuole le migliori fortune per i suoi figli, fa di tutto per loro. I miei genitori, a torto o a ragione, mi hanno dato la serenità, la sicurezza, una famiglia unita. Forse una cosa mi hanno tolto, senza volerlo... e non saprò mai se per loro fosse importante».

«I tuoi genitori? Ti hanno tolto? Cosa?»

«Il sogno, l'emozione. Che giorni furono quelli! Bellissimi, da innamorata... da giovanetta innamorata, voglio dire, dormivo poco e mangiavo ancora di meno. Ma non me ne lamentavo certo!»

«Mangiavi e dormivi poco? Successe anche a me; poco sonno, poco cibo, ma ne valeva la pena! Da grandi, invece, voler bene a qualcuno è un'altra cosa. Non dico che è meno bello, meno vero, ma... certo non fa dimagrire», incalzò lui.

Lei sorrise più convinta mentre Assunta tornava al suo fianco.

Cosimo le lasciò la mano. In cuor suo la ringraziò di averlo accolto e di avergli fatto capire come erano andate le cose vent'anni prima.

Per carità, l'aveva intuito da tempo: i genitori erano intervenuti con autorità convincendola a sposare un maestro di scuola, per di più latifondista.

Certo, era cosa ben diversa dal maritarsi con un pescatore!

Del resto, già all'epoca quel suo amico glielo aveva gridato in faccia, per spronarlo a farsene una ragione.

Sì, l'aveva capito, ma ora che le aveva potuto parlare non si sentiva offeso. Era stato sempre orgoglioso del suo lavoro. Gli venne di salutarla col baciamano, come aveva visto fare da militare, ma non erano modi da pescatore e lasciò perdere.

Le strinse di nuovo la mano tra le sue, mentre Filomena gli accennava un sorriso.

«Buona fortuna, arrivederci», le disse.

E mentre si accingeva ad andarsene aggiunse: «Devo dire qualcosa a Yermi, all'amico ebreo, da parte tua?»

«No, grazie. Lascia che le cose vadano come devono andare, vai in grazia di Dio, Cosimo».

«Buona fortuna ancora, arrivederci», le ripeté.

E abbandonò la villa.

Era ancora presto per l'appuntamento con Shimon e David, di ritorno da Leuca.

Nella macchina sarebbero stati in cinque, forse un po' scomodi, ma il tragitto era breve.

Si avviò verso la piazza maggiore: lì confluiva la strada per il Porto e lì era il cuore pulsante della Città. Tra uffici, negozi e chiese si muovevano gli affari, l'economia e la religione. Cosimo incontrò alcuni conoscenti e si intrattenne con loro, anche per ingannare il tempo. Quindi s'incamminò in direzione della fontana della piazza, dove avrebbe incontrato gli altri.

All'improvviso un uomo distinto incrociò il suo cammino e si fermò per salutarlo.

Era un suo amico d'infanzia diventato avvocato, e che lui chiamava Salvatore.

Vestito elegantemente di grigio, con cravatta, doppiopetto e un fazzoletto profumato che sporgeva dal taschino della giacca, era quell'uomo che per suo conto, vent'anni prima, aveva indagato sulla scomparsa di Filomena.

Non si vedevano da prima della guerra.

Il pescatore aveva saputo degli studi in giurisprudenza dell'amico e della sua professione, così come l'altro conosceva il lavoro di Cosimo, ma i quattro chilometri tra la Città e il Porto li avevano tenuti lontani. Ora nella piazza principale sarebbe stato più facile incontrarsi, sia pure per caso.

E così avvenne.

Anche con lui il pescatore si scusò della sordità e, nonostante le difficoltà a intendersi, parlarono delle ultime vicende personali. Però si guardò bene dall'accennare a quella visita mattutina.

Avrebbe tradito la fiducia di donna Filomena, che rimaneva sempre la moglie di don Peppino.

Quella doveva restare una pagina privata della sua storia e, anzi, una pagina che si era finalmente chiusa.

«Hai saputo della sorte di don Peppino?», chiese l'avvocato.

Il pescatore confermò con cenni del capo e allargò le braccia in segno di sconforto.

«Donna Filomena si fece convincere a preferirti il maestro; e ora...».

Cosimo alzò la mano facendogli capire che non voleva continuare sull'argomento.

«Ti sei fatto una famiglia, dunque. Anch'io mi sono sposato ma ora sono separato», disse l'avvocato.

«Separato? Mi spiace», abbozzò il pescatore.

«Ah... le donne, le donne!», mormorò l'altro, «Che personaggi, le donne. Che ingannatrici, le donne. Sono maestre nel mettersi in mostra, nell'offrire le loro mercanzie!»

«Cosa?»

«Oh, scusami», fece quello ricordandosi della sordità dell'altro, e ripeté la frase scandendo ogni parola.

«Mostra di cosa? Un mercato? La donna? Ma che brutte parole! Nessuno vuole rimanere da solo, questa è la verità».

«Le donne s'agghindano, s'imbellettano per rendersi più appetibili e scelgono il maschio secondo la convenienza», sintetizzò l'avvocato.

Pareva fosse in un'aula del tribunale: autorevole e deciso nell'arringa.

«Se ho capito, le donne ti hanno dato qualche delusione», replicò Cosimo.

«Fatti furbo, apri gli occhi. Vedo che la tua vicenda giovanile non ti ha insegnato nulla; Filomena non la ricordi più!», ammonì l'avvocato, ignorando la provocazione dell'altro.

«Lascia perdere Filomena», replicò seccato il pescatore, «tu consideri poco quello che uno ha dentro. La donna, il sesso... sì, sono importanti, ma non sono tutto. Io voglio salvarmi l'anima. Le cose migliori costano fatica; me l'ha insegnato la vita e, certe volte, me l'ha insegnato perché ci ho sbattuto la faccia. La pazienza, la sopportazione in famiglia, l'amore dei figli, sono cose importanti».

«Sciocchezze! Moralismi! La natura si serve delle nostre tempeste ormonali per portarci dove vuole, cioè alla continuazione della specie, ma io non mi faccio fregare, sto bene da solo. E cerco una donna, quando mi piace e come mi pare», sentenziò quello.

«Ah... le tue donne! Sono più giovane di te, mi viene da ridere a pensare che le parole d'esperienza, quelle più sensate, forse sono le mie», obiettò Cosimo.

«Sì, è vero, la vita non mi ha castigato abbastanza; sono stato un ribelle e sono un ribelle», ammise l'altro.

«La fatica in mezzo al mare, i soldi che non bastano mai, il lavoro che dipende da come gira il tempo, mi hanno lasciato ferite».

«Capisco...».

«Le sofferenze, la guerra, i guai dell'orecchio e la fatica di tirare su moglie e figli hanno portato lontano la mia giovinezza. Una volta sentivo che potevo spaccare il mondo o guardarlo negli occhi senza paura. Oggi so che è meglio stare insieme con gli altri e soprattutto con la famiglia; anche se qualche volta bisogna sopportare, avere pazienza».

«Contento tu», chiosò l'avvocato.

«Quando ero partigiano sui monti ho cominciato a pregare... non mi vergogno di dirlo. Ho capito che non siamo soli... non ci sono soltanto i piaceri o la natura a comandare!», confidò il pescatore. E aggiunse, quasi per cambiare discorso: «Tu non hai avuto la chiamata alle armi?»

«Sì, ma sai ... ho una leggera zoppia dalla nascita. I medici l'hanno chiamata "displasia congenita dell'anca". Io zoppico».

«Tu zoppichi? Non me ne sono mai accorto».

«È vero, la so nascondere, quando voglio... ma quando serve. E poi, sono un avvocato... vuoi che proprio io non sappia tutelare i miei interessi? A proposito, per la tua sordità potresti chiedere l'invalidità di guerra. Ci hai pensato?»

«L'invalidità? Invalidità di guerra? Per me? Ci sta pensando mia moglie; ha mandato la pratica al ministero».

«Se ti serve qualcosa, conta sul mio aiuto, chiamami o vieni nel mio studio», fece di rimando quello.

«Il tuo aiuto? Grazie, me ne ricorderò», concluse il pescatore.

Si salutarono da vecchi amici.

L'avvocato guardò l'orologio del campanile della chiesa.

Fece un gesto di disappunto come di chi non si fosse accorto del tempo che correva, e si allontanò con passo svelto.

Senza zoppicare.

X

Santa Maria di Leuca

Il viaggio di Shimon e David verso Santa Maria di Leuca si svolse senza intoppi e li portò ad attraversare vari paesi: Tiggiano, Corsano e Gagliano del Capo. In meno di un'ora giunsero a destinazione, davanti al promontorio di punta Meliso.

Si fermarono sul piazzale davanti al santuario di Santa Maria *de Finibus Terrae* e a loro parve che dall'esterno avesse l'aspetto di un palazzo fortificato, più che di un luogo di culto. Nel corso dei secoli avevano certo pensato di mascherarlo in quel modo per sottrarlo alla furia dei pirati.

La spianata era circondata da un porticato e al centro aveva una colonna corrosa dai secoli e alta una decina di metri. Allora decisero di farvi un giro intorno, da spensierati, e si fermarono vicino alla grande croce di pietra costruita nel 1901: così lessero sulla lapide.

Scesi dall'autovettura, si ritrovarono su un balcone naturale affacciato sul paese e da quella posizione sopraelevata, come fossero due gabbiani in volo, ammirarono il mare, il porto e tutta Leuca, con le case bianchissime, adagiate sulla costa. Il paese si allungava fino a punta Ristola, il grande promontorio delle serre salentine, che disegnava la parte finale del tacco d'Italia. Era tutto come i loro agenti avevano raccontato e come le radio clandestine avevano descritto.

Che giornata!

Il mare calmo, il cielo terso, la mitezza del clima di quella mattina per i due giovani erano un balsamo per il corpo e lo spirito.

Quale godimento, per loro che avevano vissuto la guerra, la persecuzione, la fuga!

"Che strano", pensò poi Shimon, *"la bellezza del paesaggio qui ha anche un sottofondo di violino!"*.

Si girò in direzione del suono: un giovane stava provando lo strumento, vicino al grande faro.

Era proprio come ne avevano sentito parlare da altri ebrei, che dal Campo di Leuca si erano spostati nel Campo 39: una torre imponente, che svettava a poco più di cento metri sul mare. Shimon pensò che un simile faro era un buon aiuto ai pescatori e alle navi che transitavano al largo di quel lembo di terra.

Accanto al giovane col violino, un sacerdote in abito talare faceva cenni con la mano verso di loro. Si avvicinarono e si presentarono: «Salve! Sono don Stefano e qui c'è il nostro violinista Evgeniy». Shimon fece altrettanto per l'amico e obiettò che mancava il secondo musicista.

«Andiamo insieme a prenderlo, nell'ospedale del Campo, perché oggi doveva togliere i punti di sutura alla gamba, per una leggera ferita … maledetti scogli!», fece il religioso.

Don Stefano Virgulin, sacerdote cattolico, esperto nelle vicende religiose che riguardavano la Russia, spiegò che era giunto in quel Campo profughi numero 35 pochi mesi prima. Aveva ricevuto l'incarico dalla Congregazione per le Chiese Orientali, alla quale si erano rivolti i quattrocento profughi russi ospitati proprio a Leuca. Sebbene ortodossi, costoro si fidavano molto di lui, conoscitore della lingua russa. La Congregazione gli aveva concesso il biritualismo, e celebrava le cerimonie religiose sia secondo la tradizione cattolica che secondo quella ortodossa.

«Dov'è l'ospedale?», chiese Shimon, con tono impaziente.

«Ai piedi della scalinata», rispose il sacerdote e, con la mano, fece loro cenno di seguirlo.

Incamminandosi rivelò ai due che, tra il santuario e la marina, c'era la parte finale dell'Acquedotto pugliese, completata sette anni prima e formata proprio da una grande scalinata. Lì c'era la colonia Scarciglia per bambini e, nelle sue vicinanze, le forze alleate avevano allestito l'ospedale del Campo.

«Siamo grati al Comando americano e inglese per questo luogo di cura, ben attrezzato. Ci sono medici e infermieri, scelti anche tra i tremila profughi che abbiamo dal 1944, qui a Leuca: slavi, ebrei, russi, albanesi, tedeschi, polacchi, ungheresi e altri. Siamo oramai una grossa realtà, fatta di religioni e culture diverse che cercano di stare insieme, di vivere in pace, dopo tutto quello che hanno passato», spiegò don Stefano.

Giunti, entrarono nell'ospedale e notarono che erano in attesa di ricevere cure anche uomini e donne del posto e non solo profughi. Li riconobbero dalla lingua. La presenza di religiosi non mancava.

«Le Suore Salesiane dei Sacri Cuori danno assistenza e don Antonio Cecic offre il servizio religioso, amministra i sacramenti… battesimi, funerali», aggiunse il prete con soddisfazione.

«Qui c'è il triplo delle persone ospitate al Porto… chissà quanti problemi!», obiettò David.

«Siamo un paese nel paese. Abbiamo scuole per bambini e un ricovero per anziani. Ai viveri e alla mensa pensa il Comando americano, in villa Sauli, ma anche quello inglese o la Croce Rossa».

Aggiunse: «C'è collaborazione religiosa; cattolici e ortodossi pregano insieme; organizziamo corsi di catechesi; ci sono conversioni. Ma non è tutto roseo: ci sono le proteste dei proprietari delle case requisite. Vediamo commerci tra i cittadini di Leuca e i rifugiati che vendono scarpe, coperte, vestiti ricevuti dall'Unrra o dalla Croce Rossa. I problemi sono tanti, ma per grazia di Dio si vive in armonia».

«Accade tutto questo anche nel nostro Campo. Ma, mi dica, e gli ebrei?», tornò a chiedere Shimon.

«Sono arrivati a Leuca due anni fa. Sono tanti! Portano le cicatrici della guerra e degli stermini, ma sono in buona parte giovani, sono forti, sanno reagire. E poi, qui il clima fa riprendere le buone energie. Abitano nella villa De Marco e in altre della via Virgilio», continuò il sacerdote, indicando il lungomare.

«Come mai vi siete ritrovati a Leuca anche i russi?»

«Sono stati spinti fin qui dalla guerra; sono persone perbene, religiose e ostili al comunismo. Abbiamo diversi musicisti, che hanno suonato nel Venerdì Santo e a Pasqua», aggiunse don Stefano, con compiacimento.

Nel frattempo si spalancò la porta dell'ambulatorio e ne uscì un giovane che andò incontro al sacerdote. «Ecco Andrey», disse quello indicando il secondo musicista atteso. Le presentazioni che seguirono furono quelle conclusive.

«Ora siamo al completo», chiosò David.

«Sono due giovani innamorati della musica», intervenne il prete. Continuò, col tono del buon padre di famiglia: «Anche i loro familiari sono a Leuca e non vogliono spostarsi, si trovano bene. Qui è stata formata una comunità ortodossa, ci sono anche comitati partigiani. Io sono, di fatto, il loro punto di riferimento religioso, il loro parroco, in pratica».

Aggiunse: «La vostra proposta di partecipare a un concerto li ha affascinati, ma non vogliono staccarsi a lungo dai parenti. Perciò rimarranno nel vostro Campo solo per poche settimane o, almeno, fino a quando il concerto non sarà concluso. Vi prego di fare in modo che il loro rientro sia agevole. Mi raccomando!»

«State tranquillo padre, presto li riporterò qui», assicurò Shimon.

«Parlano solo il russo e qualche parola di italiano imparata nell'ultimo anno di permanenza nel Campo. D'ora in avanti spetterà a voi ospitarli e averne cura, ancor più perché potrebbero avere problemi con la lingua».

«Anche da noi si troveranno bene, e per la lingua li aiuterò anch'io», concluse Shimon.

I due russi salirono in macchina con gli strumenti musicali. Nel salutare il sacerdote, si fecero indicare il comando alleato; lì comunicarono lo spostamento concordato dei due profughi. Poi si informarono su quale villa ospitasse i familiari di Shimon e su come fare per raggiungerli.

Li ritrovarono e fu festa grande, anche se per un incontro breve.

Quindi i quattro presero la via del ritorno e questa volta imboccarono la strada costiera. Sarebbe stata più lunga, ma certamente la più attraente anche se, superata Marina Serra, avrebbero dovuto ritornare in Città per Cosimo.

David non s'oppose all'allungamento dell'itinerario perché in quel periodo non aveva ritardi nell'approvvigionamento del carburante per l'autovettura. Lo barattava con i pescatori o con gli slavi, in cambio di pane, vestiti, scarpe e coperte. S'avviarono dunque e l'automobile seguiva i tornanti della costa. L'odore della salsedine giungeva a folate, portata dalla brezza che soffiava dal mare.

Shimon era atteso per l'Assemblea generale del *kibbutz* in serata, tuttavia ora voleva godersi quella strada, dannatamente sinuosa, ma con scenari suggestivi. Il mare era sullo sfondo e aveva riflessi cristallini. La scogliera, frastagliata e a strapiombo sul mare, si alternava con quella più bassa, con vegetazione variopinta.

Ogni tanto comparivano appezzamenti coltivati, divisi da muri a secco e punteggiati dalle *pajare*.

Percorrendo un tornante dopo l'altro, giunsero nella marina di Novaglie e sostarono a osservare qualche pescatore che riparava le nasse e altri che sistemavano le assi delle barche.

Ripreso il viaggio, superarono una vecchia torre costiera, quindi fu la volta di Marina Serra, dove sapevano che erano ospitati altri rifugiati, e infine, come previsto, tornarono in Città.

Qui trovarono Cosimo, puntuale all'appuntamento, e si diressero, tutti insieme, verso la mèta definitiva di quella giornata: il Porto.

Durante il viaggio ci fu silenzio quasi completo, perché i russi conoscevano poche parole d'italiano e si limitarono ad alcuni scambi di battute col solo Shimon.

Cosimo dal canto suo, sordità a parte, non era nelle condizioni di spirito adatte. Egli perciò, giunti al porto, si limitò a un conciso: «Grazie, giovanotti!», e se ne tornò a casa.

I due ebrei andarono a presentare i violinisti russi a don Francesco, pregandolo di accompagnarli poi nella Villa del Monsignore dove, più tardi, avrebbero trovato lo stesso David ad accoglierli.

Il sacerdote non ebbe problemi nell'intendersi con i due musicisti su ciò che andava fatto. Fu possibile sia perché lo aiutò Shimon, sia perché, mai come in questo caso, il linguaggio della musica fu più universale. Presentò loro gli spartiti e con poche parole appena abbozzate si diedero appuntamento in chiesa per le prove del concerto.

XI

Santa Maria al Bagno

In serata, la partecipazione all'Assemblea generale del *kibbutz* fu massiccia.

Jakob, Shimon, Riki e Isaia si erano dati da fare e l'organizzazione aveva dato risultati. Il giornale del Campo, il passaparola e gli annunci nelle sinagoghe erano stati efficaci.

Nell'occasione il garage della Villa del Latifondista sembrò appena sufficiente a contenerli.

Si votò subito per l'elezione del nuovo segretario del *kibbutz* al posto di Yermi. Su proposta di Jakob, Riki e Isaia la scelta cadde proprio su Shimon, per acclamazione. Il giovane da parte sua designò, come quinto componente del suo segretariato, Salomon Russ, ebreo cecoslovacco proveniente da Mauthausen e che, fino a pochi giorni prima, era ospitato nel Campo 34. Andava a ricomporre il gruppo dei cinque, ai quali gli ebrei del Capo 39 facevano riferimento.

«Sono stato avvertito per radio del suo arrivo dagli agenti politici; abiterà nella Villa del Duca», comunicò Shimon. Era d'obbligo che i dirigenti fossero in numero dispari perché, in ogni decisione, ci potesse essere una maggioranza.

Conclusa la fase elettiva, fecero sentire la loro voce soprattutto i giovani. Gli argomenti in discussione erano diversi, ma potevano riassumersi in tre grandi questioni, delle quali la più urgente era il comportamento da adottare nei confronti degli inglesi. Il loro controllo sulla costa stava diventando asfissiante perché contrastavano con ogni mezzo l'attività clandestina di imbarco verso la Palestina. Fino a quel momento le partenze erano state costanti, messe in atto segretamente e con qualche difficoltà, ma ora stavano diventando problematiche, anche nei porti piccoli come quello del

Campo 39, in cui i sudditi di Sua Maestà non erano riusciti a estendere la rete dei controlli.

Tra i funzionari dell'Unrra vi erano molti ufficiali inglesi e, alcuni di essi, venivano inviati tra i profughi a fare da informatori, per segnalare la scomparsa improvvisa di uomini dai Campi e individuare le località in cui si radunavano per partire. Dunque, siccome la situazione stava cambiando e c'era un freno alle partenze, il via vai degli ebrei che arrivavano e di quelli che partivano dal Campo 39 aveva subìto un brusco rallentamento. Questo causava anche un eccessivo affollamento. Che fare?

La seconda questione riguardava il miglioramento del commercio nei paesi della provincia. Solo così si sarebbe potuto finanziare bene il *kibbutz*.

La terza chiamava in causa una piccola parte del gruppo degli ebrei. Costoro, per mezzo degli aiuti dell'Unrra e della Croce Rossa, intrattenevano rapporti commerciali anomali con la gente del posto e con altri rifugiati che non ricevevano quegli aiuti, perché erano entrati in Italia clandestinamente. Questi ebrei barattavano alimenti, vestiario e coperte oppure si facevano dare in cambio denaro dedicandosi, di fatto, al mercato nero. Per non parlare di qualcuno che si era reso colpevole di contrabbando.

E sempre nel commercio bisognava fronteggiare certe lamentele, soprattutto perché gli ebrei vendevano le loro merci senza licenza. Si recavano sui mercati di Lecce nei giorni di lunedì e venerdì, di Galatina il giovedì, di Maglie il sabato, di Poggiardo il mercoledì. Ciò generava ostilità da parte degli altri commercianti, quelli che s'erano sudata la licenza e pagavano le tasse. Si lamentavano di loro anche alcune autorità e forze dell'ordine perché non volevano rogne.

Inoltre continuavano a essere malvisti da un buon numero di proprietari delle ville requisite. Essi, per giunta, avevano inviato per iscritto al Prefetto di Lecce le loro lagnanze e sollecitavano la chiusura del Campo. A dire il vero, in qualche villa abitata da ebrei erano scomparsi mobili, quadri, suppellettili e perfino alcune porte.

Nell'Assemblea, c'era ancora da decidere chi avrebbe accompagnato i giovani a Santa Cesarea per le *Maccabiadi* e come organizzare il loro trasporto. Questo però sembrava il tema di minore importanza, pur sollevando problemi di sicurezza. Il campo profughi di Santa Cesarea ospitava milleseicento ebrei, soprattutto bambini e, per questo motivo, i comitati dei Campi vi avevano istituito scuole e corsi di inglese, di ebraismo e di tradizioni ebraiche oltre, naturalmente, a organizzare le gare.

Shimon vide l'Assemblea numerosa e comprese che avrebbe dovuto tenere bene in pugno la discussione. Perciò scelse di mettersi in mezzo a tutti, e non su uno dei lati del garage come era solito fare prima della proiezione del film o delle esibizioni teatrali.

Sulle pareti c'erano le lampade a petrolio e la luce era assicurata, però lui fece accendere una candela e la pose in un piatto al centro del tavolo della presidenza. Alzò le mani per farsi notare da tutti e chiese silenzio. Poi disse a voce alta: «Non possiamo tirarla per le lunghe! Prima che questa candela si consumi, dovremo aver terminato ogni discussione; da parte mia ascolterò e farò proposte».

Il mormorio nella sala s'attenuò e l'attenzione fu indirizzata verso di lui.

Shimon fece parlare a turno chi si prenotava sulla questione degli inglesi. La discussione fu accesa, talvolta fuori tema e, in certi momenti, si diffuse scetticismo sulla possibilità di giungere a una decisione condivisa.

A un tratto, il giovane concluse che l'argomento fosse stato trattato a sufficienza e lo comunicò a gran voce, per interrompere interventi che si stavano sovrapponendo in una ridda di voci incontrollabili. Sembrava che ciascuno intendesse far valere la propria opinione alzando il tono della voce.

«Adesso parlo io! Fate silenzio», disse, e fece la sintesi delle proposte emerse mettendole ai voti per alzata di mano.

Passò l'opinione di chi intendeva reagire per gradi e, guarda caso, coincideva con quella di Shimon: prima si sarebbe fatta una raccolta di firme su un documento di protesta da recapitare al comandante del Campo. Nel caso fosse stato ignorato, avrebbero organizzato una marcia di contestazione nel solo Campo 39 e poi, se necessario, la marcia sarebbe stata ripetuta anche negli altri Campi della provincia.

La necessità di riorganizzare il commercio fu decisa a maggioranza per alzata di mano e passarono anche questa volta le proposte di Shimon: il segretario, avrebbe inviato una lettera al Prefetto per affrontare il tema delle licenze e inoltre, siccome l'attività andava incrementata, avrebbe incaricato Jakob e Riki di reperire un altro camion per aumentare la fornitura delle mercanzie nei mercati rionali.

A Isaia lo stesso Shimon riservò il compito di organizzare un gruppo di persone che sorvegliasse i rapporti commerciali locali, in modo da smascherare il mercato nero ma anche chi vendeva i mobili delle ville requisite.

Per le *Maccabiadi*, dopo gli interventi di giovani e allenatori, fu deciso di portare a Santa Cesarea il maggior numero di atleti possibile in modo che essi, oltre a partecipare alle gare sportive, nello stesso tempo avessero potuto agire da accompagnatori e da apparato di sicurezza.

L'impegno dei dirigenti del *kibbutz* fu grande.

L'Assemblea si concluse in tarda serata e la seduta fu sciolta.

Shimon guardò sconsolato nel piatto: della candela erano rimaste solo alcune gocce di cera.

Poi restarono soli, e nel garage fu il silenzio.

Si sentiva il crepitio delle lampade sui muri e, per pochi istanti si guardarono, senza parole, affaticati. Quindi il nuovo capo *kibbutz* aggiornò gli altri quattro sulle ultime iniziative per l'accoglienza dell'ospite misterioso.

«Io intanto farò completare la raccolta di firme sul documento di protesta e lo porterò ad Hamlander; è urgente che lo informi del risultato dell'Assemblea. Andrò io perché Isaia e Jakob avranno il loro bel daffare nei mercati rionali, Salomon deve completare il trasferimento da noi e Riki ha un problema», aggiunse Shimon.

«Da giorni ho un mal di schiena che mi tormenta e non vorrei fare strapazzi» spiegò Riki.

Una sensazione di appagamento misto a preoccupazione si era impadronita di loro.

Avevano tenuto testa a tanta gente!

La stanchezza prendeva il sopravvento. C'era l'ospite importante in arrivo, non si potevano tradire le attese, ed erano le attese dei capi.

Si guardarono, si fecero coraggio con pacche sulle spalle. Avevano ruoli di responsabilità e nessuno voleva mollare. Quindi si salutarono.

La mattina seguente, Shimon e David si ritrovarono sul lungomare.

Quella strada che fiancheggiava gli accessi al porto, per molti rifugiati era diventata il luogo dell'incontro, ma anche dell'attesa e, forse, della speranza. Lì ci si poteva radunare per un incontro e lì ci si poteva fermare per guardare le barche, le onde, l'orizzonte. Per scrutare, per prevedere, dal volo dei gabbiani e dalla forza del vento, i capricci o i favori del tempo. Ma anche per portarsi lontano con la mente, oltre l'orizzonte, oltre tutte le guerre, verso una terra amica.

A questo pensava David, mentre saliva sull'autovettura pronta per il lungo viaggio che li attendeva, verso Nardò.

Non fu un percorso facile.

Più volte si fermarono per informarsi sull'itinerario. E più volte deviarono o tornarono indietro, prima di imboccare, volta per volta e paese per paese, la direzione giusta: dal Porto alla Città e Montesano Salentino, poi Supersano e Collepasso, quindi Cutrofiano e Galatina e finalmente Nardò.

Si imbatterono in poche persone: donne vestite di nero; anziani fermi ai crocicchi delle strade, alla ricerca di raggi di sole; bambini vocianti e malvestiti che indugiavano vicino alla porta di casa o giocavano in strade sterrate e talvolta butterate da pozzanghere.

E infine carri agricoli, i *traini*, tirati da cavalli, docili nelle mani di contadini con la *coppula*, che andavano a coltivare i campi.

Era una varia umanità, ancora privata della gioventù migliore.

Gli agenti politici li avevano informati sulla struttura del Campo e addirittura ne aveva consegnato loro una mappa. Sapevano che, arrivati a destinazione, avrebbero attraversato prima le contrade Masserei Pagani e Masserei Vecchi, poi Cenate Vecchie e Cenate Nuove, quindi Cerrate e infine sarebbero giunti a Porto Selvaggio.

Così avvenne.

Il verde dei boschi dominava dappertutto con pini d'Aleppo, con carrubi e qualche ulivo. Verificarono, sulla carta, che con l'autovettura avevano percorso il lato più occidentale di quel pentagono irregolare all'interno del quale era compreso il Campo profughi numero 34.

Secondo la mappa quell'area si estendeva da Porto Selvaggio verso sud sul lungomare di Santa Caterina e Santa Maria al Bagno, e verso est era delimitata dalla strada per Galatone e dall'abitato di Nardò; infine a nord, in direzione di Taranto, era chiusa dalla "zona delle Cenate" che, per la gente del luogo, indicava le case di villeggiatura.

Come specificato nella stessa mappa, sul lungomare di Santa Maria al Bagno trovarono ad attenderli un agente dell'organizzazione politica sionista locale. Lo presero a bordo e quello li guidò.

Nel percorso spiegò che, all'interno del Campo, tra la fine del 1943 e gli inizi dell'anno successivo, erano passati duemila profughi, tra slavi e albanesi che poi, a mano a mano, si erano trasferiti in altre nazioni.

E ancora, che nella primavera del 1945 avevano preso il loro posto tremila ebrei, nella maggior parte polacchi, ma anche rumeni, cecoslovacchi, tedeschi e slavi.

Li informò anche che, delle case locali di villeggiatura erano ben trecentoquarantasette quelle requisite dagli alleati anglo-americani per ospitare i loro profughi e costituire il Campo.

Però i due si affrettarono a chiedere dei violinisti, e quello confermò che due ebrei, giovani musicisti, li aspettavano per spostarsi nel loro Campo. Disse di conoscerli e che si erano già esibiti, in occasione di manifestazioni musicali e teatrali organizzate nella villa Personè, dove era stato allestito un palco.

Aggiunse che lì si celebravano pure matrimoni e che, ogni venerdì, c'era la festa da ballo alla quale partecipavano non solo ebrei, specie le ragazze, ma anche ragazzi e signorine del posto. A suo giudizio questo testimoniava la convivenza pacifica tra profughi e residenti.

Erano state superate le incomprensioni, ancora una volta legate all'occupazione delle case, in quel Campo come altrove. Di più, uno dei due musicisti aveva subìto il furto del violino e sperava che, accettando la partecipazione al concerto, qualcuno di buona volontà gli avrebbe procurato lo strumento.

Li incontrarono dopo due appuntamenti in luoghi diversi.

Erano stati concordati, tramite la radio clandestina, tra Yermi e gli agenti della *Sochnu't Hayehudi't,* l'Agenzia ebraica di Terra d'Israele, impegnata anch'essa a convincere i profughi ad emigrare in Palestina. E Shimon lo sapeva. Per evitare di essere seguiti, i due amici furono accompagnati dapprima nell'ospedale del Campo, organizzato nella villa Del Prete.

Qui furono prelevati da un altro incaricato e portati, senza dare nell'occhio, in un luogo prestabilito.

Si trattava di una piccola abitazione abbandonata, sulla costa di Santa Maria al Bagno, dove quegli stessi agenti si riunivano segretamente per sfuggire al controllo degli inglesi.

«Qualcuno vi ha seguiti?», chiese uno degli attivisti a Shimon, una volta giunti a destinazione.

«Non credo proprio! Per poco ci perdevamo, nonostante la guida; abbiamo fatto un lungo giro per arrivare all'ospedale, per essere certi di non essere scoperti, e poi per arrivare fin qui», rispose.

L'altro si sentì rassicurato.

E ne disse il motivo: se fosse stata segnalata la loro presenza in quel posto, avrebbero dovuto cambiare il consueto luogo degli incontri politici dell'organizzazione.

Così, finalmente, presentò i musicisti, due ebrei polacchi.

«Qui a destra c'è Edgar», e proseguì: «è nato a Kielce ed è scampato per un soffio alla morte perché, passato per le armi nel campo di prigionia, è stato portato nell'infermeria da altri ebrei prima che i suoi aguzzini si accorgessero che era solo ferito. E a sinistra ecco Jorge, originario di Cracovia, anche lui con un destino miracoloso, perché è riuscito a fuggire da un campo di concentramento e da un campo di lavoro», concluse.

«Ragazzi, era destino! Il cielo ha voluto che foste salvi e... in condizioni di darci una mano. Una preziosa mano», scherzò David per stemperare l'atmosfera che, per il racconto che stavano facendo delle vicende personali, era diventata triste.

«L'esperienza del concerto ci attrae», disse Edgar.

«La gente di Nardò ci ha accolti con calore… noi che siamo senza famiglia e senza una casa; abbiamo ritrovato il coraggio per ricominciare», aggiunse Jorge.

«E poi… questo clima mite che ti rigenera. All'arrivo eravamo taciturni, ora siamo pronti ad affrontare una nuova vita. Siamo giovani e la guerra per fortuna è lontana!», fece Edgar.

«Come ve la cavate con l'italiano?», domandò David.

«Non c'è male! Andiamo a lezione in villa De Noha, alle Cenate, vicino a Santa Maria al Bagno; lì c'è una scuola di recitazione molto frequentata, ma ci sono anche lezioni di italiano, di inglese, di spagnolo e di ebraico. Sì, direi che ce la caviamo!», rispose Jorge.

«L'organizzazione è importante, se si vuole andare avanti con risultati. Nel nostro Campo abbiamo anche due sinagoghe, una nel palazzo Caputo Vallone, a Santa Maria al Bagno, e una nelle Cenate; e sono state allestite tre mense: due nelle Cenate, in villa Muci-Vaglio e nella villa del Vescovo, e una molto grande a villa Falco, a Santa Maria al Bagno», intervenne l'agente.

«Noi al Porto siamo meno numerosi, è più facile organizzarci. Qui vedo che c'è molto sospetto, qualche timore», osservò Shimon.

«Gli inglesi disturbano troppo la partenza dei nostri», spiegò quello.

«Ne sappiamo qualcosa anche noi. E la gente di qui vi aiuta?», tornò a chiedere David.

«Gli abitanti sono solidali… a loro siamo grati. I problemi vengono da altre parti».

«Da dove?»

«Alcuni deputati della destra hanno presentato interpellanze, in Parlamento, chiedendo la chiusura dei campi profughi. Probabilmente, anzi sicuramente, sono manovrati dai proprietari delle ville».

«E poi?»

«E poi, le stesse richieste compaiono sui giornali, con critiche forti verso di noi. Ma il nostro presidente dell'Organizzazione dei profughi in Italia, Erwin Lustig, ha inviato documenti al Prefetto di Lecce per dimostrare che si tratta di accuse infondate. Si mettono in dubbio il rispetto delle case e il nostro comportamento nei mercati leccesi. Abbiamo le prove che si tratta di qualche giornalista fascista», spiegò ancora l'agente.

«Bene..., ma perché venire fin qui... in questa casa, intendo. In fondo il comandante inglese del vostro Campo è al corrente dello spostamento di loro due nel nostro Porto. Potevamo incontrarci in una villa qualsiasi o nell'ospedale», chiese Shimon allo stesso agente.

Quello sorrise e, senza aggiungere parola, li invitò a seguirli in una camera adiacente.

Su tre delle quattro pareti c'erano disegnati dei *murales*.

«Li ha dipinti uno dei nostri, Zivi Miller. È qui, in questo Campo, è solo. La sua famiglia è stata sterminata», rispose, e iniziò a illustrarli.

Nel primo erano raffigurati il candelabro d'oro a sette bracci sovrapposto alla stella di David, entrambi inseriti all'interno di un sole; il candelabro era poggiato su un altare che aveva due soldati ebrei ai lati e recava due scritte: *Al ha-mismar* (in guardia) nella porzione inferiore, e *Tel Hay* (collina vivente) ai lati della stella.

«Questi sono i nostri simboli, queste le nostre radici, non lo dobbiamo dimenticare», esortò quello, e aggiunse indicando l'altro *murales*, a lato: «Questo il nostro destino, la nostra speranza».

Spiegò ancora che il secondo rappresentava gli ebrei liberati dai campi di sterminio, simboleggiati dal filo spinato: essi, giunti nel Salento, formavano una lunga fila con cartelli e si dirigevano verso la stella di David (la patria) inserita in un sole con, ai lati, le scritte *Galut* (diaspora) ed *Eretz Israel* (Terra di Israele).

Illustrò infine il terzo, che raffigurava una madre con due bambini i quali, a un posto di blocco, chiedeva inutilmente a un soldato inglese di poter fare ingresso in Gerusalemme; anche qui vi erano due scritte: *Pithu' Shearim* (Aprite le porte), posta tra il soldato e la donna, e *Tel Hay* (collina vivente), posta su due bandiere.

«Questo dove siamo è il solo luogo del Salento in cui tre *murales* sintetizzano con forza tutta la nostra storia, i luoghi dai quali veniamo e quelli dove intendiamo andare. Ecco perché siamo qui, perché anche voi dovevate vedere, anche voi dovevate sapere!», concluse l'agente.

Shimon e David sembrarono commossi e restarono a contemplarli sulle pareti. Chiesero il significato di qualche particolare e si fecero ribadire il valore dei simboli.

Fece loro un certo effetto sentirsi parte di quei disegni, immaginare che in quelle figure fossero comprese le loro storie e quelle di tanti altri come loro. Provarono a memorizzarli. Confabularono insieme.

Avrebbero voluto cercare, anche in quel Campo, gli altri familiari di Shimon, ma si resero conto che s'era fatto tardi. Ringraziarono, salutarono e, caricati a bordo i due musicisti, intrapresero la strada del ritorno.

XII

Al di là dell'orizzonte

La mattina del 27 gennaio, ciascuno dei dirigenti del *kibbutz* aveva un compito da svolgere, tranne Riki, rimasto in camera per il mal di schiena. Isaia partì di buon'ora col camion verso i mercati dei paesi vicini. Shimon andò, come previsto, dal comandante Hamlander per informarlo sugli esiti dell'Assemblea generale, portando la raccolta di firme e il documento di protesta.

Naturalmente, intendeva parlargli senza riferire dettagli sulle dinamiche interne al gruppo ebreo. Aveva la speranza che il semplice colloquio, e quei fogli scritti, fossero sufficienti ad allentare la morsa inglese.

Dovette attendere che il comandante del Campo si liberasse e fu ricevuto.

Alto, asciutto, con i baffetti ben curati, il comandante aveva superato da poco la sessantina e vestiva sempre la divisa militare, compresi il cappello e gli stivali neri. Nella mano destra impugnava un frustino, il nerbo di bue che usavano i fantini per i cavalli. Quando era nervoso, lo batteva sul palmo della mano sinistra. Non era irascibile, anzi. Faceva pesare la sua autorità, questo sì!

Hamlander fu di poche parole.

Si limitò a prendere atto del documento lasciandolo sulla scrivania, in bella evidenza. Invitò quindi il giovane ebreo ad avvicinarsi alla finestra e, con tono amichevole, gli chiese notizie sulla vita nel Campo, "il suo Campo", come amava ripetere.

Non poteva essere un dialogo che toccasse, in maniera esplicita, gli argomenti alla base sia del documento. Ufficialmente, né gli ebrei intendevano richiedere la libertà di espatrio né gli inglesi potevano lasciar intravedere le censure o i blocchi. Si limitavano a parlare di partenze anomale e, appunto, clandestine, come rimarcava il militare. Intanto, dall'altra parte, si mettevano in evidenza il sovraffollamento del Campo e le pesanti limitazioni nel movimento dei profughi al suo interno: era tutto nel documento, nero su bianco.

Shimon stette al gioco.

Partecipò al dialogo su argomenti generici, non lasciando trapelare nulla né della forte irritazione dei suoi né delle iniziative di protesta già messe in cantiere. Lo informò, questo sì, dell'arrivo dei violinisti e del motivo per cui erano andati a prelevarli.

«Ah... il monsignore..., l'arcivescovo. Gli stanno preparando una degna accoglienza, se la merita, perché la sua Città lo ama. Non l'ho ancora conosciuto, lo aspetto anch'io», fece Hamlander, «e forse si può dire fortunato; la sua casa... un'antica costruzione a due piani, qui vicino, sulla strada della chiesa, in parte non è stata requisita per i rifugiati perché ospita il Comando Brigata della Guardia di Finanza», continuò.

«Guardia di Finanza? Qui c'è contrabbando?», chiese l'ebreo.

«Beh! Se il Governo italiano ha deciso di insediare una Brigata in questo Porto, vuol dire che qui c'è qualcosa da tenere sotto controllo, non crede?»

«So che da queste coste sono passati o passano carichi di tabacco», aggiunse il giovane.

«Lo vede?», rispose quello.

«Tabacco!» fece Shimon scandendo la parola, e continuò: «Pensare a un carico e scarico di questo tipo di prodotti nel Porto, un luogo bello ma piccolo..., mi sembra strano».

«Ci sono varie cose, più e meno importanti, che uno non si aspetta. La guerra, per esempio, o il trascorrere le giornate al mare, come noi, di questi tempi... o vedere, come nei giorni scorsi, qualche suo amico ebreo qui vicino, nella Villa degli Americani, mentre la gran parte di voi ebrei abita dall'altra parte del Porto, verso casa Risolo, la Villa del Matrimonio per intenderci; sono cose futili da notare, ovviamente, giusto per il piacere di intrattenermi con lei, caro giovanotto!», chiosò Hamlander.

«Uno dei nostri è venuto nella vostra villa? Per curiosità, chi era?»

«Mah! Difficile dirlo…, però se lo rivedessi lo riconoscerei… anche se non credo sia importante. Siamo in tanti nel Campo, e il paese è piccolo».

«Sarà stato di passaggio… per salutare qualche amico americano».

«Lo credo anch'io, non c'è niente di male!»

Si guardarono perplessi. Si salutarono.

Uscendo dalla Villa del Comando Shimon decise di prendere una boccata d'aria in riva al mare. Il tempo s'era fatto uggioso, triste come la sua anima.

Scese giù per le scale, sulla banchina. La percorse fino al molo e salì sulla sua parte più alta. Da quella posizione dominava il porto, dallo scalo delle barche fino a punta Cannone.

Si sedette e si sentì solo. Rifiutò i ricordi, che in altri momenti lo avevano confortato facendogli rivivere volti e voci amichevoli.

Davanti a lui, in lontananza, l'orizzonte era a malapena visibile perché la nebbia aveva iniziato a salire dal mare. Le onde si sbriciolavano contro la scogliera e gli facevano giungere il profumo della salsedine. Pensò che da troppo tempo gli mancava la musica. Con la schiena dritta, cercò di rilassare tutte le membra e chiuse gli occhi.

D'improvviso sentì la necessità di riaprirli.

Deglutì più volte.

Qualcosa in gola gli procurava fastidio.

Un senso di profonda angoscia si impossessò di lui. Si toccò la fronte. S'era fatta umida.

Avvertì, d'un tratto, la sensazione di non essere presente a sè stesso. Il suo respiro si faceva, man mano, più profondo e più frequente.

Non gli era mai accaduto.

Si sentì perduto.

Si alzò di scatto, si guardò intorno come un animale ferito, pronto a reagire, senza poter sapere in che modo e in quale direzione.

«Shimon!», qualcuno lo chiamò.

Maria era giunta ai piedi del molo.

Lui ne incrociò lo sguardo, le sorrise, e con un cenno della mano la invitò a salire indicandole la direzione. Mentre la guardava avvicinarsi, si accorse che ogni disturbo gli era scomparso, era svanito con la stessa drammatica rapidità con cui l'aveva attanagliato.

«Che fai, qui da solo?», chiese la ragazza.

«Non riesco ad accettare la sorte di Yermi, sono uscito perché ho bisogno di riflettere».

«Lo immaginavo. Anch'io ne sono rimasta addolorata. Perdere la vita, perdere tutto, e in quel modo. Ma tu devi reagire».

«Lo so, mi serve tempo. Ho bisogno di pensare. Lo faccio da un po'. Per questo sono venuto qui».

«Allora, ti lascio solo».

«No, no. Anzi, mi piace pensarci insieme a te».

«Ti ho visto dal lungomare andare verso il molo, mentre tornavo a casa. Sono certa che saprai superare questo brutto momento».

«Questo insieme agli altri. La guerriglia partigiana non è stata senza dolori».

«Quando è accaduto?»

«Quattro anni fa, quando i nazisti occuparono il mio paese, la Bielorussia. Mia madre aveva voluto tornare lì dopo la morte di mio padre. Con gli amici mettemmo da parte gli strumenti musicali, e ci unimmo ai partigiani sulle montagne, per difendere la nostra terra. Eravamo quasi trecentomila e molti di noi non ce l'hanno fatta».

«E tu?»

«Me la sono cavata, ma dopo la cacciata dei nazisti tutti avevamo paura dei russi che avanzavano da oriente. Non volevamo passare nelle mani dei comunisti».

«E cosa accadde?»

Non rispose. Pensò che suoi comandanti durante la guerriglia avevano tutti, chi più chi meno, la stoffa del capo. *"Può essere uno di loro l'ospite atteso che mi conosce bene?"* si chiese Shimon per un attimo.

«E allora, cosa accadde?» ripetette Maria.

Il giovane tornò in sé. «Con i miei familiari siamo fuggiti a sud, in Italia. Nella primavera scorsa abbiamo passato il valico del Brennero, di notte e a piedi, per paura di attacchi».

«Chi c'era con voi?»

«Altri ebrei come noi, sfuggiti alla morte in altre parti dell'Europa, ma anche Slavi, Croati e Serbi».

«Anche loro?»

«Sì. Alcuni scappavano dai nazi–fascisti tedeschi e italiani, che avevano occupato le loro terre, e altri fuggivano dai partigiani comunisti di Tito, che combattevano gli stessi nazi–fascisti».

«È stata una fuga piena di pericoli».

«Abbiamo attraversato l'Italia anche a piedi, con l'aiuto di amici ebrei. Siamo arrivati nel campo profughi di Nereto, in provincia di Teramo, con molta fatica».

Il giovane rispondeva, spiegava e un senso di quiete stava sostituendo la sua angoscia iniziale.

«Eravate in molti in quel Campo?»

«Quasi centoquaranta ebrei, di molte nazionalità. Ci siamo rimasti per mesi. È lì che ho imparato l'italiano e ho conosciuto Yermi».

«Don Francesco dice che la vera amicizia è un dono, da una parte e dall'altra», confidò Maria.

«Lui per me è stato un amico vero. Mi ha dato consigli, aveva coraggio, era un uomo buono. Forse perché, da ebreo polacco, aveva visto con i suoi occhi tutti i suoi familiari uccisi dai nazisti e lui stesso era scampato per poco ai *lager*...», si commosse Shimon.

La ragazza cercò di cambiare discorso.

«Come mai sei venuto proprio quassù?», chiese, mentre lui si rimetteva a sedere.

L'angoscia era del tutto svanita, il cielo gli era tornato amico, e alto.

«Quassù, guardare l'orizzonte è diverso che guardarlo dal lungomare. Mi sembra di toccarlo con la mano, e posso immaginare di andare oltre».

«Oltre l'orizzonte?»

«Sì».

«Ma dopo l'orizzonte c'è un altro orizzonte», fece lei.

Non lo diceva per deluderlo. In cuor suo temeva che col pensiero andasse troppo distante. Come se lo volesse proteggere da illusioni lontane o piuttosto lo intendesse tenere lì, vicino a sé.

«Oltre l'orizzonte c'è il luogo dove la mia gente, tutti noi vogliamo andare e stare insieme».

«Come farete? Ne sei sicuro?»

«Fa parte della nostra storia. È scritto nel grande libro: "*Vi radunerò dai luoghi in cui vi ho dispersi*". È un passo che ho sentito leggere nella sinagoga, tempo fa, prima della guerra, quando a tutto questo, forse, credevo di più».

«E questo accadrà proprio a tutti?» tornò a chiedere la ragazza, con discrezione.

«A tutti! A tutti quelli che lo vorranno».

«Don Francesco ci dice che dobbiamo imparare a vedere oltre il nostro orizzonte».

«Ma non lo dice come lo diciamo noi ebrei».

«Che vuoi intendere?»

«Lui vuole dire di non pensare solo alle cose che ci interessano».

«Credi? Forse hai ragione».

«Oppure, da prete, invita a pensare più alle cose dell'altro mondo che di questo. In fondo fa la sua parte».

«Non credo, lui certe cose le sente veramente. Tu non l'hai mai sentito spiegare i testi sacri».

«Nella nostra vita possiamo avere grandi responsabilità. E allora, se pensiamo all'altro mondo e non a questo, alla guerra, ai dolori, alle uccisioni, può essere una fuga», obiettò il giovane.

«No, lui dice che non si tratta di scappare dalla realtà, dagli impegni, ma di agire nella vita di ogni giorno pensando all'altra vita».

«Cioè?»

«Fare il bene. Il bene che è possibile per far crescere la speranza. La speranza di un mondo migliore e la speranza della ricompensa nell'altro mondo. Quello oltre l'orizzonte, insomma», cercò di spiegare Maria.

«Allora vuol dire che, per noi ebrei, al di là dell'orizzonte ci sono due speranze. Ma intanto, in questo mondo, devo continuare quello che aveva iniziato Yermi».

«Tu?»

«Sì, ho preso il suo posto. No? Per l'altro mondo, si vedrà».

«Allora, questo significa che non ci darai più una mano per il concerto?»

«No, no... farò quello che ho promesso. Anzi, porta questo a don Francesco» disse, tirando fuori dalla tasca un foglio e consegnandolo alla ragazza.

«Sono delle note musicali...», notò subito lei.

«È un canto che ho composto la notte scorsa, durante la veglia funebre per Yermi. Il testo racconta di un viaggio, di un ragazzo e di una ragazza o di due amici. Perché lui sarà sempre con me, ovunque andrò»

«"*Insieme a te partirò*", questo è il titolo?», disse lei leggendo.

«Sì»

«Lo consegnerò a don Francesco».

«Forse si può mettere nel concerto», aggiunse lui.

«Perché non provvedi tu?»

«Devo cercare, devo scoprire tutto sulla morte di Yermi».

«Indagare su un incidente? E non ci sono già i carabinieri?»

«Sì, e c'è anche il comandante Hamlander, ma voglio vedere, capire. Ci sono cose poco chiare, c'è stata la mano, o la grande mano di qualcuno».

«Non si è trattato di una fatalità? Non è stato un incidente?»

«Chissà! Vedremo... forse».

«Se così non è stato, potrebbe essere pericoloso».

«Per chi?»

«Per te».

«Perché lo temi?»

Il rossore ricomparve sulle guance di Maria; eppure non faceva affatto caldo.

"*Questo maledetto, sembrava scomparso; invece qualche volta ricompare ancora*": pensò lei con disappunto.

«Beh! Siamo in guerra», provò a giustificarsi la ragazza mettendosi in piedi.

E aggiunse: «Tu rimani qui?»

«Sì, ancora per un po', poi ripasserò dal Comando alleato. Ho dimenticato di chiedere una cosa».

«Ti saluto allora».

«Sì... arrivederci», concluse lui.

Restò a guardare ancora l'orizzonte. In lontananza la nebbia s'era infittita. Si alzò e si diresse verso Villa del Comando.

Questa volta fu fortunato, non ci fu bisogno di fare anticamera. Incontrò il comandante Hamlander sulla porta dell'edificio. Meditabondo, col frustino nella mano sinistra piegata sulla schiena, e la destra a tormentare il mento, sostava guardando verso l'esterno. I suoi pensieri andavano più lontano.

«Buongiorno, comandante!»

«Sì...», fece quello, distrattamente, e aggiunse: «Ah... buongiorno... Così presto? Non ci sono ancora novità, ovviamente... se è questo che intendeva chiedere».

«Beh, sì... ci credo. Ma volevo sapere se qui voi, fuori dalle indagini, avete già qualche notizia particolare su noi ebrei, su Yermi. Certo, parlo di quello che potete dire, di quello che non è segreto militare. Insomma, quello che può servire per cominciare, per capire quale strada...».

«Giovanotto...», lo interruppe quello con irritazione, «l'ordine nel Campo lo manteniamo noi, ma per la polizia militare, per l'autorità, ci sono i carabinieri della Città, non lo dimentichi».

«È vero».

«Quindi non decide lei quale strada battere», disse perentorio.

«Volevo aiutare, dare le nostre informazioni senza aspettare di essere chiamati, per fare presto. Lei parla spesso col Comando dei carabinieri...».

«Poteva avere dei nemici, Yermi?», chiese subito l'altro.

«No, che io sappia».

«Ci pensi bene».

«Beh, l'americano che l'aveva minacciato quando quello cercò di usare violenza sulla domestica, forse?»

«Vede? Bisogna riflettere sulle cose. E quelle due donne sposate nelle cui case, sia al Porto che in Città, l'hanno visto più di una volta? E addirittura la donna della Città aveva il marito in guerra da più di cinque anni…, mi capisce».

«Beh, non è giusto dire questo sul mio amico, bisogna conoscere i fatti. E comunque, chi sono queste due donne?»

«Non posso dirle altro al riguardo, è una questione delicata».

«Capisco».

«Mi risulta, inoltre, che in un mercato della provincia ci siano stati contrasti tra alcuni commercianti del posto e i vostri. E quando una volta andò anche Yermi a chiedere conto, si sfiorò la rissa. E ancora, gli slavi che avete giustamente denunciato perché fanno mercato nero o perché vendono in Città i mobili delle ville?», incalzò Hamlander.

«È vero. Ma sono solamente ipotesi. E poi, a denunciare gli slavi ci pensano soprattutto i proprietari delle ville; noi abbiamo accusato qualcuno tra i nostri che ha sbagliato, perché è giusto così».

«Vede? Allora bisognerebbe cercare un eventuale colpevole anche tra di voi per capire meglio, qualcuno che ha voluto vendicarsi, se c'è stato, mi spiego?»

«Quindi mi dà ragione, serve la nostra collaborazione», replicò Shimon cogliendo la palla al balzo.

«Beh, sì, in questo senso sì», aggiunse quello, che temeva di smentirsi. «Ma senza prevaricare né invadere campi che non sono di vostra competenza, naturalmente».

«Naturalmente!», confermò il giovane. E concluse, avendo colto l'impazienza di Hamlander di terminare il dialogo: «Alla fine, siamo d'accordo, collaboriamo. Potrò tornare da lei a dare notizie…».

«Faccia come crede. Sa dove trovarmi», tagliò corto quello, prima di girare i tacchi e tornare verso il suo ufficio aggiungendo: «Pensi piuttosto a informarmi sull'esito delle *Maccabiadi*, perché ci tengo che gli atleti del mio Campo vincano sempre!»

Da come era terminato il colloquio poteva sembrare che il giovane fosse rimasto deluso, ma non era così.

"*Però, guarda un po' questo comandante Hamlander!*", pensò.

Aveva fatto il duro, ma nella sostanza tutto si era svolto come lo stesso ebreo aveva sperato. Non si era fatto interrogare da una persona qualsiasi però gli aveva fatto sapere ciò che voleva o, almeno, quanto gli serviva per l'indagine, la sua. L'aveva fatto involontariamente seguendo il suo carattere o aveva cercato solo di difendere il suo ruolo? E poi, era stato sincero?

Tutto si poteva dire di Hamlander, ma non che fosse un ingenuo.

Pensava a questo, quando casualmente intercettò il dottor Maier che scendeva dal primo piano.

«Dottore, la cercavo», mentì.

«Vieni», e risalirono nell'ambulatorio.

Il giovane gli narrò quanto gli era successo sul molo e che, al solo ricordo, gli dava preoccupazione.

«Una crisi d'ansia particolarmente forte, è questo che ti è successo», diagnosticò il medico.

«Perché… come mai?»

«Fai bene a chiederne i motivi. Per risolvere questo tipo di problema è necessario spiegarlo come ho detto a Sara, ricordi?»

Il giovane annuì e lo informò brevemente delle sue ultime vicende.

«Perché, dunque?», tornò a chiedere al medico.

«A mio giudizio c'è stata un'associazione di cause».

«Quali?», insistette con impazienza.

«Due: l'improvvisa perdita di una persona a te particolarmente cara, Yermi».

«E poi?»

«Poi la paura di non riuscire a reggere il ruolo di nuova guida, nel *kibbutz*. Non tanto per le tue capacità, che mi sembrano notevoli, quanto per il fatto che troppe cose stanno accadendo e ti trovano coinvolto, ti sollecitano, richiedono la tua presenza, pretendono tue decisioni, insistono per un tuo intervento».

«È vero».

«Queste due circostanze ti hanno inchiodato sul molo, ma ne uscirai, una volta compreso come hanno agito nella tua mente. Se il disturbo ti dovesse tornare, ma ne dubito, sarà meno forte e, comunque, reagisci facendo una cosa per volta, senza voler strafare. Magari stando tra la gente, all'aria aperta. Vedrai, man mano non ci penserai più».

«Sarà sufficiente?»

«Sì, ne sono certo. La perdita dell'amico diventerà nuova forza per te, dai suoi insegnamenti e dal suo esempio. Per il resto, se hanno riconosciuto in te un nuovo capo, vuol dire che è vero, che ne hai le doti. Devi solo essere più indulgente con te stesso, darti il tempo che ci vuole; non avere fretta!»

«Sul molo, tutto mi è passato quando ho visto una persona».

«Strano, in fondo hai avuto più che una crisi d'ansia, direi che hai avuto una crisi di panico. Strano ma possibile. Chi era?»

«Una donna... una ragazza».

«Ah!», fece Maier, con un sorriso complice e aggiunse: «Tienitela stretta, questa ragazza. Fatti dire dove abita e la prossima volta che ti dovesse capitare il disturbo, falla chiamare in fretta».

Risero con soddisfazione insieme, questa volta.

«Grazie, dottore».

«Tu sei in gamba, ricordatelo. Te lo devi ripetere sempre e quel disturbo non ti tornerà, anche se, caso mai, non dovessi più rivedere quella ragazza» concluse il dottor Maier congedandolo.

XIII

L'indagine

Il mattino del 29 gennaio Shimon andò a trovare don Francesco per l'indagine, e non solo. Sapeva a che ora l'avrebbe trovato libero. Nella notte aveva preso sonno con difficoltà. Al risveglio ricordava un sogno già fatto il giorno prima della morte di Yermi, e che si era ripetuto in quella notte con maggiori particolari.

Dettagli che ricordava bene, e questo gli era insolito. Spesso faceva fatica a riportarne alla mente le scene, i volti o le parole, ma questa volta gli era rimasta nitidamente ogni cosa nella memoria. A tutto ciò pensava mentre varcava la soglia della chiesa.

Lo trovò in sacrestia.

La stanza sembrava in disordine. La pianeta ricamata, la stola, il camice bianco e i cingoli colorati erano poggiati su un tavolo al centro della stanza. Non li aveva rimessi nei tre armadi che ricoprivano una delle pareti più lunghe della sacrestia, con una piccola libreria.

Al centro del muro adiacente si notavano un crocefisso in legno e, ai suoi lati, due fotografie: di Papa Pio XII e del vescovo Giuseppe Ruotolo. Sul tavolo c'erano anche un calice, la pisside, la patena e le ampolline dell'acqua e del vino: la messa era appena terminata.

«Qual buon vento», esordì il sacerdote.

«Ho bisogno di parlarle».

«Sono qui… e intanto ti ringrazio per il canto che mi hai mandato».

«Lo metterà nel concerto?».

«L'ho affidato al nostro maestro di musica, John Becket. Deciderà lui, ma credo di sì. Sai, è americano di New York, sposato con una slava e abita nella Villa del Duca con la figlia piccola. Suona la viola, ma ha accettato di dirigere l'orchestra e organizzare anche il coro. Sono tredici persone…, e tu?»

«Vi ho portato i quattro violinisti».

«Bravi, sono veramente bravi», disse soddisfatto don Francesco, dandosi una rapida sistemata all'abito talare, dopo aver tolto i paramenti.

E aggiunse maneggiando con i bottoni: «Sono tanti e quando bisogna metterli a posto ci vuole il tempo che ci vuole. Sono trentatré, come gli anni...», s'interruppe.

Stava per fare l'errore del primo incontro e si salvò correggendosi: «... come gli anni di Peppi, il nostro sacrestano. Forse non lo sai, fa parte del coro, tra le voci basse».

«Trentatré? L'avrei fatto più vecchio!», obiettò l'ebreo.

«Ma, vedi, l'aria di mare mantiene giovani, fa miracoli».

Il sacerdote pensò che, per le bugie a fin di bene, c'erano sempre tempo e occasione.

«Hai detto di volermi parlare».

«Sì. Sono venuto per chiederle un'informazione, forse due», abbozzò quello.

«Se ti posso essere utile...».

«Lei vive da tempo qui, conosce gente, fatti; le volevo chiedere se ha sentito cose particolari sulla vita di Yermi».

«Yermi? Niente di male. Per me e per tutti noi era una brava persona. Perché mi fai questa domanda?»

«Qualcuno mormora di averlo visto in casa di due signore sposate, una del Porto e l'altra della Città».

«Qui al Porto... Una signora? Sposata? Oh, mio Dio! A casa della signora Vittoria, che abita qui, vicino alla chiesa. C'è stato più volte per via del vestito da sposa; hanno dovuto concordare... la signora me ne aveva parlato».

«Un vestito da sposa per una ragazza ebrea?»

«Sì... è così», disse convinto il sacerdote.

«Adesso che ci penso, è vero! Me ne aveva parlato Yermi nella Villa del Matrimonio, durante la cerimonia. Allora, non c'era nulla di strano. Accidenti!»

«Direi proprio di no. Perché me lo chiedi?», domandò l'altro, iniziando a sistemare i paramenti nell'armadio.

«Niente..., cerco di capire, anche se sono i carabinieri a fare l'indagine sulla sua morte».

«È giusto. E qual era la seconda domanda?»

«Sì, l'altra domanda. Si tratta di una traduzione... direi. La notte scorsa ho fatto un sogno e mi è rimasta in mente una frase di tre parole, in una lingua che non conosco, ma che usate nei vostri riti, forse è latino», aggiunse il giovane.

«*"Anche nel sonno il mio animo mi istruisce!"*», replicò il parroco, sollevando lo sguardo in alto, a richiamare vecchi ricordi.

«Cosa vuole farmi capire?»

«Mah! I salmi ce l'avete insegnati voi, sono del re Davide. È il salmo sedici. Ah! i salmi, quale grande preghiera al Padrone di casa».

«Chi?»

«Il Signore, naturalmente».

«Don Francesco, lei è un uomo di fede, lei crede».

«Beh; tanto da dedicargli tutta la mia vita, mi pare. E tu?»

«No», rispose senza indugio.

«La guerra ti ha ferito lo spirito».

«Sì, ma diciamo che ha solo accentuato il distacco; gli insegnamenti di mio padre li ho compresi a malapena, e poi se n'è andato. L'ho perso troppo presto».

«Ma sei un giovane che si pone interrogativi, li ricordo dall'altro giorno».

«E questo cosa significa, forse sono scusato?»

«Vedi, figlio mio, la fede non è avere certezze, ma farsi domande. È affidarsi alla misericordia del Padrone di casa che si offre a ciascuno di noi, anche a chi non lo cerca. Si offre a chi agisce col Cuore e non ad altri».

«Che c'entra il cuore?»

«È il simbolo del Bene. Chi ascolta il Cuore farà solo il Bene, seguendo la Matrice Personale».

«Cos'è questa cosa? Ogni tanto lei dice parole strane».

«Ciò che non conosciamo non sempre è strano. Voglio dire che, se abbiamo Cuore, tutto quello che ci accade, comprese le cose brutte, ma anche i sogni e le emozioni particolari, ci servono per incidere dalla parte giusta la Matrice Personale, quella che ci fa venire spontaneo di pensare e fare il Bene, e non il Male. La nostra Matrice Personale sono le nostre qualità, i valori, le tendenze, il modo di fare, il carattere».

«Troppo semplice, mi sembra un racconto per bambini…».

«Lo sembra, ma è necessario stare attenti che quella Matrice non si incida dalla parte sbagliata, quella del Male, la parte preferita da chi agisce senza Cuore».

«Cuore. L'uomo della guerra è senza Cuore», interruppe il giovane.

«Sono gli uomini a scegliere la guerra», replicò il religioso. Tornò a guardare verso il giovane e, dopo una pausa, aggiunse: «Ma dimmi tu, piuttosto, quali sono le tre parole del sogno?»

«Brevissime: *"Ercistat ex au!"*», rispose quello.

«È latino, certo. Che strane parole. Fammi pensare», disse il sacerdote, scrivendola su un bigliettino sul tavolo.

Proseguì: «Dunque, la particella *"ex"* introduce un moto da luogo e *"au"* è una congiunzione. Poi, la prima parola è un verbo ed è da tradurre, ma comunque sia questa frase non significa nulla, nulla di concreto, intendo», spiegò il sacerdote sollevando le spalle, deluso.

«Allora, l'animo non mi ha istruito per nulla», obiettò il giovane.

«Chissà! I sogni sono sogni, ma qualche volta non sono da trascurare. Non essere impaziente, il tempo porta consiglio. Fammi riflettere sulla frase, mi prendo qualche giorno, ti farò sapere», lo incalzò.

«E perché l'animo per istruirmi avrebbe utilizzato la lingua latina e non l'inglese o il russo o l'ebraico?»

«Perché non saresti venuto da me», rispose subito don Francesco.

Per un attimo temette di essere sembrato presuntuoso.

Perciò aggiunse: «E non lo dico per immodestia né tantomeno per presunzione, cerco solo di darti una possibile spiegazione. Se poi ti sarò utile o ti deluderò, si vedrà. Nella mia vita ho imparato a non fermarmi all'interpretazione del momento, ma ad avere l'umiltà e la pazienza dell'attesa. L'animo dell'uomo è impenetrabile e quando si pensa che tutto sia inutile, ecco che l'illuminazione viene».

«Da chi?»

«Non posso saperlo, se non mi parli del sogno collegato a quelle parole».

«Il sogno, già, il sogno. Ma se queste tre parole non hanno un senso non è più necessario parlarne».

«Come vuoi tu, ma così stai rinunciando a incidere la tua Matrice Personale, perché potrebbe trattarsi di un Sogno Guida e non di un Sogno Confusione».

«Ancora, lei insiste con parole che non capisco».

«I sogni non sono tutti uguali: ci sono quelli derivati dalla vita di ogni giorno, dalle paure, dalle soddisfazioni, dalle attese e ci possiamo divertire a spiegarli, se abbiamo tempo da perdere. Poi ci sono quelli che indicano una strada. Maria, per esempio, sognava spesso di perdere la voce; non le succede più da quando le ho spiegato che ha solo paura di cantare in teatro. Le ho detto di non tenerne conto, perché è un Sogno Confusione, ma di considerare piuttosto un altro sogno, che potrebbe essere quello Guida».

«Quale?»

«Non è corretto parlarne, è una cosa sua, ma a te lo farò perché sono certo che non me lo rimprovererà. Sogna di tanta acqua, forse un grande mare».

«E allora?»

«Può significare il desiderio di purificarsi, di togliersi una colpa, ma Maria è una ragazza senza macchia. No, questo non è un Sogno Confusione».

«Quindi?»

«C'è il mare, un grande mare nella sua vita, un mare da attraversare. A lei non ne ho ancora parlato, il Signore l'aiuterà», aggiunse il sacerdote.

A quelle parole il giovane ebreo si fece pensieroso. Con un tono inquisitorio chiese: «Mai dica, come mai uno bravo come lei si trova in una parrocchia ai confini del mondo?»

«*Hic et nunc*, senti che uso il latino, qui e ora, non mi pare che siamo alla periferia del mondo né ai margini della nostra storia recente. E poi, decide il Padrone di casa, e non sempre ci fa sapere tutto né tantomeno ce lo fa sapere subito», rispose quello con un sorriso.

«Ah, il padrone», replicò il giovane, con sufficienza.

Don Francesco s'accorse che l'incontro volgeva al termine e aggiunse: «Verso mezzogiorno abbiamo le altre prove del concerto».

«Ci sarò, anche se per poco tempo, perché l'indagine deve andare avanti», rispose l'ebreo.

In verità temeva che una permanenza prolungata, nell'ascolto della musica, avrebbe potuto esporlo a qualche sorpresa sgradevole.

Quindi uscì dalla chiesa.

Andando alla ricerca degli altri dirigenti del *kibbutz*, incontrò Cosimo e lo rassicurò sulla restituzione celere della sua barca. L'avrebbero riparata dopo i rilievi condotti dai carabinieri per l'indagine.

«Appena possibile andrò in caserma per insistere», gli disse Shimon. Il giovane aggiunse, scandendo piano le parole per farsi capire: «Mi aiuta ad avere informazioni, tra i pescatori del Porto, su quello che è successo... sapere cosa ne pensano, sapere anche cosa pensavano di Yermi?»

«Cosa pensavano tutti di Yermi? Sì, una brava persona... burbero, ma una brava persona. Parlerò con gli altri», rispose il pescatore, e si diresse verso la banchina.

Fece pochi passi e tornò indietro.

«Giovanotto...», riprese.

«Sì?», rispose l'altro.

«Giovanotto, non so se può interessarti. Yermi cercò di comprare un'autovettura per voi».

«Un'autovettura? E da chi? Dove? Io non l'ho vista».

«Dalla famiglia di don Peppino, in Città. È andato più volte in casa di donna Filomena per convincerla a venderla. Nessuno la usava da più di cinque anni perché il marito era in guerra. Ma non mi chiedere come l'ho saputo».

«No, anzi grazie, molte grazie per l'informazione che per me, per noi, è molto importante». *"Dunque la pista della presenza delle due signore nella vita di Yermi non c'entra proprio un bel niente con la sua morte. Alla faccia di Hamlander…, ma l'indagine è ancora lunga*", rifletté Shimon.

Cosimo riprese il suo cammino verso la banchina mentre il giovane proseguì nella ricerca degli altri. Trovò Jakob e anche Riki, ma a casa sua perché ancora bloccato dal mal di schiena; li pregò di procurargli informazioni utili all'indagine, appena possibile.

Avrebbero potuto cercarle nei contatti sui mercati dei paesi dove, loro e gli altri, di solito si recavano col camion.

Lo stesso fece con Isaia, raccomandandogli di usare prudenza. Il compito affidatogli da Shimon, di smascherare chi facesse mercato nero o vendesse i mobili delle ville, poteva offrire spunti interessanti all'indagine, questo sì, ma poteva anche esporlo a rischi.

Infine s'imbatté in David. In verità non l'aveva cercato, ma si rese conto che costui, nelle sue scorribande serali con l'autovettura, soprattutto tra il Porto e la Città, avrebbe potuto raccogliere testimonianze preziose. Così ne parlò anche con lui.

Mancava poco a mezzogiorno e s'avviò per le prove. In chiesa erano in tanti. Tra brusio e vociare scomposto non sembrava di essere in un luogo di culto, ma il giovane non ci fece caso.

Maria e Rocco erano al loro posto, mentre gli altri dieci del coro cercavano la posizione secondo il timbro delle voci. Il parroco li guardava indulgente; con gesti delle mani tentava di dividerli nei gruppi tonali e ci stava provando anche chiamandoli per nome.

Con Maria, voce solista, c'erano altre due soprano, quattro bassi, tre contralti e tre tenori. Shimon si avvicinò al gruppo, regalò un largo sorriso alla ragazza e poi agitò la mano verso Sara, attirandone l'attenzione. La fanciulla ebrea rispose con lo stesso gesto, timida.

Fra i tenori c'era Antonio, giovane ventitreenne della Città. Lavorava come contabile e talvolta come uomo di fatica nel magazzino di una ditta che commerciava all'ingrosso vini, bibite e liquori. Alto e robusto, con un faccione orlato da ricci castani e impiantato su un collo taurino, andava a lezione di canto da un maestro del luogo.

Anche per lui come per Maria, don Francesco aveva avuto parole di incoraggiamento nel coltivare la passione musicale perfezionando le doti naturali. Non certo per questa affinità, né per il fatto che talvolta i due ragazzi si erano esibiti in qualche duetto, ma qualcuno li avrebbe visti bene insieme, come fidanzati.

In verità era più Antonio ad avere sguardi dolci per Maria. La ragazza, nonostante le rotondità del corpo ne tradissero la precocità di donna, aveva manifestato spesso atteggiamenti adolescenziali e quasi di gioco nel rapporto con i coetanei. Distribuiva sorrisi a chi le stava vicino, ma non appariva ancora pronta ad accettare un legame affettivo, né tanto meno a cercarlo. Almeno fino a pochi giorni prima, quando aveva incontrato Shimon.

Antonio non lo sapeva né poteva immaginarlo e, in cuor suo, l'aspettava.

Le rare volte in cui aveva eseguito un duetto con lei, aveva tentato di cantare prendendole la mano. Nella foga del canto lei non si era opposta, ma poi se ne era allontanata arrossendo.

Don Francesco aveva proprio formato un buon gruppo di coristi.

Se li era cercati uno per uno, parlando con amministratori pubblici, confratelli sacerdoti, dame di carità, profughi e militari.

In certi momenti non sapeva se ci tenesse di più a far bella figura con monsignor Panico o piuttosto a creare dal nulla un gruppo concertistico di tanta brava gente, pronta a impegnarsi per un obiettivo comune. E per di più essendo di nazionalità e di fedi diverse.

Oltre a lui che si occupava dell'organo e a Rocco che suonava l'oboe, c'era l'orchestra diretta dall'americano e formata da quattro violinisti, due ebrei e due russi, un violoncellista, un sassofonista e un suonatore di viola anch'essi ebrei.

Infine c'era il gruppetto pioniere dei cinque ragazzi della Città, il "Complesso Sud Ovest '46".

Pensando a loro don Francesco, all'inizio aveva temuto di incontrare difficoltà a inserire nel concerto strumenti come la tromba o la batteria, ma aveva deciso che non sarebbe stato giusto rinunciarvi ed era certo che il direttore Becket avrebbe provveduto.

Si mise a osservarli tutti, finalmente disposti in maniera ordinata, pronti per l'inizio della prova. Se ne compiacque.

«Perché non provi col coro?», chiese a Shimon, vedendolo in disparte.

«Beh, non sarebbe una cattiva idea. La mia voce è da tenore».

«Bene, allora vieni qui, al fianco di Antonio e dei due amici austriaci».

A quel punto il sacerdote si sedette all'organo e l'esecuzione dei brani ebbe inizio. Rispetto alle prove precedenti, questa volta le interruzioni per ripetere alcuni passaggi furono meno numerose del solito.

Pian piano il concerto prendeva forma.

XIV

Il sogno

Nella chiesa vuota la musica dilatava gli spazi, e le voci del coro la seguivano intrecciandosi.

Durante la pausa, Shimon si avvicinò a Maria e lei sembrava che l'attendesse.

«Come va?», gli chiese.

«Meglio. La musica mi aiuta».

Lo disse perché, nonostante quanto gli accadeva a Pinsk e gli era successo pochi giorni prima in quella chiesa, continuava a considerarla un'arte amica. Lei gli sorrise.

La scena non sfuggì ad Antonio, che osservava irritato, geloso com'era di Maria. Ma non fece in tempo a decidere se intervenire o meno, perché don Francesco chiamò tutti alle posizioni.

«Shimon, prendi il mio posto all'organo», disse, come se fosse consueto, ma non lo era affatto.

Il giovane fu colto di sorpresa; accettò senza fiatare. Chiese gli spartiti, parlò col sacerdote e poi con Becket, quindi iniziò le prove.

Tutto filò liscio, senza interruzioni né ripetizioni. L'americano dirigeva l'orchestra e il parroco il coro.

Al giovane ebreo non sembrava vero di avere un organo tutto per sé, e di quelle dimensioni.

A tutti parve che suonasse con maestria. Don Francesco non stava più nella pelle.

A un certo punto lasciò anche la direzione del coro a Becket e si sedette in un angolo della chiesa.

Si beava di quanto ascoltava, e soprattutto vedeva. La sua anima era felice.

Lui, un "parroco di periferia" – come l'aveva considerato Shimon – aveva davanti a sé la risposta a chi aveva trascinato nella guerra le tante "periferie" del mondo: la convivenza pacifica di popoli diversi e la lode all'unico Signore attraverso il canto!

Fissò lo sguardo in alto, verso il soffitto ligneo.

Appena ci fu l'esecuzione di un brano in cui non era previsto l'intervento dell'organo, Shimon si allontanò senza dare nell'occhio.

Questa volta era da solo, senza nessuno dei suoi. Fino a quel momento tutto era filato liscio, ma non poteva rischiare di farsi trasportare troppo dalla musica.

Don Francesco lo vide e gli fece cenno di seguirlo in sacrestia.

«Per il 10 febbraio, mi raccomando, non prendere impegni: accogliamo monsignor Panico col concerto e tu devi essere dei nostri», esordì il sacerdote.

Il giovane ricordava bene che il passaggio di Chaver sarebbe avvenuto il giorno successivo.

«Sì, ci sarò, ma il mio primo pensiero è l'indagine sulla morte di Yermi», rispose.

Si guardò bene dal parlargli dell'altro impegno per il quale i dirigenti del *kibbutz* si stavano preparando da tempo.

Ci pensò un istante, ancora incuriosito dall'identità dell'ospite misterioso, ma tacque.

«Fino a questo momento, su Yermi non è emerso nulla che possa spiegare l'accaduto... né penso ci sarà, perché è stato un uomo irreprensibile, per quel poco che abbiamo conosciuto di lui», precisò il sacerdote.

«Vorrei parlare di questo anche con qualche corista», obiettò quello.

«L'ho già fatto io, nulla!», assicurò il sacerdote.

«E allora aspetterò le prossime ore per vedere se i miei amici mi porteranno notizie», aggiunse il giovane.

Intanto era giunta in sacrestia anche Maria.

Aveva fatto un'eccezione perché le prove erano ancora in corso. Siccome non si trattava di brani per la soprano solista, aveva pensato di scoprire il motivo dell'isolamento di Shimon.

Al suo arrivo i due giovani si guardarono in silenzio.

Lui non voleva parlarle dell'indagine per non apparire indifferente al concerto.

Lei ci teneva che il suo arrivo apparisse casuale.

In questo le sembrò che la sua ingenuità si stesse contaminando con un poco di sana malizia.

Dal canto suo, il sacerdote non voleva intromettersi e, in fondo, nella sacrestia non era insolita la presenza di Maria.

Fu in quegli interminabili istanti che la musica entrò da loro più prepotente.

Tutti gli altri, nell'abside, guardavano al maestro che, con gesti misurati, dettava il tempo agli strumenti e alle voci.

Orchestra e coro stavano toccando le tonalità più alte.

Shimon ne fu subito rapito.

All'improvviso fissò una parete della sacrestia, sembrò assente.

«La luce... quella luce», disse, prima di barcollare.

Don Francesco gli era vicino e lo prese al volo.

Gli si accasciò tra le braccia.

«Shimon! Dio mio!»

Maria lanciò un urlo che le si strozzò in gola perché non voleva che altri notassero quanto stava accadendo in sacrestia. E subito allungò la mano a chiudere la porta dall'interno.

Nessuno si accorse di nulla.

Per la ragazza seguirono momenti di angoscia, ma il volto sereno di don Francesco e il fatto che il giovane non avesse perso conoscenza la rassicurarono. Il sacerdote lo sorreggeva dalle spalle; gli aveva messo le mani sotto le ascelle e non intendeva mollarlo.

L'ebreo smise di fissare la parete, chiuse gli occhi, poi, respirando profondamente, li riaprì.

Per poco tempo restarono in silenzio tutti e tre.

Quando il prete si rese conto che quello stava recuperando le forze, chiese a Maria di avvicinare una poltrona e ve lo adagiò pian piano.

«E due!», mormorò.

Era la seconda volta che in quella chiesa gli accadeva il mancamento e ne fu contrariato.

Poi aggiunse, rivolto a Maria: «Quella prima volta non ero scivolato. Non so perché mi succeda. È una cosa che devo capire. E pensare che allora ho quasi dato la colpa a te. Sono stato uno stupido».

«Non ti devi preoccupare. Non me la sono presa; l'importante è che adesso stai bene. Non è successo niente... può accadere a tutti un piccolo mancamento», rispose Maria, tutto d'un fiato.

Si piegò, gli prese la mano tra le sue, senza arrossire.

Si sentiva una crocerossina in soccorso e non una ragazza che tentasse di attaccar bottone.

Lui la lasciò fare.

Quante cose avrebbe voluto dirle!

Si bloccò, non per la presenza di don Francesco, ma perché si sentiva uno straniero, e per giunta, al momento, in difficoltà.

«Ho ascoltato come hai cantato, e con quanta bravura hai suonato l'organo. Sei un giovane fuori dal comune»: un leggero rossore questa volta tornò sulle guance della ragazza. Certo glielo diceva per fargli coraggio, in modo che recuperasse la stima di sé, ma era tutto vero.

Ritrasse le mani e si sollevò guardando il parroco che era rimasto silenzioso.

Oltre la porta chiusa, le note musicali continuavano a giungere ovattate, ma sempre piacevoli.

«Shimon..., prima che mi cadessi tra le braccia hai parlato di una luce..., hai visto una luce», intervenne don Francesco, perplesso, come sovrappensiero. Quindi proseguì: «Forse è giunto il momento che tu mi parli di quel sogno».

E pronunciando le ultime parole guardò Maria.

«No, lei rimane!», si affrettò a dire Shimon.

Dopo una pausa in cui sembrò voler riprendere fiato, continuò: «Già, la luce! Il sogno... non so perché lo voglia conoscere. Comunque glielo racconterò».

Riuscì a mettere i gomiti sui braccioli della poltrona, raddrizzò la schiena, fissò il sacerdote e prese a riannodare i ricordi, come se rivedesse la scena in quel preciso istante.

«Mi trovavo insieme a Yermi, ero dietro di lui. Davanti a noi c'era una piccola casa, silenziosa, con le pareti vuote, di colore arancio perché una luce di quel colore le illuminava. Al centro del pavimento c'era una grande pietra rettangolare. Uno dei suoi lati corti era piantato nel terreno e l'altro, quello in alto, era arrotondato», iniziò a narrare il giovane.

Si fermò, poi chiuse gli occhi e, sollevando la testa come a cercare una maggiore concentrazione, proseguì: «All'improvviso ho sentito una voce potente, che all'inizio sembrava dire parole confuse e minacciose. Invece, subito dopo, la stessa voce mi è stata chiarissima e con forza ha detto le tre parole: "*Ercistat ex au!*". E nello stesso momento, un cerchio di fuoco comparve, tracciato lentamente sulla parte anteriore della pietra, in alto», concluse il giovane.

Disse le ultime frasi guardando questa volta il soffitto, quasi a cogliere qualcosa di indefinito. In verità stava rivedendo, sulla parete bianchissima, tutto ciò che aveva appena narrato.

Maria l'osservava, con timore e affetto, ma ancor più osservava il volto di don Francesco.

Il sacerdote aveva gli occhi spalancati, come di chi non volesse perdere neppure una parola del racconto.

E ora stava guardando il giovane con un'espressione tra stupore e ammirazione.

La ragazza non capì.

Si guardò intorno, si sentì a disagio.

«Torno nel coro...».

«No, Maria... rimani», sussurrò l'ebreo.

Don Francesco guardò il crocefisso sulla parete e sospirò.

I due giovani attendevano che dicesse qualcosa perché, in fondo, era stato lui a voler conoscere ogni particolare del sogno.

«Shimon, figlio mio... un sogno è solo un sogno! Se uno vuole può leggervi ciò in cui crede. Da questo punto di vista, anzi, il sogno può essere il luogo privilegiato in cui esprimere la propria libertà di credente o di non credente», fece il sacerdote.

Subito aggiunse: «Stai attento, però. Può essere un gioco della mente, frutto delle proprie attese o dei timori o delle frustrazioni, un Sogno Confusione, insomma Ma può anche essere un consiglio, un invito, un messaggio dell'animo, un Sogno Guida, invece. Sta alla libertà dell'uomo scegliere».

«Sono certo che non si è trattato di un gioco del mio cervello, perché la parola *"ercistat"* non l'ho mai conosciuta, mai sentita, mai letta», obiettò il giovane.

«Ma era *"ercistat"* oppure *"existat"*?»

«*"Ercistat"*, ne sono certo. La voce ha detto la *"erre"* in modo chiarissimo, ne sono sicuro».

Prese un vecchio libro, posto insieme ad altri sul tavolo. Era un vocabolario.

«Nella lingua latina *"ercistat"* si può tradurre con "venga davanti, venga fuori", dal verbo *"exsisto"*. Ma è il resto che non significa nulla di concreto... almeno così mi sembra, in questo momento. Anche se ho l'impressione che qualcosa mi sfugga», disse don Francesco, dispiaciuto.

Quindi aggiunse con tono sicuro: «Si tratta di un Sogno Guida, come ti ho già spiegato. Quel fuoco... il fuoco, è segno della presenza del Signore... può esserlo, e nei testi sacri lo è», concluse.

Era perplesso, quasi balbettante. Come se avesse scelto di lasciare nel suo cuore qualcosa di non detto.

Nella chiesa la musica e il canto erano cessati.

Qualcuno bussò alla porta della sacrestia.

«Don Francesco, alla ripresa delle prove servirà il soprano solista», avvertì Antonio a gran voce, dopo aver tentato inutilmente di entrare.

Shimon e Maria si guardarono.

Lui si sollevò dalla poltrona. Si sentì sicuro sulle gambe, sorrise ai due e disse di voler andare via.

Don Francesco aprì la porta.

Antonio era già tornato nell'abside.

L'ebreo si allontanò dalla chiesa, facendo un cenno di saluto con la mano, anche verso gli altri.

Non fosse stato per la presenza di Maria, sarebbe uscito anche prima. Ora voleva mettere quanta più distanza possibile tra lui e quella dannata chiesa dove, per la seconda volta, era svenuto o quasi.

Il sacerdote lo seguì con lo sguardo, premuroso, mentre andava via.

«Stiamo per arrivare», gridò verso il coro.

Aggiunse sottovoce, rivolto a Maria: «A Shimon non ho potuto dire tutto, non potevo farlo. Mi è dispiaciuto».

«Dire che cosa?», rispose preoccupata.

Don Francesco chiuse gli occhi congiungendo le mani, in raccoglimento: «Quel sogno, che magnificenza!»

«Perché? E cosa non gli hai potuto dire?», domandò con tono supplichevole.

Il religioso si sedette in raccoglimento e spiegò mormorando: «Un sogno resta un sogno, lo ripeto. Ma questo è un Sogno Guida, è così. Se vogliamo dargli un significato, allora eccolo: nella tradizione cristiana la grande pietra arrotondata, centinata in alto è un'immagine con la quale si indica Gesù Cristo; il cerchio di fuoco simboleggia da sempre lo Spirito Santo e la voce dall'alto è quella del Signore. Nella religione ebraica la Santissima Trinità non esiste... non è accettata. Non potevo certo parlargli di Gesù come seconda persona della Trinità, cioè figlio di Dio», concluse.

Maria impallidì.

«E io cosa posso dirgli, adesso cosa posso fare per lui?»

«Figlia mia, perché ti preoccupi? Non ce n'è bisogno. Per quel giovane i pericoli non vengono certo dai sogni».

«Ma perché quel sogno?»

«Chi lo sa! Forse, se si riuscisse a interpretare quelle parole. Ma il latino è latino. Comunque, ti prometto che pregherò perché il Signore mi illumini. Vorrei capire... per lui, per te... per voi». Maria arrossì.

Antonio reclamò di nuovo la presenza della ragazza e tornarono ai loro posti per l'ultimo brano.

Il gruppo non aveva perso né il buonumore.

Il parroco ebbe la conferma che nessuno si era reso conto di quanto fosse accaduto nella sacrestia.

Il giorno dopo Shimon organizzò un incontro con gli altri dirigenti del *kibbutz*.

Questa volta c'era anche Riki, che aveva superato la sciatalgia e, già nel pomeriggio del giorno precedente, era tornato a occuparsi del miglioramento dell'attività commerciale insieme a Jakob.

Cercarono di fare il punto sulle loro indagini, ma nulla di nuovo era emerso.

«Vorrei indagare meglio e vedo che gli impegni sono tanti. Perciò chiedo a Isaia di dividere con me la guida del *kibbutz*», disse Shimon. La proposta fu accolta.

Fu anche deciso di recarsi nella caserma dei Carabinieri per mettersi a disposizione dell'autorità e chiedere notizie.

Rintracciarono David e, con la sua autovettura, Shimon e Isaia si fecero accompagnare in Città.

Giunti, varcarono il portone in legno dell'ingresso, chiesero del maresciallo Rizzini e si fecero condurre nel suo ufficio.

«So cosa cercate, ma non ho molto da dirvi. Anzi, mi aspetto qualcosa da voi», esordì il militare.

«Noi non abbiamo novità. Vi volevo solo dire che le presenze di Yermi sia in casa della donna sposata del Porto sia in quella della Città erano una falsa pista, solo un equivoco», disse Shimon. E aggiunse: «Lei, piuttosto, maresciallo, ha saputo più nulla di quell'americano ubriaco che minacciò Yermi?»

«No, ma lasciate perdere se pensate che possa essere uno degli indiziati».

«Perché?»

«È un alcolista cronico, escludo che sia in grado di organizzare quanto, secondo noi, è stato messo in atto per creare problemi al povero Yermi e provocarne la morte violenta». E proseguì: «Spesso fa coppia con un inglese, alcolista pure lui, che ci ha costretti a intervenire al Porto pochi giorni fa».

Per dare forza alle sue argomentazioni, Rizzini raccontò la storia boccaccesca che aveva visto protagonista quell'uomo.

Mentre era ubriaco fradicio, aveva bussato alla porta di una famiglia del Porto. In casa c'era solo la moglie, a letto per un malessere, perché il marito invece era in chiesa. Credendo che fosse il coniuge, la donna si era alzata con fatica, aveva aperto la porta e si era rimessa a dormire. L'inglese si era steso nello stesso letto senza essere riconosciuto perché la stanza era buia. Sentendolo parlare in lingua straniera, la donna s'era spaventata e, approfittando del fatto che in quel momento il figlio piccolo rientrava in casa, lo spedì a chiamare il padre in chiesa. Ne nacque un putiferio clamoroso. L'inglese prese pugni e schiaffi dal marito e dai vicini di casa e i Carabinieri dovettero intervenire.

«Sono due poveracci, come due vagabondi che abbaiano alla luna, due innocui, insomma», disse ancora Rizzini.

«Ne è certo? A me l'americano sembrava una persona pericolosa», l'interruppe l'ebreo.

«Bah! Comunque sia, ci risulta che sia stato trovato ubriaco anche nei giorni che riguardano l'indagine. Non ve l'ha detto il dottor Maier?», chiese Rizzini.

«No».

«Si è procurato anche un trauma cranico cadendo e il dottore l'ha tenuto in osservazione per qualche giorno. Vorrebbe tentare perfino di disintossicarlo dall'alcol».

«Un'altra falsa pista, dunque?», chiese il giovane.

«Direi proprio di sì».

«E i controlli sulla barca?»

«L'ispezione dell'imbarcazione e dei remi ha fornito ulteriori dati. I remi sono stati segati e i buchi nella chiglia sono fatti ad arte, lo sapevate già, ma secondo noi, per gli uni e per gli altri sono stati usati strumenti particolari, sofisticati per giunta».

«Cosa vuole dire?»

«Per i remi è stata usata una lama molto sottile... e i fori nella chiglia hanno contorni netti, senza sfrangiature. Sono precisi, con diametro uguale. In entrambi i casi si tratta di un lavoro fatto con strumenti che difficilmente si trovano in un paese periferico come il nostro e, ancor meno, in un piccolo porto».

«Perché?»

«Per i buchi, ad esempio, è stato usato uno strumento rapido e preciso, sicuramente un trapano elettrico portatile», precisò il maresciallo che aggiunse: «Dico questo perché, quanto è più alta la velocità di rotazione della punta, minore è il rischio di scheggiare il bordo del foro. E questa velocità te la assicura solo il trapano».

«Questo cosa significa?», tornò a chiedere Shimon.

«Si tratta di un tipo di lama e di un trapano che appartengono sicuramente all'ambiente militare».

«Militare?!»

«Sì, certo, militare», ribadì il maresciallo.

I tre si guardarono perplessi e non aggiunsero altro.

Si erano recati in caserma per cercare lumi sull'accaduto e si rendevano conto che la vicenda si stava ingarbugliando ancora di più. Avevano fatto chilometri per ottenere risposte, col risultato di vedere moltiplicate le domande.

«Maresciallo, diceva di non avere grosse novità, ma queste sue parole per noi sono importanti», fece il giovane.

«Bene, allora pensiamoci insieme. Tornate a trovarmi», concluse Rizzini congedandoli.

I tre varcarono la soglia della caserma.

Alla loro sinistra, sul muro di una casa, qualcuno aveva dipinto una freccia con la scritta *"Camp n. 39"*.

Salirono in macchina e ne seguirono velocemente la direzione.

XV

Santa Cesarea Terme

L'alba di giovedì 31 gennaio salutò l'atteso giorno delle *Maccabiadi*: a Santa Cesarea tutto era pronto per le gare ed erano attesi numerosi giovani ebrei provenienti dai Campi della provincia.

Due camion del *kibbutz* fecero la spola, un paio di volte, fra il Porto e la sede delle competizioni, per trasportare gli atleti. Non vedevano l'ora di misurarsi nelle discipline. I venti chilometri di tragitto furono percorsi con spirito goliardico, del quale tutti sembravano pervasi.

Nei *Displaced Persons Camp* i giovani si stavano impigrendo e le giornate trascorrevano tutte uguali. Certo, la guerra era lontana, ma ora bisognava riprendersi la vita per intero. Per questo una competizione sportiva poteva restituire fiducia in sé stessi e ricaricare lo spirito verso nuove sfide, per rifarsi un'esistenza.

Anche su questo riflettevano Shimon e Isaia che li accompagnavano.

I loro pensieri erano rivolti all'indagine, è vero, tuttavia l'intervento della dirigenza del *kibbutz* era necessario, anche in occasioni che potevano apparire meno rappresentative. Perciò erano presenti anche Jakob, Riki e Salomon, ma sull'altro camion.

Il clima era propizio, non mancava chi durante il viaggio canticchiava e scherzava. Shimon ne era soddisfatto perché, in fondo, Yermi aveva sempre detto quanto fosse indispensabile che la socializzazione tra i giovani ebrei crescesse e che il senso dell'unità e dell'appartenenza prevalesse in ogni circostanza.

Sul camion non mancava nulla perché gli agenti politici avevano rifornito gli atleti di palloni, divise, scarpe, racchette, guantoni e scacchi.

La clemenza del tempo aiutava il buonumore. E c'era anche ansia di incontrare parenti o amici, ospitati nelle ville degli altri Campi del Salento.

Per le *Maccabiadi*, oltre Tricase Porto, avevano iscritto loro rappresentanti anche i Campi delle "tre sante": Santa Maria di Leuca, Santa Maria al Bagno e, appunto, Santa Cesarea Terme.

Il viaggio si svolse lungo la strada che, con ampi tornanti, sovrastava la costa rocciosa, attraversando le marine di Andrano, Marittima e Castro. In verità da quest'ultimo paese si passò alla larga, sia perché il percorso lo concedeva, sia perché vi era il campo di addestramento militare per i soldati del maresciallo Tito.

Quella costa si innalzava sul mare e la natura pareva incontaminata. Sui pendii, ricoperti dai pini, spuntavano gli ulivi, i fichi d'India e le case bianchissime. Nella scogliera si alternavano promontori, calette e, in lontananza, si scorgeva qualche pescatore.

Quando apparve palazzo Sticchi, capirono di essere prossimi alla meta. Gli agenti politici li avevano avvertiti che quello era il simbolo del paese, con la struttura in stile moresco, con archi, guglie e cupole. Allo stesso modo in cui lo era la Villa del Comando per il Porto, con le sue torri merlate e il bel colore rosso dei muri esterni.

Fermatisi col camion, Shimon e Isaia si guardarono intorno. Su edifici del lungomare c'erano scritte in ebraico su Dio, la pace e la libertà.

Erano stati tra i primi ad arrivare; poco dopo sarebbero giunti anche Jakob, Riki e Salomon.

Perlustrarono la zona, ispezionarono gli spazi per le gare e attesero, con l'intento di coordinare gli arrivi dei loro giovani. In verità si vollero anche accertare della tranquillità ambientale perché, nei giorni precedenti, si erano diffuse – e non solo al Porto – notizie poco rassicuranti sulla vita in quel Campo.

Lì, qualche settimana prima, si erano verificati atti di vandalismo da parte di alcuni tra i milleseicento ebrei ospitati.

Avevano anche saputo che tutto era successo come reazione alla solita campagna di stampa antisemitica condotta per sciogliere i Campi, sgomberare le ville e restituirle ai proprietari.

A dire il vero, gli agenti politici li avevano pure informati che la gran parte degli oltre tremila abitanti di Santa Cesarea aveva in simpatia gli ebrei, per la predisposizione alla solidarietà della gente del Salento. E anche per la curiosità che gli ebrei suscitavano, a motivo della loro vita, del loro modo di pregare, di sposarsi, di circoncidere i figli, così singolare e così diverso dai costumi di quella parte del sud d'Italia e non solo.

Li avvisarono ancora che un simile atteggiamento non era del tutto condiviso dall'autorità provinciale perché quella, dal suo punto di vista, sospettava i profughi di contrabbando, di mercato nero e, più in generale, di disturbo della quiete pubblica. *"Solite cose!"*, avevano reagito i giovani ebrei.

La campagna di stampa aveva portato a quegli sporadici atti di vandalismo dei quali ora, Shimon e Isaia, intendevano tenere sott'occhio gli strascichi.

Certo, c'era la garanzia degli alleati inglesi e americani che gestivano il Campo, ma volevano rendersene conto di persona. «Guarda, là in fondo ci sono alcuni militari alleati che presidiano la zona», fece Isaia all'amico, con tono rassicurante.

Intanto il primo camion era già di ritorno e stava scaricando un altro gruppo di giovani, pronti per le gare. E in lontananza, sul lungomare, diversi mezzi di trasporto avevano parcheggiato e ne erano discesi atleti provenienti dagli altri Campi.

A un certo punto, alcune persone con cappello, cartelle e penne in mano, si misero a dare disposizioni, a gran voce, indicando i terreni di gara. Si trattava dei membri volontari dello *Sportklub Maccabi* di Santa Cesarea che coordinava le competizioni e gestiva ogni cosa, dalla scelta degli arbitri alla registrazione dei verbali dei risultati finali.

Ci volle tempo prima che tutto fosse pronto.

Il desiderio di ritrovarsi e di parlare, aveva prevalso inizialmente sullo spirito competitivo. Anche Shimon, Isaia, Riki, Jakob e Salomon si attardarono a stringere mani, sorridere e scambiare informazioni.

Quindi fu stilato il calendario degli incontri e si diede inizio alle *Maccabiadi*.

I cinque giovani dirigenti erano rammaricati per quegli atti vandalici nelle ville e lo dissero agli ebrei del posto. Ci avevano sempre tenuto a distinguersi dagli slavi e dal loro modo di fare, ma comprendevano che qualche mela marcia poteva scappare.

Erano al corrente che l'Unrra avrebbe rimediato ai danni, pagando i proprietari per rifonderli di quanto avevano subìto. Bisognava però tener conto dei riflessi psicologici di chi veniva a sapere di aver patito un danno alla propria abitazione. E poi, ammisero tra loro, quale somma di denaro avrebbe potuto compensare il valore affettivo di un mobile o di un quadro che era stato distrutto o venduto?

I cinque si divisero per seguire le gare e controllarne lo svolgimento. Presero anche l'impegno di scambiarsi le informazioni sul loro andamento e, soprattutto, sui risultati finali.

«Yermi aveva pensato bene di tenere sotto controllo le teste calde tra di noi, quelli che agiscono senza farsi tanti scrupoli. Ci sono, purtroppo», ricordò Shimon a Isaia.

«Ah, Yermi», sospirò l'amico.

E aggiunse: «Ieri sera ho incontrato Cosimo. Ha cercato informazioni, in lungo e in largo sulla banchina, come gli avevi chiesto».

«Quel brav'uomo! Ha scoperto qualcosa?»

«Sì e no».

«Che vuoi dire?»

«Ha sentito parlare di Yermi in due circostanze, senza riferimenti particolari, tranne il fatto che, in un'occasione, a parlare era un uomo che si esprimeva in arabo».

«Un arabo? Sei proprio sicuro, un musulmano?»

«Pare di sì!», confermò Isaia.

Ci fu una pausa e Shimon divenne pensieroso.

Mentre l'amico seguiva il torneo di pugilato, lui ripercorse con la mente le informazioni di cui disponeva fino a quel momento. Ripensò ai colloqui col comandante Hamlander, con don Francesco, col maresciallo Rizzini e, infine, alle parole di Cosimo.

Non ci capiva nulla.

Le due donne e l'americano si erano rivelati piste fasulle.

Pensare alla vendetta di qualche commerciante gli sembrava eccessivo perché, d'altra parte, l'eventuale litigio si sarebbe verificato in un mercato di paese lontano dal Porto e lì Yermi, per chiunque, era un ebreo qualsiasi, non necessariamente un rifugiato.

Magari – anzi sicuramente – la persona o le persone che avessero litigato con lui, non potevano neppure sapere quale Campo lo ospitasse.

Shimon avvertiva che qualcosa gli sfuggiva, qualcosa di importante.

Pensò e ripensò.

Non era possibile che, nonostante tutto quello che aveva scoperto, non riuscisse a farsi un'idea compiuta sull'accaduto.

«Dannazione!» sbottò.

«È il comandante Hamlander che mi ha messo fuori strada... ma certo! È così!»

«Che dici? Fuori strada... e perché mai?», chiese Isaia.

«Certo. In buona fede, mi ha portato a leggere gli eventi da un'ottica sbagliata, completamente sbagliata», disse Shimon, scandendo le parole mentre il volto gli si illuminava.

«Non capisco», obiettò l'amico.

«Mi parlava della presunta amicizia con la signora del Porto, con quella della Città, dell'americano ubriaco che gli aveva giurato vendetta, di violenti alterchi con qualche commerciante, ma non è su Yermi uomo che bisogna indagare».

«Che vuoi dire?»

«Se partiamo dal Yermi capo del *kibbutz*, molte cose quadrano, le tessere del mosaico vanno al loro posto».

«Continuo a non comprendere!»

«Pensaci bene, anche tu. Chi ha manomesso la barca causando la morte di Yermi appartiene all'ambiente militare, lo sostiene il maresciallo Rizzini», replicò Shimon con convinzione.

«E quell'uomo che si riferiva a Yermi, parlando in arabo?», insistette Isaia.

Il colloquio fu interrotto da urla e grida perché l'incontro di boxe era al culmine.

I sostenitori dei due pugili facevano a gara a chi incoraggiava con più entusiasmo, e non mancavano contestazioni verso gli arbitri.

Quando la calma sembrò ristabilita, Isaia riprese: «Che c'entra un musulmano con Yermi?»

«Ignoro chi possa essere, ma una riflessione si può fare. Non tutti lo sanno – e io non lo dimentico – che al Porto ci sono anche agenti palestinesi. Cercano di sapere fino a che punto noi siamo per loro una minaccia. Hanno a cuore la loro patria, la difendono, tanto quanto noi vogliamo ricostruirla».

«Accidenti!»

«È nell'ordine delle cose, da che mondo è mondo, ciascuno tutela i propri interessi, e ancor più quando è in gioco non tanto il destino di una persona, ma quello di un popolo».

«E quindi?»

«La nostra gente a ogni costo vuole tornare nella Terra promessa. Tuttavia, dopo aver visto cosa significa la guerra, mi preoccupa tutto quello che potrebbe ancora accadere. La pace è un bene di tutti, al quale non si può rinunciare. Chissà, magari la si potrà raggiungere col tempo e col dialogo».

«Sì. Adesso c'è da scoprire il colpevole».

«È vero, ma ora possiamo vedere gli eventi in una luce diversa, e giudicarli meglio, per smascherare il responsabile della fine di Yermi », concluse Shimon.

Il giovane sembrava trasformato.

Fino a quel momento aveva rincorso con frenesia ogni possibile spiegazione di quella morte e aveva finito per sentirsi disorientato. Ora si rendeva conto che poteva restringere il terreno delle indagini, e soprattutto che la soluzione era lì, al Porto. Yermi era morto nell'adempiere il suo incarico, da segretario, da capo del *kibbutz*, da ebreo e per gli ebrei.

Shimon ora ne era convinto.

Nel frattempo qualcuno richiamava la sua attenzione, gesticolando verso di lui con l'invito a raggiungerlo. Si trattava di Salomon e Jakob, e gli indicavano le battute conclusive della partita di pallavolo in corso davanti all'ingresso della grotta che, secondo il cartello affisso, la gente del posto chiamava Gattulla. Shimon e Isaia accorsero. La squadra del Campo 39 stava per vincere la competizione; bisognava applaudire alla bravura di quei ragazzi.

L'odore acre che veniva dalla grotta incuriosì i due giovani e se ne fecero spiegare l'origine sulfurea da alcuni esponenti dello *Sportklub Maccabi,* mentre incoraggiavano i loro
. La vittoria fu guadagnata.

Quindi, al termine delle gare programmate per quella mattina, alcuni organizzatori del posto portarono gli atleti a ritirare il pasto in una cucina del Campo 36.

Ci furono le gare pomeridiane e la squadra di Santa Cesarea superò quella di Tricase Porto nella finale di calcio mentre, in quella di pallavolo, fu Tricase Porto a prevalere su Santa Maria al Bagno.

Nel complesso, come riportato nei verbali dello *Sportklub Maccabi*, il Campo di Santa Cesarea vinse le *Maccabiadi*, seguito da quelli di Tricase Porto, Santa Maria al Bagno e Santa Maria di Leuca.

Per il lusinghiero risultato ottenuto dal Campo 39, furono determinanti i successi nell'atletica ottenuti dai giovani allenati da Andreas Vogart. Con lui si congratularono Isaia, Shimon e gli altri tre, non tanto per le vittorie quanto per la passione che metteva in mostra.

Giunse il momento del congedo e i camion per il rientro erano già allineati sul lungomare. Al termine delle gare i giovani non finivano di scambiarsi notizie su parenti e amici.

Quando tutto fu pronto per il viaggio di ritorno, Shimon decise di salire con Isaia sull'ultimo camion diretto al loro Campo.

Lungo il tragitto, archiviate le gare, il loro pensiero tornava a Yermi.

Shimon iniziò a tirare le somme, nella sua mente: *"Se il terreno da battere era quello militare, da quale strada conveniva iniziare?"*

Quella americana?

L'inglese?

La palestinese?

E in quale modo procedere?

E quella araba che c'entrava?

E se fossero emersi ulteriori rischi? In fondo avevano la responsabilità della sorte di quasi settecento ebrei, oltre quella delle loro stesse vite.

Shimon smise di pensare. *"Almeno fino a domani!",* disse fra sé e sé, con un sospiro profondo. Se le strade per l'indagine erano numerose, quella per tornare al Porto era una sola.

E il suo camion la stava percorrendo con celerità.

XVI

La promessa

L'alba successiva trovò Shimon insonne. Si era addormentato e si era risvegliato più volte. Nella sua mente gli interrogativi s'erano affollati, disturbando l'arrivo del sonno ristoratore.

Decise di tornare sul molo.

Da quella posizione, in alto, spesso gli sembrava di poter dominare i luoghi e ora sperava di farlo anche con le emozioni. Guardava le onde infrangersi sotto i suoi piedi, sempre uguali sulla pietra del bastione, e si sentiva rinfrancato. Il profumo della salsedine gli era diventato familiare.

Alle spalle del giovane, in lontananza, Maria percorreva in discesa via Borgo Pescatori per raggiungere il lungomare. Lì, nei pressi del chiosco, c'era una fontana. Quella vicina a casa sua non dava più acqua da settimane.

E così, ogni mattina, la madre le chiedeva, anzi le ordinava: «*Pija 'a quartara e vai alla funtana!*»

La *quartara* era una grande brocca in latta stagnata con un'ansa per la presa. L'acqua serviva, eccome, per bere e per cucinare. A dire il vero, serviva anche per il bucato perché quella della cisterna stava per finire, per la scarsità delle piogge nei mesi precedenti.

Per carità, alla fontana Maria non ci andava malvolentieri. Era uno di quei luoghi in cui, nell'attesa di attingere l'acqua, si poteva chiacchierare con qualche amica, e conoscere novità – se ci fossero state – in un paese in cui, alle solite poche famiglie, negli ultimi tempi si erano aggiunte centinaia e centinaia di stranieri.

Era la maledetta salita a darle il malumore. Quasi cento metri da percorrere con la *quartara* barcollante piena d'acqua e che finiva troppo spesso per bagnarle le scarpe. Certo, ogni tanto si fermava e cambiava la mano della presa, ma cento metri le sembravano sempre troppi.

Nei primi tempi, per provare a sentire meno la fatica, tra sé e sé cercava di indovinare il motivo per cui il dannato recipiente avesse quel nome, ma invano.

L'aveva chiesto alla madre: «Mamma, ma che significa *"quartara"*?» E quella, per tutta risposta, l'aveva fulminata con uno sguardo che voleva dirle: *«Che problemi ti poni? Pensa a darti da fare e a portare l'acqua!»*

L'aveva infine chiesto a don Francesco e il sacerdote, dopo aver consultato un suo libro, le aveva risposto che derivava dal latino *quartarium* e indicava la quarta parte di un barile.

Maria aveva sorriso, divertita al pensiero che anche dalle sue parti fosse arrivata la lingua latina, e vi avesse resistito per secoli. Ma non percepì che questo, come dire, potesse nobilitare la sua fatica, che rimaneva sempre grande per portare a destinazione la dannata brocca.

Tuttavia, quella mattina, la benedì.

Si accorse di Shimon.

Si affrettò alla fontana e, data la breve attesa, tornò presto a casa. Questa volta s'inerpicò sulla salita di buona lena, e pazienza se le scarpe si erano bagnate quasi per intero.

Tornò sul lungomare dirigendosi verso il molo.

Adesso conosceva la strada per salirvi, e fu subito in cima.

Attese di arrivargli vicino.

«Buongiorno. Scusami. Sono qui perché don Francesco ti vuole parlare», mentì, sorridendo e senza arrossire. Pensò di non fare nulla di male riferendo l'intenzione del parroco, il quale, in realtà, l'aveva comunicata davanti a tutti, in sacrestia: «Se incontrate Shimon, ditegli che ho la risposta che voleva».

« Oh... Maria, salve. Il prete mi vuole dire qualcosa?», domandò.

«Sì, così ha detto, parlando di una parola latina che ti interessa. Lo sai che anche a me ha spiegato il significato di qualche vocabolo latino? Eh, lui sa tante cose», fece la ragazza col tono di chi passava di lì per caso.

«È vero, si tratta della frase del sogno che gli ho raccontato giorni fa, in sacrestia. C'eri anche tu, ricordi?» Mentre le parlava la osservò con attenzione. Cercava di cogliere in lei i sentimenti di quel momento, per comprendere il significato del suo arrivo imprevisto.

«Lo ricordo bene. Hai voluto che rimanessi con te, eppure stavi parlando di fatti tuoi molto personali», rispose la ragazza e aggiunse: «Sono rimasta, e non mi sono sentita affatto a disagio». Si era seduta al suo fianco.

Il sole iniziava a farsi caldo e una brezza saliva dal mare verso la collina, portando irrequietezza fra i suoi capelli.

Anche lei lo guardò, dritta negli occhi.

L'esperienza del coro e i consigli del parroco la stavano rendendo più intraprendente.

«Mi ha fatto piacere che sei rimasta, quel giorno», confidò l'ebreo.

«Perché?»

Nel tono e nello sguardo, la domanda di Maria più che un interrogativo sembrò un invito.

Non lo fece apposta. Nella ingenua audacia del momento le venne spontaneo.

Lui capì.

«Quel giorno, quando mi hai accompagnato con tuo fratello nella villa, e specialmente quando sei venuta a trovarmi, dopo la morte di Yermi, dentro di me è successo qualcosa di importante. Avevo già perso mio padre, la patria, la mia gente, l'amico; ero uno straniero ai confini del mondo».

Nelle sue parole non c'era avvilimento. Stava facendo l'analisi della sua condizione, con personalità.

Le sue spalle stavano dritte.

«Cosa ti è successo di tanto importante?», domandò la ragazza.

«Mi piace...», tentennò il giovane, e si riprese: «Mi piace stare con te, mi dai forza, più di quando gli altri, a New York o a Pinsk, mi chiamavano capo *klezmer*».

«Sono solo una ragazzina», si schermì Maria.

«Chi siamo veramente, meglio farlo dire agli altri».

«E allora, tu cosa pensi di me? Sono solo il tuo portafortuna?», provò a sorridere lei, per togliersi d'impaccio, perché sentiva il rossore infiammarle il viso.

«No. Per me tu sei molto di più», e mentre parlava, il giovane le prese la mano tra le sue, accarezzandola.

Lei non si ritrasse.

Continuò a fissarlo sorridendogli.

«Quel giorno della visita nella villa dove abito, quando sul lungomare ti voltasti un'ultima volta per salutarmi, di nascosto da Rocco e da tuo padre, ho sentito il cuore fermarsi e ho capito una prima volta», confessò Shimon.

«Capito cosa?»

«Che per me sei una ragazza con delle qualità, una donna alla quale si può voler bene», aggiunse il giovane, scandendo le parole.

Portò la mano della ragazza verso di sé, baciandola senza staccare lo sguardo da lei.

«Shimon!», sospirò lei.

«Maria!», le fece eco lui.

I due giovani si abbandonarono a un tenero bacio.

Erano seduti fianco a fianco, lei poggiò il capo sulla spalla di lui.

L'orizzonte, di fronte a loro, s'era fatto più nitido.

«Ti ho voluto bene fin dalla prima volta che t'ho visto, quando sei caduto vicino all'organo. Anche se la tua reazione mi ha sorpresa».

«Dimenticala, dimenticala. Anch'io ti voglio bene».

Rimasero per alcuni minuti così, vicini, guardandosi e sorridendosi.

«E adesso?», fece la ragazza, a un certo punto, ridendo di gusto.

«Adesso cosa?», replicò lui.

«Adesso... mi hai dato un bacio qui, sul molo, a sei metri sul livello del mare, come al centro di un'arena dove tutti, intorno, stanno a guardare», aggiunse, continuando a divertirsi nel pronunciare quelle parole.

«Che vuoi dire?»

«Da queste parti si dice che una ragazza baciata in pubblico sia compromessa!»

«Al mio paese un bacio è una promessa, una bella promessa».

Ne risero insieme, e tornarono ad abbracciarsi.

Poi gli occhi della ragazza si fecero lucidi.

«Perché piangi? Cos'è accaduto? Sei pentita di qualcosa?»

«No, è che quando sono felice ho paura».

«Paura di che?»

«Paura che qualcosa possa cambiare».

«E cosa può cambiare tra me e te, ora che ci amiamo?»

«So che stai indagando sulla fine del povero Yermi. Shimon, sii prudente».

«Accidenti! A proposito, dimenticavo un impegno», sbottò lui. E continuò, rammaricato di doverla salutare: «Ho assicurato ad Hamlander che gli avrei riferito delle *Maccabiadi* e voglio farlo, soprattutto per avere informazioni. Lui mi dice poco delle sue indagini. Forse, parlando delle gare mi dirà qualcosa di più. Per me stai tranquilla, non mi succederà niente di male».

«Ci vediamo nel pomeriggio? Ci sono le altre prove. Il tempo stringe e l'arrivo del monsignore si avvicina», domandò Maria con un filo di voce.

L'ebreo annuì col capo e sentì forte il bisogno di starle vicino: «Ho anche il dovere di pensare a una certa missione di Yermi, ma chiederò a Isaia di sostituirmi».

Abbandonarono il molo, mano nella mano.

La salutò e attese che iniziasse la salita verso casa.

Lei si girò più volte a salutarlo, prima di scomparire dietro un angolo.

Verso la Villa del Comando, Shimon incontrò Riki e gli chiese di accompagnarlo. Quello si rendeva conto di essersi estraniato da troppi giorni per il mal di schiena, e acconsentì.

Ricevendoli, il comandante ringraziò per le notizie sull'andamento delle gare e si complimentò per i successi raggiunti.

«Avrò di che stuzzicare qualche mio collega vanaglorioso che si vanta per il valore degli atleti del suo Campo», si compiacque Hamlander.

A Shimon sembrò il momento giusto per tornare alle indagini.

«Su Yermi, ci sono novità?», chiese senza indugio.

«Giovanotto, vedo che non perde tempo. Ci lasci lavorare».

L'ebreo si guardò bene dal sottolineare di aver saputo che i segni lasciati sulla barca provenivano da strumenti appartenenti all'ambiente militare. Ci avrebbero pensato i Carabinieri a dirlo, prima o poi, ma se l'avesse comunicato lui, quello l'avrebbe presa male.

«Si rilassi, faccia qualche passeggiata, incontri gli amici, come ha fatto l'altra sera lui, venendo nella nostra villa... penso che l'abbia fatto per salutare qualche amico americano», disse indicando Riki.

Shimon ricordò che, in un precedente colloquio, Hamlander aveva accennato alla visita serale di un ebreo in quella abitazione, precisando di poterlo individuare rivedendolo, e lo stava facendo proprio in quel momento.

Riki non replicò. Forse considerava marginale l'annotazione di Hamlander.

«Mi scusi, comandante», abbozzò Shimon, «volevo solo sapere se avete incontrato qualche arabo nel Campo».

«Arabo?»

«Arabo, sì... un musulmano!»

«Mah, l'unico arabo che ho conosciuto è stato Mohamed, il tunisino».

«Tunisino o palestinese?»

«Tunisino, tunisino!», ribadì Hamlander.

«Un tunisino? E che c'entra col Porto?», tornò a domandare il giovane.

«Nel mese scorso gli abbiamo sequestrato il barcone sospettandolo, anzi accusandolo, di trasporto clandestino di rifugiati. Che ci sia da tempo questo tipo di attività, a quattr'occhi, tra me e lei, ce lo possiamo dire, giovanotto..., al di là di certi documenti».

«E com'è andata?», chiese Shimon, senza cogliere l'accenno polemico alla raccolta di firme presentata in precedenza, dopo l'Assemblea generale.

«Avevamo preso un granchio, ci siamo sbagliati», ammise Hamlander.

«Eh... mi scusi se insisto... chi era, invece?»

«Un pescatore che, dopo aver fatto sosta in Sicilia, aveva sconfinato dalle nostre parti a causa di una tempesta in mare».

«E questa era la verità?»

«Non glielo disse Yermi?»

«Yermi? No! Non mi disse niente… niente su nessun arabo. Forse lo considerava una cosa poco importante. E tu hai saputo niente di questo fatto, Riki?», chiese il giovane all'amico che fece un segno di diniego col capo.

«Sì, Yermi! Yermi ci fece capire che il tunisino non c'entrava nulla col trasporto di profughi. Certo, non lo poteva dire chiaramente, noi lo capimmo e ci fu sufficiente» spiegò il comandante.

«Non sapevo nulla, sono sorpreso».

«In buona sostanza, Yermi ha salvato Mohamed da un brutto guaio», fu la sintesi del comandante.

«Accidenti! È vero, l'ha salvato», concluse il giovane. Pensò: *"E quattro!"*. Ecco la quarta pista falsa.

Ancora una volta aveva fatto un buco nell'acqua e gli restava solo la rabbia. Continuava a perdere tempo, e non si dava pace.

I pescatori che avevano sentito l'arabo parlare di Yermi non avevano compreso che l'aveva fatto per esprimergli gratitudine o, comunque, per raccontare il sequestro della sua imbarcazione e di come l'avesse scampata bella.

«Vedo che lei è contrariato, giovanotto».

«No, non è nulla, solo un equivoco, un altro equivoco».

«Tra lei e Yermi?»

«No, no… non è niente», tagliò corto Shimon.

Non intendeva entrare nei particolari perché avrebbe potuto generare malintesi tra gli ebrei e i militari del Campo, americani o inglesi che fossero.

Perciò salutò Hamlander e lasciò sul posto Riki, che intendeva farsi visitare dal dottor Maier per il suo fastidioso malanno.

XVII

L'accusa

Questa volta, all'ora di pranzo Shimon fu puntuale nel ritirare il pasto dalla mensa comune e, finalmente, la madre lo ebbe con sé in quel momento della giornata.

Si fece raccontare dal figlio i più recenti avvenimenti e, di rimando, lo pregò di essere prudente.

«Hai poca fame, vedo. Sei preoccupato?», domandò la donna.

«No. Anzi, direi che sono contento, oggi».

«Perché?»

«Nel giro di poche ore, due persone mi hanno raccomandato di non correre rischi, una sei tu».

«Ho capito, una donna!».

Il giovane, in silenzio, prese a mangiucchiare.

Non insistette, per non disturbare la sensibilità del figlio. Lo conosceva bene: non era tipo da farsi ingannare nei sentimenti. Lo scarso appetito le suggerì l'osservazione: «È una cosa seria... allora!»

Il giovane sorrise e non rispose.

La serenità che traspariva dal suo sguardo la tranquillizzò.

Aveva perso il marito da anni, e quel figlio era tutto ciò che le restava.

Lui mangiò qualcosa, poi le diede un bacio sulla fronte e uscì per recarsi in chiesa.

Lei, mentre lo vedeva allontanarsi, nel profondo dell'anima pregò.

Al suo arrivo, tutti gli si avvicinarono per salutarlo, anche Antonio. Costui aveva notato che nel gruppo del coro Maria era taciturna e decise di vederci chiaro. A quella ragazza ci teneva.

Aveva già sperimentato le difficoltà nell'avvicinarla, ma non si rassegnava. Osservò ripetutamente Shimon e Maria, ne scrutò le espressioni e cercò di coglierne i gesti e le parole. Notò il modo in cui si guardavano e capì.

Un brivido gli corse lungo la schiena; trattenne un moto di stizza.

Avesse avuto sottomano qualcosa da spaccare, l'avrebbe fatto.

Decise di sorvolare, in attesa di momenti propizi in cui intromettersi tra i due. Per avvicinarsi e capire meglio cosa accadeva tra loro, gli venne in mente che aveva qualcosa da ricordare a Shimon.

«Domenica 3 febbraio ci vedremo sulla spianata dei Cappuccini in Città», gli disse.

«Sì. Mi hanno detto dell'accordo tra voi e noi ebrei. Il calcio piace ai miei e ho saputo che la vostra squadra gioca il campionato. Verrò volentieri anch'io all'appuntamento di dopodomani», rispose.

Secondo l'intesa, sul campo in terra battuta dei Cappuccini, la squadra di calcio degli ebrei si sarebbe allenata e, per ricambiare la cortesia, il camion degli stessi ebrei avrebbe trasportato la squadra della Città a Maglie, distante venticinque chilometri, per una gara del campionato.

I due stavano ancora dialogando, don Francesco si attardava in sacrestia e il coro cercava di radunarsi quando, improvvisamente, fece irruzione nella chiesa il maresciallo dei Carabinieri Rizzini, accompagnato da Helein Koln, una bella ragazza slava, bionda e formosa.

Si fece silenzio d'intorno, e tutti guardarono verso quelle due inattese presenze.

Shimon immaginò, speranzoso, qualche novità nell'indagine, ma si sbagliava. E di grosso.

«Cerco il signor Shimon Bejlin», esordì il maresciallo, trafelato.

«Sono io», fece l'interessato.

Il militare lo indicò alla ragazza che gli disse: «È lui!»

Quindi Helein cominciò a guardare le pareti della chiesa, come infastidita.

«Questa signorina vi accusa di averle usato violenza e le accuse sono circostanziate. Non ci sono equivoci perché parla bene la mia lingua. Vi invito a seguirmi in caserma per chiarire la vostra posizione.

Ho già informato il comandante del Campo», recitò il militare, con fare perentorio.

Seguì un brusio generalizzato.

Tutti guardavano tutti.

Maria era impallidita.

Per un attimo cercò un nascondiglio dove scomparire, ma si riprese subito. Il dubbio fu una reazione impulsiva, ma ora prevaleva in lei la convinzione che l'accusa non fosse vera.

«Quella ragazza la conosco. Anzi, la conosciamo tutti!», sbottò, puntandole l'indice.

Antonio la guardò, da un lato ammirato e dall'altro preoccupato perché Maria stava prendendo apertamente la difesa dell'ebreo.

«Cosa vuole insinuare?», replicò il maresciallo.

Lei non gli rispose.

Prese invece a parlottare con i compagni del coro, che con risolini e ammiccamenti, stavano dando forza alle sue obiezioni.

Helein era una ragazza appariscente, e non faceva nulla, ma proprio nulla, per evitarlo. Camminava sul lungomare indossando i pantaloni, ed era una delle poche a portarli, tra le donne dell'intero Campo.

Era istruita, conosceva l'italiano e frequentava la scuola media in Città. Certo, era più grande d'età rispetto ai suoi compagni, ma intendeva proseguire negli studi perché non voleva che la guerra le togliesse anche l'istruzione. Così andava dicendo a tutti.

I giovani la corteggiavano e si mormorava che avesse un fidanzato in Città, dove si recava di pomeriggio, facendosi accompagnare da qualcuno.

«Se il maresciallo intende interrogare Shimon, ha il dovere di farlo, e il giovane ha il diritto di allontanare da sé un'accusa infamante, alla quale in verità nessuno di noi crede», intervenne don Francesco, stemperando un'atmosfera che, a mano a mano, diveniva sempre più pesante.

Su Helein il parroco tacque.

Sapeva che la sua famiglia abitava nel grande palazzo delle *"Colonie"*. Lo sapeva perché in quell'edificio don Francesco aveva inviato qualche parrocchiano a comprare il pane.

Lo vendeva anche la famiglia di Helein, come altre tra i profughi assistiti, perché tutti sapevano che gli abitanti del posto ne potevano avere solo razionato, con la tessera.

«Vengo, maresciallo..., non si preoccupi, ma voglio prima avvisare gli amici, non posso scappare così», disse Shimon. Il militare acconsentì.

Avvertì Isaia e Salomon – i soli che fu possibile rintracciare – e si fece portare in caserma. Una volta giunti, accusato e accusatrice furono rinchiusi in stanze diverse.

Quando sembrava che le ipotesi investigative su cui indagava Shimon si stessero restringendo e che, sulla morte di Yermi, la nebbia si diradasse, ecco un'altra tegola abbattersi sulla testa di un dirigente del *kibbutz*. Non c'era altra spiegazione, secondo lo stesso ebreo: non era lui il bersaglio ma il suo ruolo. D'altra parte, la ragazza slava non la conosceva affatto. Però, accidenti, sapeva bene che tutto questo bisognava provarlo!

Che fare?

Ora che le idee gli si erano schiarite, riusciva a mantenersi freddo e a riflettere su una via d'uscita.

«Signor Bejlin, le leggo la deposizione della signorina», esordì Rizzini, entrando nella stanza dove l'avevano rinchiuso.

Secondo l'accusatrice, l'ebreo la sera prima, di ritorno da Santa Cesarea, era eccitato per i risultati delle *Maccabiadi* e aveva bevuto. Incontrata la ragazza nella Via per la Città, l'avrebbe intrattenuta raccontandole i particolari del viaggio e delle gare disputate. Poi l'avrebbe costretta a seguirlo in un luogo appartato e le avrebbe usato violenza, dopo averla imbavagliata per impedirle di gridare.

«Come vede, l'accusa è circostanziata; d'altra parte, la signorina come conoscerebbe le notizie sul viaggio nel Campo di Santa Cesarea e, soprattutto, i dettagli sulle gare, se non per averli appresi da lei, giovanotto?», ribadì il maresciallo.

Shimon si sentì in trappola e, per giunta, senza un alibi per quella sera.

«Non conosco affatto quella ragazza», spiegò.

«Ah, dicono tutti così. Ci rifletta giovanotto, non complichi la sua posizione», intimò e aggiunse: «Qualcuno tolga di mezzo la radio! Il volume va per cavoli suoi». Si riferiva all'apparecchio posto nel corridoio e che trasmetteva marcette militari a singhiozzo.

«Dica, allora», ripetette.

«Lo ripeto. Non conosco quella ragazza. Forse l'ho vista sul lungomare, come altre ragazze slave».

«Ecco, vede che qualcosa esce fuori?»

«Esce fuori un bel niente! C'è la parola della ragazza contro la mia, dove sono le prove? Ha pensato di farla visitare dal dottor Maier per vedere se è vera questa maledetta violenza?»

«Lei non mi può dire quello che devo o non devo fare. Piuttosto, rifletta sull'accusa», replicò quello e, non curandosi più della radio, abbandonò la stanza mormorando tra sé e sé: *"La violenza... Maier. Non ci ho pensato. Potrebbe avere ragione!"*

Il giovane rimase solo.

Ripensò alla deposizione di Helein, sventolata sotto i suoi occhi da Rizzini per cercare di incutergli timore e indurlo alla confessione, secondo lui. La ragazza non era la scema del villaggio, di questo era sicuro, e non era una mitomane.

Per chi o per cosa aveva inventato tutto?

"San Michele Arcangelo, se tu sei l'angelo che ci protegge, adesso ho bisogno di te!", pensò Shimon.

Si sentì pervaso da una calma insolita, nonostante ciò che stava accadendo.

Se ne meravigliò e pensò che, in fondo, non poteva chiamare angeli a suo piacimento, ancor più da non credente.

Aveva iniziato ad analizzare la vicenda, quando udì una voce: *«Quando si vuole indurre una donna a dire la verità, bisogna spaventarla con le conseguenze della sua bugia».*

Veniva dal corridoio? Veniva dalla radio o dall'esterno attraverso la finestra aperta?

Shimon si rese conto che, in quel momento, non era importante la provenienza ma il contenuto di quella frase. In un attimo decise la strategia, e attese il momento opportuno per attuarla.

«Ehi lei, giovanotto», lo chiamò Rizzini dalla stanza dov'era la donna. «Venga qui, firmi la sua deposizione. Ne ho fatto un riassunto che devo allegare a quella della denunciante, ma prima la legga e mi dica se le va bene, io torno tra un attimo».

Era il momento.

Il maresciallo li aveva lasciati sol e nella stessa camera, lui e la ragazza.

Lei evitava di guardarlo.

L'ebreo pensò quanto fosse imperscrutabile la natura umana, perché non avrebbe mai immaginato che, dietro quella bellezza esteriore si potesse nascondere tanta malvagità.

«Non ti conosco, tu lo sai bene... e adesso hai deciso di uccidermi, nell'anima e non solo», iniziò con calma il giovane, parlando in italiano.

Lei non rispose.

Evitava di incrociare il suo sguardo.

Si voltava, ora da un lato della stanza, ora dall'altro.

Sembrava indispettita, impaziente di completare qualcosa da cui intendeva fuggire, prima o poi. Il bel viso non tradiva emozione particolare, tranne l'insofferenza.

Shimon iniziò a dissimulare la disperazione più nera.

Raccontò, tra singhiozzi e parole concitate, quanto gli era accaduto: dalla morte del padre fino a quella dell'amico Yermi, passando dalle atrocità della guerra e addirittura dalla sua presunta epilessia, mentendo.

La ragazza aveva cominciato a guardarlo nervosamente, con insistenza.

«Adesso non ce la faccio più, basta», disse ancora il giovane singhiozzando, «ho deciso, mi uccido. Questa vergogna è grande, mi hai gettato troppo fango».

«Mah... è così grave questa situazione?», borbottò lei.

«Gravissima, tu non ti rendi conto. Non sopporto tutto questo... mia madre, i miei amici... basta, ho deciso, mi uccido, appena esco da questa stanza. Anzi qui, adesso. Ho un coltello nella piega dei pantaloni, nessuno se n'è accorto, e mi taglierò le vene, adesso, qui, davanti a te! E il mio sangue, tutto il mio sangue, si verserà su di te, per tutto il resto della tua vita», le disse agitato, mentre faceva il gesto di chi cercava qualcosa nel risvolto dei pantaloni.

Lei si alzò di scatto e gli bloccò la mano.

«Cosa dici? Aspetta!»

«No! Basta, non ce la faccio! Preferisco morire... qui, davanti a chi mi accusa!»

«No, no! Aspetta», ripeté lei.

Sul suo volto era comparso un sorriso.

Aggiunse, guardandosi intorno come se temesse di essere ascoltata: «E se dicessi che mi hai solo corteggiata con parole pesanti, che non mi hai fatto niente, niente di grave, intendo».

«No, no! Voglio morire! Tu sarai maledetta dal mio sangue... questo è giusto per quello che mi hai fatto», rispose lui, continuando ad agitarsi e fingendosi disperato, con la testa tra le mani.

«Aspetta, aspetta, vediamo cosa si può fare. Ma tu cosa hai fatto a quell'inglese, perché ce l'ha tanto con te? Parla tu, ora!»

«Un inglese? Ce l'ha con me? Chi?»

«Non so. Un giovane bello, nervosetto... uno che sta nel Campo, che ci abita. Mi ha parlato in un inglese perfetto. Io lo parlo, ma non bene come lui».

«E ha fatto il mio nome?»

«Sì, mi ha promesso tanti soldi e ha cominciato a darmene per incastrarti. È stato lui a raccontarmi tutto sulle *Maccabiadi*», aggiunse, abbassando la voce e guardandosi intorno con circospezione.

E proseguì: «Magari, se ci stai, dammi il tempo di avere i miei soldi e poi dirò che non mi hai fatto tanto male, capisci? Anzi, potrei dire che ogni tanto ho allucinazioni per un colpo in testa ricevuto durante la guerra, e che forse non è vero quello che ho raccontato», conclude.

Il volto di Helein ora sembrava rilassato e, nello stesso tempo, speranzoso di far recedere Shimon dai propositi di morte.

Si era talmente spaventata che aveva finito per tradirsi.

Fu in quel momento difatti, che qualcuno, con un pugno, spalancò la porta della stanza e vi entrò, con fare prepotente.

Era Rizzini: «Ho sentito tutto, ma proprio tutto», urlò in faccia a Helein. Sembrava più affannato del solito. L'obesità lo condizionava, ma in quella circostanza doveva anche gestire l'errore che aveva commesso o che stava per fare.

In fondo, pensò, aveva solo iniziato ad adempiere al suo dovere di raccogliere le testimonianze scritte. Soltanto in un secondo momento avrebbe messo a confronto i due per la verifica dell'accusa. Quindi nessuno avrebbe potuto rimproverargli nulla, tuttavia lo smacco gli bruciava, e quel pugno sbattuto sulla porta ne era la prova.

«Brigadiere, prenda in consegna la ragazza e la porti di là», urlò livido in volto.

Rimase solo con Shimon.

Il giovane era tornato sorridente e aveva piantato lo sguardo sul corpulento maresciallo, quasi una sfida che non intendeva dissimulare.

Rizzini se l'era meritato; non era stato tenero con lui.

Anzi, nel dubbio sul reale svolgimento dei fatti, aveva preferito parteggiare per la donna. Forse aveva agito da buon padre di famiglia o perché il clima di guerra l'aveva indotto a prendere le difese della parte più debole. Comunque stessero le cose, adesso Rizzini intendeva uscirne. Uscirne bene, e alla svelta.

«Signor Bejlin... caro giovanotto, mi fa piacere che ora tutto sia stato chiarito, una volta per tutte. Sono contento per lei e pronto ad accogliere la sua querela per calunnia nei confronti della ragazza».

«No... maresciallo, lasci perdere».

«Brigadiere, porti un bicchiere d'acqua al giovanotto», intimò a voce alta, verso l'altra stanza.

«Grazie», fece l'ebreo.

«Come? Intende sorvolare sull'accusa?», incalzò Rizzini.

«Certo, siamo tutti vittime, chi più e chi meno, di questi tempi sciagurati. Se la veda lei con la ragazza. Per me il discorso è chiuso!»

«Questo le fa onore, ma la signorina non la passerà liscia».

Il militare sembrava determinato nello scaricare sulla ragazza l'accaduto, ma dentro di sé lo svolgimento dei fatti gli bruciava, e molto. Shimon, invece, appariva rinfrancato.

Era lì, in caserma, e non poteva dimenticare Yermi, anche se per l'accusa di Helein se l'era vista brutta. Perciò, a costo di risultare inopportuno, preferì approfittare dell'occasione.

«Piuttosto maresciallo», disse il giovane, «quanto è successo sotto i suoi occhi mi ha colpito, e abbastanza. Però il mio pensiero è sempre per Yermi, penso alla sua fine violenta».

«Anche questo le fa onore. Stiamo seguendo la pista militare, le ho già detto», fece quello.

«Che adesso si è ristretta al solo terreno inglese, come lei ha sentito».

«Che vuole dire! Qui ci sono tanti militari. Oltre agli inglesi, ci sono gli americani, sempre nel Campo, e poi qui vicino, a Castro, a solo una decina di chilometri, ci sono i militari di Tito», argomentò Rizzini.

«Helein ha parlato chiaramente di un inglese. Lei ha sentito. Secondo me, è l'unica pista vera». Voleva aggiungere altro, ma prima aspettò la reazione del militare a quelle prime parole.

Rizzini questa volta non si irritò.

Il giudizio netto di Shimon sull'unica strada investigativa rimasta appariva acquisito.

Per questo continuò: «Hanno tentato di incastrarmi come responsabile del *kibbutz*, e non come Shimon Bejlin, ebreo bielorusso», disse, con la fermezza di chi sottolineava il proprio ruolo.

«Beh... questa è un'opinione, rispettabile, ma una sua opinione».

«Questa è la verità maresciallo, lei è una persona intelligente, ci rifletta».

«E cosa sarebbe accaduto secondo lei?»

«In ogni Campo profughi della provincia c'è un emissario inglese dell'Unrra, che qualche volta lavora in incognito, lei lo sa».

«Lasci perdere ciò che io so o dovrei conoscere. Vada avanti», interruppe quello, stizzito.

«Bene, questo emissario è in genere un ufficiale che ha il compito di controllare la vita nei Campi, e soprattutto di ostacolare l'espatrio degli ebrei verso la Palestina».

«E in quale modo?»

«Cercando di conoscere in anticipo il luogo dove ci raduniamo per espatriare, e così accusarci di attività clandestina, come sappiamo».

«Lei crede?»

«Non è un'opinione, ma un fatto».

«E che c'entra con la fine di Yermi?»

«Qualcuno di questi emissari avrà fatto più del dovuto... e tutto è diventato pericoloso».

«Un omicidio? Un omicidio colposo? Messo in atto dagli inglesi, da un inglese? Comprende la gravità di quello che sostiene?»

«Si tratta di unire le prove, di guardarle bene, ma questo è compito vostro, certamente, lo so bene. Non voglio interferire con le vostre indagini».

«Beh... resta un'opinione, una lettura possibile degli eventi», fece Rizzini, e sembrava parlare più a sè stesso che al giovane. Aggiunse: «Lei comprende che, a questo punto, la situazione si farebbe delicata».

«È vostro dovere indagare fino in fondo», puntualizzò quello, deciso.

«Certo, certo... non dubiti; intendo solo far presente che ci vuole discrezione, tatto. Non si può sparare nel mucchio, si rischia di fare danni irreparabili. Comunque lei, giovanotto, mi venga a trovare, mi tenga informato sulle sue ricerche, sulle sue impressioni. Anche noi vogliamo trovare il colpevole, il vero colpevole, che l'abbia fatto intenzionalmente o per eccesso di zelo, per così dire», assicurò Rizzini.

Poi subito ordinò: «Brigadiere, venga. Riaccompagni il signor Bejlin al Campo del Porto».

Con l'autovettura della benemerita, il giovane ebreo fu riportato a casa, riabilitato e felice, in una giornata per lui, ancora una volta, così complicata.

XVIII

Il turbamento

Sabato 2 febbraio, il sole era sorto da un pezzo quando Shimon si diresse verso la chiesa.

Di buon mattino aveva organizzato un incontro con Isaia, Riki, Jakob e Salomon per informarli sulle malefatte di Helein e per fare il punto sui preparativi per il passaggio di Chaver dal Porto. Aveva anche informato gli amici sulle novità emerse fino a quel momento nella vicenda di Yermi.

Conclusero di battere segretamente la sola pista inglese. Ciascuno avrebbe ripensato ad avvenimenti accaduti e persone circolate negli ultimi tempi nel Campo 39, per smascherare quella che cominciarono da quel giorno a indicare, senza mezzi termini, come "la spia".

Per il resto, nella guida del *kibbutz,* Isaia avrebbe continuato a collaborare con Shimon, liberandolo da impegni gravosi, per fargli proseguire l'indagine. Dalle autorità competenti e dal Comando del Campo, i risultati tardavano a venire.

In cuor suo il giovane comprese che poteva esserci un altro motivo per cui l'aiuto di Isaia nel segretariato era opportuno: l'amore per Maria.

Gli agenti politici non approvavano i legami affettivi dei loro giovani con coetanei di un'altra religione, perché intendevano portare in Palestina tutta la gioventù ebrea.

Dunque, per Shimon, quella collaborazione stretta serviva anche per prendere tempo. Se necessario, sarebbe uscito dal gruppo dirigenziale, per non tradire i princìpi dello stesso *kibbutz*. Al suo posto avrebbe candidato l'amico come nuovo segretario, nel corso della successiva Assemblea generale.

Sulla soglia della chiesa, si domandò cosa stessero pensando in quel periodo i suoi, nel vederlo andare più spesso nel luogo di culto dei cristiani che nella sinagoga.

Si chiese soprattutto se i partecipanti al concerto e lo stesso don Francesco fossero stati informati sull'esito dell'accusa lanciata da Helein, il giorno prima, in quella stessa chiesa.

Lo distrassero da simili pensieri le note delle prove del concerto che erano già iniziate.

Entrò con discrezione perché non voleva farsi notare, almeno da subito.

Il modo brusco con cui il maresciallo l'aveva portato via davanti a tutti bruciava ancora. E ora aveva la curiosità di scoprirne i residui effetti sugli altri. Non ci riuscì.

Appena richiuse dietro di sé la porta, il cigolio che ne seguì lo smaschero.

Le prove s'interruppero e ci fu un applauso.

Al giovane sembrò di essere tornato a Santa Cesarea, alle *Maccabiadi*, agli incitamenti delle gare, perché molti chiamavano il suo nome. Maria non stava più nella pelle, tanta era la sua allegria.

«Ricordo che siamo in un luogo di culto», ammonì don Francesco, alzando la voce con tono divertito.

«Grazie, grazie a tutti... mi siete mancati», fece il giovane.

«Dove eravamo rimasti?», aggiunse il parroco verso di lui, forzando la pronuncia delle tre parole, a intendere che tutto, dall'irruzione del maresciallo in poi, per loro non contava nulla.

«Alle prove... alle prove! Eravamo rimasti alle prove!», urlò Maria, presa da evidente gioia.

«Bene... e alle prove dobbiamo tornare. Giovanotti, lo dico a lorsignori: il tempo che resta non è molto, mancano otto giorni al concerto», avvertì il parroco. Shimon vi partecipò, sia all'organo che unendosi al coro. E addirittura provò con Maria un duetto.

Alla fine, mentre gli altri andavano via e Antonio indugiava facendo finta di guardarsi intorno, Maria attese il giovane ebreo, al centro della navata. Lui stava provando qualche passaggio all'organo.

Terminò, chiuse i registri, coprì la tastiera, mise a posto lo sgabello e, accortosi che lei lo attendeva, si avvicinò con un sorriso.

«Scusami…, quando eravamo sul molo e prima che mi portassero in caserma mi avevi avvertito che lui mi vuole parlare, che mi aspetta», disse, indicando il parroco.

«Sì…», rispose. Non sapeva cosa aggiungere.

Sentiva di volergli stare vicino e che le parole sarebbero servite a poco.

A casa i suoi genitori l'attendevano e anche Shimon era atteso dal sacerdote. Sorrise anche lei, indugiò. Sorrise ancora e s'avviò verso l'uscita della chiesa mentre il giovane ebreo entrava in sacrestia.

Antonio era nervoso, fermo sulla soglia, e lanciava sguardi fulminanti intorno a sé. Affiancò la ragazza come se fosse lì per caso, ma lei non parlò.

«Vai a casa?», abbozzò lui.

«Sì», rispose senza guardarlo e s'incamminò svelta.

Antonio si affrettò a mettersi al suo fianco.

Dopo poche decine di metri, appena giunti alla svolta per via Borgo Pescatori, Maria fece solo un cenno di saluto con la mano e si mise a correre sulla salita. Questa volta non aveva la "*quartara*" ma, se l'avesse avuta, era certa che avrebbe fatto la stessa corsa.

Antonio rimase di stucco.

Capì con rabbia che con Maria non ce l'avrebbe fatta.

Intanto il colloquio tra Shimon e don Francesco era iniziato.

«Dev'essere stata dura, ieri in caserma», esordì il sacerdote, togliendo dal tavolo alcune scartoffie.

«È andata bene, meglio di quanto mi aspettassi».

«Sì, l'abbiamo saputo da un carabiniere», disse soddisfatto. Aggiunse: «Pensi di avere nemici?»

«Come Shimon o come ebreo?», puntualizzò di rimando il giovane.

«Oh, mio Signore, che vuoi dire?»

«Come ebreo sono sotto il tiro degli inglesi. L'ha detto la stessa Helein. Ha confessato di aver ricevuto denaro da un inglese per accusarmi».

«Mio Dio!»

«Come Shimon, forse ho fatto nascere qualche gelosia di una persona del coro, ma questo non c'entra con l'accusa di Helein!»

«Sì, forse Antonio può essere geloso di te, ma è un bravo ragazzo», chiosò il sacerdote.

«Ne sono certo».

«In verità, all'inizio avevo temuto l'interferenza di qualcuno dei tuoi. Mi riferisco ad altro tipo di di contrarietà», fece don Francesco.

E lo guardava, pensando che il giovane, di sua volontà, aggiungesse altro.

Invece ci fu una pausa e il sacerdote proseguì: «Sai... parlo di questo perché forse voi siete contrari a legami con le ragazze o con i ragazzi o con la cultura del posto, specie quella religiosa. Tra ebrei e gente locale c'è amicizia, stima ma forse non approvate i rapporti che potrebbero rivelarsi duraturi, come quelli affettivi, culturali o religiosi, perché la vostra mèta è altrove. È comprensibile; i vostri agenti politici vi vogliono portare tutti con loro, lo sappiamo».

«Il nemico non è tra gli ebrei. Chi mi ha voluto come guida non può accusarmi nello stesso tempo, non è vero?», obiettò il giovane.

«Sì, ma talvolta qualche servo sciocco può strafare e, in tal modo, sfuggire alle disposizioni ufficiali di chi dirige».

«Ipotesi, sono solo ipotesi», tagliò corto quello, «per il resto, nelle ultime ore, con la radio del *kibbutz*, ho comunicato una lunga relazione su quello che conosciamo finora sulla morte di Yermi, fino alle accuse contro di me. E l'ho anche scritta e spedita con un corriere».

«A chi?»

«All'Organizzazione, all'*Ojri* perché ho chiesto il loro aiuto. Le cose sono gravi. É il momento di andare oltre le ipotesi, di vedere bene i fatti».

«Beh, certo, nel mio piccolo potevo solo avanzare ipotesi».

«E poi, la stessa Helein ha portato fatti, si è tradita, mi ha detto che il mio accusatore è un inglese».

«Beh..., se l'ha confessato... In quale modo si è tradita?», tornò a chiedere don Francesco.

«L'ho indotta a confessare, con uno stratagemma».

«Come?»

Shimon gli raccontò l'accaduto, per filo e per segno.

Si era recato da don Francesco perché l'aveva mandato a chiamare, questo sì, ma in cuor suo, voleva mettere alla prova, per così dire, il proprio razionalismo con i convincimenti del sacerdote.

Costui infatti, da buon cristiano, non esitava a ricorrere anche all'irrazionale, al soprannaturale, per spiegare vicende verso le quali la ragione stessa mostrava limiti.

«Hai pensato all'angelo e il cielo ti ha dato una mano», spiegò don Francesco, «perché l'accusa di Helein rischiava di reggere fino alla fine, e per te sarebbe stato un grosso guaio... lo sai?»

«Mah... il caso ha voluto darmi un aiuto. In fondo la verità, prima o poi, viene fuori».

«Il caso..., sì il caso! Qualcuno ha detto che *"il caso è Dio che gira in incognito"*», obiettò don Francesco, con un sorriso.

«Mi sembra che lei, padre, vada a ipotesi strane, quando non riesce a dare una spiegazione logica alle cose».

«Sarà così, ma il qualcuno che ha pronunciato quelle parole non è una persona qualsiasi, della quale ho preso il pensiero, ma è Albert Einstein, un professore di fisica, anzi un Nobel per la fisica, uno scienziato. E che scienziato! Un razionale, ma credente», replicò, bonariamente il sacerdote.

«Vuole forse convincermi che le coincidenze non ci sono?»

«No, ma per il credente le casualità sono gli strumenti della Provvidenza, sono la logica del Signore, sono gli aiuti del cielo. Il caso è la via che Dio usa quando intende rimanere nell'anonimato».

«E se queste fossero solo cose da bambini?»

«Niente accade per caso. Solo che alcune cose le capiamo e altre no, e quando non le capiamo, prima o poi, ci accorgiamo invece che tutto non è avvenuto per caso, come pensavamo quando lo stavamo vivendo», aggiunse il sacerdote.

«Bah, l'importante è che tutto sia andato bene».

«Quella voce è giunta al momento giusto, ma nessuno per radio, sulla strada o nella caserma sapeva del quale guaio in cui ti trovavi...».

«In caserma sì, Rizzini ne avrà parlato con qualcuno dei suoi collaboratori».

«E perché doveva darti una mano, col rischio di irritare Rizzini, il suo capo? Credo che devi ringraziare il tuo angelo».

«Lei è sempre così ottimista, sereno? Forse perché allontana i problemi?», chiese il giovane.

«Fratello mio, sono un entusiasta del Paradiso, un figlio del Signore; il credente è sereno non perché allontana i problemi, ma solo perché li presenta a Dio. Lo prega».

«Dio, Dio… dov'è questo Dio?»

«Lui si fa trovare da chi lo cerca con spirito sincero, non con l'intento indagatore, quasi per scommessa, o con l'obiettivo di trovare argomenti per negarne l'esistenza».

«Io non lo cerco affatto», replicò stizzito il giovane.

Con tutto quello che aveva da fare e che gli stava capitando negli ultimi giorni, non voleva affatto interessarsi di simili argomenti.

«Ma Lui ti è vicino», fece don Francesco, col tono di chi lo voleva invitare a pensarci bene.

«Ma come?»

Questa volta nel giovane prevalse la curiosità.

«Ti ricordi del sogno che mi hai raccontato e del quale volevi da me un'interpretazione?»

«Certo, sono qui per questo. Maria mi ha detto che lei mi cercava perché aveva novità».

«Bene. Allora torniamo al sogno. Tutto ruota intorno alla frase *"Ercistat ex au"*. Ci ho pensato a lungo, ma finora non avevo avuto l'illuminazione. Ho chiesto aiuto a Lui. La chiave era la parola *"au"* che in latino è una congiunzione, come ti dicevo. Dare un senso compiuto alle tre parole significava spiegare il sogno».

«Ma un sogno è sempre e solo un sogno. Me l'ha detto lei, don Francesco!»

«No! Non sempre, almeno. Sta a noi capirlo, se vogliamo. In ogni modo la Bibbia contiene alcuni episodi in cui il Signore parla per mezzo di angeli nel sogno».

Don Francesco si fermò per osservarlo. Attendeva un cenno d'intesa, che non venne.

«E allora… la frase? La sua traduzione?», tornò a chiedere l'ebreo.

«Ci ho pensato tanto. Una soluzione ci doveva essere. Il Signore mi ha illuminato, facendomi ricordare che, circa ottantant'anni fa, un professore russo di chimica, Dmitrij Mendeleev, pubblicò la prima tavola periodica degli elementi chimici, in ordine di peso atomico».

«Accidenti! Una tavola periodica? Cos'é? E questo che significa?»

«In questa tavola, oggi conosciuta in tutto il mondo, la parola *"au"* è il simbolo dell'oro, e deriva proprio dalle iniziali della parola latina *"aurum",* che significa appunto "oro"».

«Quindi?»

«In lingua latina *aurum* sta anche a indicare le *"cose terrene"*. Perciò la traduzione completa della frase che quella voce possente, nel tuo sogno, ti ha detto, cioè *"Ercistat ex au!"*, potrebbe essere *"Venga fuori dalle cose terrene, dai beni terreni, dalle interpretazioni terrene!"*»

«Che vorrebbe dire?»

«Figlio mio, un sogno è un sogno, come sai…, ma se uno vuole ci può vedere la mano del Signore. E io qui la vedo».

«Perché?»

«Perché questo è un Sogno Guida, è un sogno che indica una strada, che ti da un suggerimento».

«Dove lo vede?

«Lo hai sognato il giorno prima della morte di Yermi, che nel sogno è davanti a te, al cospetto della grande pietra e del cerchio di fuoco, entrambi possibili simboli dell'Essere superiore. E Yermi è morto… è *"venuto fuori dai beni terreni"*, come ti è stato preannunciato dalla voce».

«Ma poi lo stesso sogno si è ripetuto…, e Yermi era già morto», obietto Shimon preoccupato.

«Questa volta potrebbe essere per te».

«Morirò anch'io?» chiese, con un filo di voce.

«No. Secondo me, la voce è venuta solo a ricordare di averti già parlato, a sottolineare di aver deciso di parlare con te, per invitarti a venire avanti, avanti a tutto e a tutti, a essere guida».

«Guida lo sono già! Che significa, allora?», chiese ancora quello, sempre più preoccupato.

«Figlio mio…, Lui ti cerca! Vuole che tu lasci le cose futili e guidi la tua gente altrove, ma al Suo servizio».

«Lui chi?», domando Shimon, adesso ad alta voce, alterandosi.

Questa volta don Francesco tacque.

Si avvicinò alla libreria, aprì l'anta in vetri e ne tirò fuori la Bibbia.

«Ti ricordi di Samuele?»

«Samuele? Qui siamo quasi settecento ebrei, ci sarà pure un Samuele, ma non lo conosco».

«No…, Samuele il profeta», continuò don Francesco indicando il libro tra le sue mani. E proseguì: «Era giovanetto. Una voce lo chiamò per tre volte, nel sogno, prima che il sacerdote suo precettore, Eli, gli spiegasse che era il Signore, che lo chiamava per fargli capire di mettersi a sua disposizione»

«Accidenti…, andare a cercare gente di secoli fa per spiegare un sogno».

«Tu me l'hai chiesto, mi hai chiesto di interpretarlo per tuo conto, non dimenticarlo».

«Sì, è vero. Ma io ricordo il profeta Geremia che ha detto:*"Israele tornerà nella sua patria"*», replicò Shimon con orgoglio.

«Allora è lì che devi portare la tua gente. E poi, ricordi il profeta e non credi nel Signore tuo? E dimentichi il profeta Isaia, che ha detto:*"Il Signore riunirà i profughi d'Israele"*, e il profeta Baruc: *"Io poi li ricondurrò nella terra da me promessa"*», lo ammonì il sacerdote.

«È importante tornare popolo, un popolo unito in una patria sicura», obiettò il giovane.

«Lui ti cerca per dirti di tornare popolo nel Suo nome e non un popolo qualsiasi! Chi non ha il desiderio di Lui, non lo potrà mai trovare. Le chiamate potrebbero non ripetersi», avvertì don Francesco, con voce calma.

«Dio l'ho studiato, ho letto i testi sacri. Ricordo che mio padre me ne parlava».

«Figlio mio, posso studiare Dio quanto e come voglio. Ma se non mi metto in ginocchio, se non abbandono la mia superbia, non lo comprenderò mai!»

«Lei parla di sè stesso, ma capisco che l'accusa è per me».

«No, vale innanzitutto per me sacerdote, perché la fede va testimoniata, non solo predicata. L'umiltà stessa va testimoniata, non predicata. E ci sono esempi di testimonianza perfino al termine della vita, perché Lui c'è, c'è sempre stato, e ci aspetta, soprattutto al momento dell'ultimo respiro».

«Cosa vuole dire?»

«Hai mai visto il volto di una persona pia, sul letto di morte? Io sì».

«Cosa succede?»

«Il volto di quella persona è sorridente. Prova a guardarlo, se ti capita».

Quindi aggiunse: «C'è una sola spiegazione, che nessuno può smentire».

«Quale?»

«Nel trapasso, nel *dies natalis*, nel momento della nascita al paradiso, la persona pia Lo vede già, vede il Signore, vede la Sua luce, la Luce Assoluta, e gli sorride, andandogli incontro. Gli effetti della morte fisica, il *rigor mortis*, la contrazione finale dei muscoli, bloccano quel volto nell'espressione del sorriso. È straordinario, ma è tutto vero», disse don Francesco.

Si fermò, perché il giovane gli parve preoccupato.

«Si tratta sempre di impressioni», obiettò Shimon, con imbarazzo.

«Figlio mio, noi non siamo soli».

«Cosa vorrebbe farmi credere?»

«Noi viviamo in una dimensione in cui ci sembra di essere soli, ma non è così. Intorno a noi c'è una realtà che i nostri occhi non possono vedere, una Realtà Superiore che ci aiuta, se lo vogliamo. Lui gira in incognito. Tutto questo lo possiamo capire solamente se abbiamo fede, se ci fidiamo di Dio, se crediamo in Lui e in ciò che ci ha rivelato».

«Lo ripeto…, si tratta sempre di impressioni», insistette il giovane.

«Il Signore nessuno l'ha mai visto né lo può vedere. Perché l'Assoluto, l'Onnipotente, se fosse nelle mani di ciascuno di noi, voglio dire se fosse possibile metterlo nei nostri sensi, cioè vederlo, toccarlo, sarebbe nel pugno di un semplice uomo, non sarebbe più

Dio, l'Infinito, l'Assoluto. Lui si fa solo intuire, percepire, attraverso segni, anche piccoli, proprio come l'espressione del volto di una persona pia sul letto di morte», disse ancora don Francesco.

«Non me ne sono mai accorto, eppure, quante persone ho visto morire in questa maledetta guerra! Fino a Yermi».

«Dio si manifesta a chi lo cerca con umiltà, stando in ginocchio, e non a chi sta pieno del proprio orgoglio e delle proprie sicurezze. Te l'ho detto».

«Ah, quello non sono certo io. Non ho certezze. Da quando ero a Pinsk e ora al Porto, temo di cadere o di avere brutte reazioni davanti alla musica».

Fu allora che il giovane ebreo ricordò al sacerdote quello che gli era successo negli anni precedenti.

Lo fece con calma, senza tradire emozioni.

Certo, ne parlò con un velo di disappunto, ma con lucidità. Nelle sue parole c'era consapevolezza non rassegnazione, perché la personalità non gli aveva mai fatto difetto.

«Dunque, da allora ti accade questo, preceduto da una grande luce, mi dicevi, e te l'ho sentito dire anche quando hai avuto quel mancamento in sacrestia, quattro giorni fa», tirò le somme don Francesco.

Questa volta il razionale sembrò il sacerdote, che intendeva strappare quel velo di disappunto e scavare nell'animo del giovane.

Sentiva che poteva esserci un filo conduttore in tutto ciò che aveva raccontato negli ultimi giorni: dalle reazioni alla musica al sogno, fino alla voce in caserma di provenienza sconosciuta.

«Sì…, mi succede quello…, vedo prima la luce, una grande luce».

«I medici ti hanno sempre escluso l'epilessia…».

«Sì».

«Figlio mio, ti ricordi quando ti dissi che, nel momento in cui il medico del corpo non basta, devi pensare a quello dello spirito?»

«Lo ricordo, sì, lo ricordo. Fu al primo incontro tra noi, pochi giorni fa. Cosa voleva intendere?».

«Questa reazione forte che hai di fronte alla musica, e alla luce che segue, è un'Emozione Guida. Ciò che vedi è la Luce Relativa perché solo chi ha meritato la Pace Eterna abita la Luce Assoluta, il Paradiso. Tu devi seguire la tua Emozione Guida».

«Ma che dice? Non la capisco più».

«Dico una sola cosa: ciò che ti accade è un'emozione che indica una strada, ti porta verso l'Alto, non la devi disprezzare, non ne devi avere paura, anzi la devi ricordare. Altri tipi di emozioni invece, quelle sì, le puoi dimenticare».

«Quali?»

«Quelle che ti portano verso il basso, se ce l'hai: l'interesse smodato per il denaro o per il gioco, la lusinga di dominare gli altri, la banale soddisfazione dei sensi, l'eccessivo piacere del cibo, la voglia di uccidere con la scusa della guerra. Sono alcune delle tante Emozioni Confusione, meglio lasciarle perdere».

«Va bene, ma cos'è il medico dello spirito? Cosa voleva dirmi?»

Don Francesco tacque, si fece pensieroso.

Quando doveva trarre delle conclusioni, ci pensava per alcuni istanti e fermava il suo sguardo sul crocefisso della sacrestia. Lo faceva per averne aiuto, e l'interlocutore si accorgeva che i suoi giudizi erano frutto di riflessione.

«La musica è dono dello spirito dell'uomo perché è creazione personale. Viene dall'intimo, dalla vita di ciascuno di noi. Anche la pace che ti dà la musica è un'Emozione Guida, una spinta verso l'Alto. In definitiva, è simbolo di una realtà che non vediamo, che possiamo solo percepire ma che è intorno a noi; esiste in dimensioni diverse dalle nostre», spiegò don Francesco.

E aggiunse: «Con questa Realtà Superiore noi possiamo entrare in contatto attraverso i simboli, e la musica è uno di essi, forse il migliore, sicuramente il più attraente, il più affascinante».

«Che significa? Cosa mi vuole far capire, padre?»

«Significa sempre la stessa cosa, Shimon... Lui..., Lui ti cerca! Te lo vuole far capire..., ha bisogno di te», disse il sacerdote, a bassa voce.

Concluse: «La musica è il simbolo di quella Realtà Superiore che ti chiama, anzi di più, ne è la porta d'ingresso ed è a quella porta che vieni chiamato. Credo che, per questo motivo, la musica ha tale effetto su di te».

Shimon si alzò di scatto, senza parlare e guardò, severo, don Francesco.

Si sentì analizzato, inerme, con l'anima scoperta. E addirittura impaurito.

L'aveva trattato da ragazzino o da vecchietto credulone?

L'aveva ritenuto capace di convincersi che gli angeli, qualora ci fossero, avrebbero potuto materializzarsi a sua disposizione e dargli quel consiglio risolutivo in caserma?

Oppure stava solo cercando di spiegargli i benefici di una realtà sconosciuta alla quale don Francesco era giunto con gli occhi della fede?

Abbandonò la chiesa, in preda al turbamento.

XIX

L'inseguimento

Quello stesso 2 febbraio, come ogni sabato, ci fu il pellegrinaggio verso la cappella della Madonna di Marina Serra, a tre chilometri dal Porto. Gli abitanti del luogo erano fedeli a questa tradizione e vi si recarono a piedi, in gruppi.

Come costoro partecipavano talora alle cerimonie religiose ebree, così furono presenti al pellegrinaggio anche alcuni rifugiati. Erano ospitati nelle ventitré ville e casine anch'esse requisite dal Comando alleato.

I pellegrini percorsero a piedi il tragitto pregando e portando candele accese.

Il giorno successivo, domenica 3 febbraio, accadde qualcosa di grave.

Il cielo era grigio e nel Campo 39 il libeccio si spandeva a folate leggere. Nonostante il mattino fosse inoltrato, la foschia copriva l'orizzonte facendolo intravedere a malapena. Il verde dell'altopiano appariva incupito, sbiadito.

A tratti la direzione del vento mutava e una brezza scendeva verso il mare. Piegava i ciuffi dei canneti in un inchino verso le onde che, grandi e non alte, schiumavano rotolando verso la battigia. Venivano da lontano, lente ma potenti. Erano basse e tra l'una e l'altra c'era una quindicina di metri. Così sembrava come se una forza arcana le muovesse giacché, nell'insieme, la sconfinata distesa d'acqua sembrava quasi immobile.

"Mare de' funnu!", mareggiata che muove dai fondali, così la chiamavano i pescatori, e ne avevano timore per la carica di energia che poteva sprigionare.

Nel pomeriggio di quel giorno, ebrei e cittadini locali s'erano accordati per trovarsi sulla spianata dei Cappuccini, alla periferia della Città.

Shimon e Antonio se l'erano ricordato a vicenda, due giorni prima, nell'incontro in chiesa.

Secondo gli accordi, gli ebrei avrebbero ottenuto di disputare una partita di calcio come allenamento nel grande spiazzo e, in cambio, avrebbero fatto utilizzare il loro camion alla squadra di calcio cittadina, impegnata in una gara a Maglie.

Nonostante la guerra fosse terminata, il razionamento del cibo era ancora in vigore. Per tutti il pranzo domenicale fu frugale e proseguirono l'abitudine di passeggiare nella spianata. Lo facevano dal ventennio fascista, quando lì si svolgevano i giochi di destrezza e le esercitazioni paramilitari dei *balilla* e dei *figli della lupa*.

Tuttavia quel pomeriggio sarebbe rimasto nella memoria di tutti.

La squadra di calcio degli ebrei, accompagnata da Shimon e Riki, era arrivata. Quella della Città, capeggiata da Alfredo Scarascia detto *Russu*, stava aspettando e del gruppo faceva parte anche Antonio, centrattacco di ruolo e tenore nel concerto. I calciatori locali attendevano nervosamente di poter partire per Maglie.

Le linee del terreno di gioco erano state tracciate e nella dura terra erano stati conficcati i paletti a sostegno della recinzione in filo di ferro per tenere lontano il pubblico.

Le porte erano state montate nei punti giusti e tutto sembrava pronto, tanto che gli ebrei premevano per iniziare il loro allenamento. Ma i cittadini locali non intendevano dare il via libera senza il rispetto dell'accordo: prima il camion, di cui non c'era traccia, e poi il campo da gioco.

I rifugiati non volevano sentire ragioni. Cominciarono a rumoreggiare e lo stesso Shimon non riusciva a frenarli né a giustificare l'assenza del camion.

Un ufficiale del luogo, parlando in inglese tentò una trattativa, ma per tutta risposta quelli non intesero attendere e presero a lanciare insulti verso i contendenti.

«Fascisti, siete fascisti, avete perso la guerra», urlarono. E ancora: «Siete traditori, voltabandiera, avete cambiato alleati».

Shimon fu colto di sorpresa, non riuscì a impedire l'irreparabile, neppure con l'aiuto di Riki. Gli insulti proseguirono e fu allora che anche la schiera dei locali cominciò a ripagare con la stessa moneta: «E voi siete persone che vivono di strani traffici... tutti vi cacciano via», fu la replica, a più voci. E ancora: «Avete ucciso Gesù! Dovete vergognarvi... avete ucciso il Salvatore! Chi ha più tradito: noi o voi?»

Tra coloro che lanciavano invettive, Antonio era il più acceso. E Shimon ne conosceva il motivo.

A quelle accuse seguì l'onda d'urto degli ebrei, che sparpagliarono gli avversari inseguendoli.

Alcuni sciamarono nei pressi del monumento ai caduti, altri s'affrettarono verso il convento dei frati Cappuccini. Qui c'erano la chiesa e il mendicicomio al piano terra, e il carcere al primo piano: potevano offrire un buon riparo.

Arretrando, un ragazzo del luogo aveva accennato a sfilare una delle due porte di gioco, per impedirne l'utilizzo, ma un ebreo gli rifilò un pugno, facendolo desistere.

Nel trambusto generale, Shimon guardò in ogni direzione per ritrovare Antonio e tentare una mediazione. Pensava di convincerlo a intervenire in qualche modo per bloccare quel crescendo di violenza.

Stava assistendo a un susseguirsi di azioni e di reazioni che non avrebbero portato a nulla di buono, per nessuno. Erano volate parole grosse, ma confidava di riportare la calma col suo aiuto. Per quanto si sforzò, non lo rintracciò; pensò che forse non si volesse far trovare.

D'improvviso risuonò uno sparo.

Tra la paura generale ebbe l'effetto di radunare i locali che si erano allontanati e di richiamarne altri a dare man forte.

In gran parte si ritrovarono nella bottega in cui erano certi di trovare oggetti contundenti per organizzare la difesa. L'arsenale, diciamo così, era la carpenteria dove si realizzavano ruote per carri agricoli.

Col consenso del padrone prelevarono grossi pezzi di legno, i *"margiali"*. Si riorganizzarono e, con quei bastoni, diedero il via alla controffensiva, inseguendo gli ebrei.

Come un fiume in piena deborda dagli argini e, con la forza d'urto, distrugge ciò che incontra, così Shimon, impotente, vide i suoi precipitarsi verso una via d'uscita dal largo Cappuccini.

Corsero scagliando pietre e pezzi di legno contro le finestre delle case, le vetrine dei negozi e le macchine parcheggiate. I cittadini che a quell'ora si trovarono a passare per quelle strade rimasero sbigottiti per quanto avveniva e non seppero decifrarne i motivi. Quello che l'istinto suggerì loro fu, comunque, di mettersi al riparo nelle abitazioni vicine.

Le difficoltà dello stato di rifugiati, la volontà di farsi giustizia da soli nel pretendere ciò che a loro serviva in quel momento, al di là degli accordi preventivi, aveva esasperato gli animi degli ebrei.

Dall'altra parte i cittadini del posto non stavano reagendo per campanilismo, ma perché non accettavano la violazione dell'accordo e, soprattutto, non tolleravano di essere aggrediti in casa propria.

Accorse anche la forza pubblica: il maresciallo Rizzini e il comandante Hamlander tentarono una pacificazione, ma oramai la situazione era sfuggita di mano a tutti, tanto che una pietra colpì lo stesso Rizzini, senza conseguenze.

Ciascuna parte riteneva giusta la propria causa e per essa intendeva lottare fino in fondo, costasse quel che costasse.

L'accoglienza e la collaborazione delle prime settimane, tra i due popoli, sembravano svanite di colpo. Tutti apparivano attanagliati dall'autodifesa, dalla tutela della bandiera, e con simili obiettivi ogni gesto, a torto o a ragione, poteva sembrare giustificato.

Le urla di inseguitori e inseguiti misero in allarme la gente nelle case.

Nel fuggi fuggi generale, i locali stavano spingendo gli ebrei verso la via che, attraversando la piazza principale, li avrebbe portati verso il Porto. I fuggitivi stavano continuando a scatenare tutta la loro rabbia con una sassaiola.

Ne fecero le spese anche la vetrina del bar della piazza, i finestrini dell'autovettura del sindaco parcheggiata sotto il municipio e le finestre della sartoria vicina alla torre piccola.

Qualcuno era rincasato in fretta a prendere la pistola, ma le suppliche dei familiari e l'intervento del cielo avevano fermato lo scellerato proposito. Lo si seppe in seguito.

Un gruppo di ragazzi che stava giocando a palla nella piazza principale, all'arrivo dell'orda strepitante, rientrò precipitosamente in casa. Il trambusto fu udito anche nella chiesa matrice, dove il parroco stava guidando le preghiere delle *Quarant'ore*.

Qualcuno pensò addirittura che il baccano fosse provocato da un inizio anticipato del corteo di Carnevale.

Dal canto suo Shimon si trovò a guidare la ritirata e tentò di spingere i suoi al rapido rientro nel Campo, ma ciò che era divampato come fuoco improvviso e impetuoso, non era affatto facile da controllare.

C'era un'esaltazione generale e, come spesso accade in simili casi, ciascuno traeva, dallo sguardo e dalla foga del vicino, incitamento a continuare nella lotta.

Non vi era spazio per pensare alle conseguenze. Ciò apparteneva alla sfera della ragione, ma quello che stava accadendo aveva poco di ragionevole.

Gli inseguiti imboccarono precipitosamente Via del Porto e travolsero due signore che trovarono rifugio nella vicina casa di un venditore di vino.

Altri due giovani locali furono feriti: uno, per la forte contusione all'anca, fu assistito in una casa agricola; l'altro rimediò una ferita da taglio che fu suturata presso l'ambulatorio di un medico del posto. Anche tra gli ebrei vi furono dei feriti, curati poi presso l'infermeria del Campo.

Nella confusione dell'inseguimento, alcuni ebrei si erano addirittura rifugiati in qualche abitazione e i proprietari li avevano accolti, senza chiedere il motivo di quanto stava accadendo sotto i loro occhi.

Il carattere ospitale della gente del luogo aveva prevalso anche in quella delicata situazione e non era successo loro nulla: erano stati protetti e poi lasciati andare via quando la situazione era diventata più tranquilla.

Questo dimostrò che il litigio fu occasionale, per nulla radicato, ma generato da una circostanza del tutto particolare.

Alla fine del pandemonio, quando gli ebrei furono rientrati nel Campo e i locali allentarono la foga dell'inseguimento, da una parte e dall'altra vennero fuori molti contusi, alcuni feriti lievi, qualche ferito grave, e ingenti danni materiali.

Molti della Città, tra i coinvolti, furono completamente estranei alla vicenda.

Le autorità fecero anche i conteggi nella freddezza dei numeri: furono protagonisti della rissa quasi centocinquanta profughi e circa trecento cittadini del posto.

I giorni che seguirono furono ancora carichi di tensione.

I locali tennero sotto pressione gli ebrei impedendo loro di lasciare il Porto con i camion. Li attendevano minacciosi anche nella stazione ferroviaria della Città, da dove partivano per i mercati della provincia.

Shimon e gli altri dirigenti del *kibbutz* capirono di dover risolvere in qualche modo il grave contenzioso. Decisero di agire in fretta: quella situazione non poteva continuare. Non era una bella convivenza, e ne venivano compromesse soprattutto le loro attività commerciali.

I messaggeri per la pacificazione si mossero rapidamente.

L'allenatore ebreo contattò Scarascia, *'u Russu*, capitano della squadra di calcio, e gli altri dirigenti. Shimon chiese a don Francesco di interessarne la Conferenza di San Vincenzo. Sicché si diedero da fare il presidente con altri sacerdoti e, in poco tempo, la pace fu ristabilita.

A nome del *kibbutz,* Shimon fece affiggere sui muri del Porto e della Città il manifesto di scuse e l'annuncio di una cena con festa di pacificazione tra le due popolazioni, a villa Martella, nelle vicinanze della Villa del Matrimonio.

Si svolse la sera di pochi giorni dopo.

Gli stessi ebrei, con ripetuti viaggi dei camion, andarono a prelevare gli invitati in Città. Furono presenti i calciatori, i loro dirigenti, giovani tifosi locali e altri: si trattava di persone conosciute in Città e, come tali, suggellavano la definitiva soluzione della controversia.

C'era anche l'orchestrina "Complesso Sud Ovest '46". Dato che i cinque venivano dalla Città per le feste tra ebrei, a maggior ragione avevano voluto partecipare. Questa volta si erano fatti accompagnare da una coppia di ballerini di *pizzica*. Pensarono che una danza salentina si sarebbe inserita bene in una festa preparata da gente con usi e costumi diversi, e non si sbagliarono.

La grande sala della cena e della festa fu preparata come in occasione dei matrimoni. Sulle pareti c'erano gli addobbi di palme e lampade a petrolio. Al centro del pavimento a mosaico fu lasciato lo spazio per le danze, mentre tutt'intorno furono disposti tavoli imbanditi.

Shimon, accompagnato da Isaia, Riki, Jakob e Salomon, guidava la delegazione del *kibbutz* che accolse gli ospiti. Diede loro il benvenuto e ne stabilì i posti a sedere. Volle che i componenti delle due squadre di calcio fossero vicini o di fronte, gli uni agli altri: così il chiarimento sarebbe stato pieno, senza fraintendimenti. L'occasione era unica e non poteva essere sprecata. Ci andava di mezzo la sorte dello stesso Campo 39.

Dopo la mano del capitano, Shimon strinse quella di Antonio, che ricambiò con freddezza. Seguirono i saluti con tutti gli altri e soprattutto le spiegazioni per quanto era accaduto.

Ciascuno sapeva che solo il dialogo sull'intera vicenda e l'assunzione di reciproche responsabilità avrebbero potuto far dimenticare ogni cosa, e ripristinare la serena convivenza.

Ci furono abbracci.

Al giovane capo del *kibbutz* sembrò di aver ritrovato la gente accogliente delle settimane precedenti. Si rese conto che gli ultimi fatti lo avevano allontanato sia dall'indagine sulla morte di Yermi, che dagli ammonimenti di don Francesco.

Non se ne crucciò, specie degli ultimi. Stava imparando la lezione del dottor Maier: fare quello che in un dato periodo si può fare, e una cosa per volta. In caso contrario la reazione ansiosa era dietro l'angolo.

E poi, l'importante era che, d'un tratto, in un angolo della sala aveva notato Maria con Rocco, accompagnati dal padre.

Ebbe luogo la cena a base di pasta, carni e vini. Ci fu anche il pane bianco di cui i cittadini parlavano spesso per averlo apprezzato acquistandolo dai rifugiati. Non mancarono i dolciumi ebrei, con i liquori.

Seguirono le danze perché l'orchestrina della Città era già all'opera. Shimon avrebbe voluto avvicinarsi a Maria, ma non poteva correre il rischio di trascurare gli ospiti da un lato, e di indispettire la sua gente, dall'altro.

La serata era ben avviata e gli animi erano caldi, quando i cinque dell'orchestrina chiamarono al centro della sala la coppia di danzatori di *pizzica*. Lo fecero per ravvivare l'ambiente, ma soprattutto per l'orgoglio di esibire il loro ballo folkloristico.

Quando i due furono al centro della sala, si levò un brusio: per gli ebrei fu di curiosità, per la gente del posto fu di soddisfazione. Intorno a loro, a formare la ronda, si disposero in cerchio i musicisti, gli altri ballerini e i curiosi che volevano osservarli più da vicino.

La ragazza, esile e alta, a piedi nudi, indossava un lungo vestito bianco ricamato sui polsi e sul petto, e un *foulard* rosso ai fianchi. Il ragazzo vestiva un pantalone elegante sulle scarpe nere e una camicia bianca semplice, sbottonata. A Shimon riferirono che si trattava degli indumenti tipici dei ballerini della *pizzica*.

Quando furono pronti, al segnale la musica partì.

La ragazza, con le mani sui fianchi, iniziò passi di danza con saltelli, ora su sé stessa ora in movimento. Li alternava con vorticose giravolte sventolando un fazzoletto bianco.

Il ragazzo, con la schiena dritta e a testa alta, le danzava intorno più lentamente battendo ritmicamente a terra i tacchi.

Il ballo si svolse anche con allontanamenti, brevi inseguimenti e incroci tra i ballerini, in mezzo alle grida e ai suoni della ronda e, in breve tempo, tutti furono catturati dal calore e dalla frenesia della danza.

A un certo punto gli amici del coro di don Francesco, in buona parte presenti, conoscendo le doti di ballerina di Maria, la spinsero al centro della sala. Qualcuno le cinse ai fianchi un *foulard* nero e iniziarono a incitarla.

La poveretta non temeva tanto gli sguardi severi del padre quanto il giudizio di Shimon. E perciò, nonostante l'avessero catapultata già pronta, dentro la ronda, continuava a guardarsi intorno, senza ballare. Quando si rese conto che, in quel momento, doveva prevalere in lei il dovere dell'ospitalità, fece cenno ai cinque musicisti di iniziare.

Di fatto sostituì la ballerina, duettando con quel ragazzo fino a quando, d'improvviso, si fece avanti Antonio, mostrando di cavarsela altrettanto bene con il ballo. Maria si rese conto di essere finita, suo malgrado, in un tranello al quale, almeno in quel momento, non poteva sottrarsi. Stette al gioco, anzi al ballo.

E che ballo!

Aveva doti di spontaneità e la *pizzica* si giovava delle sue improvvisazioni. Per questo danzò anche con pause e accelerazioni repentine.

Shimon se la mangiava con gli occhi, in un misto di amore e ammirazione che, in quel momento, superavano la gelosia per la presenza di Antonio. Nascose l'entusiasmo e attese che partissero gli applausi degli altri per unire il suo. Nel cuore si lasciò trasportare dal ritmo e comprese bene quanto la *pizzica* avesse il carattere della sensualità.

Che festa, quanto coinvolgimento, quale partecipazione!

Poi accadde qualcosa.

Il capitano *Russu* pensò di suggellare meglio la riappacificazione e, durante una pausa delle danze, fece una proposta: «La *pizzica* è ballo nostro. Perché non ci prova uno di voi, per esempio il signor Shimon?», disse.

Maria divenne radiosa. Il giovane titubava.

«Dovrei... potrei... ma forse sarebbe opportuno», provò a prendere tempo, il giovane.

«Deciditi... È "sì" oppure "no", il di più è del maligno!», gli sibilò sottovoce, Riki, ancora una volta.

«Smettila!», gli replicò seccamente l'amico mentre teneva la mano sulla bocca per non farsi sentire, ma distribuendo poi sorrisi a destra e a sinistra.

L'impazienza dello stesso Riki in realtà era mera superficialità. Difatti l'incertezza del capo ebreo aveva le sue motivazioni: lui rappresentava un'istituzione, l'intero *kibbutz*, della quale doveva preservare il decoro, e non poteva rischiare una figuraccia; non intendeva respingere l'offerta degli ospiti, perché poteva rovinare il clima che si era ricreato.

In pochi istanti fece mentalmente il punto: in fondo, a ben riflettere, si era reso conto che i movimenti della *pizzica* si ripetevano ed erano facili da imparare. E poi c'era Maria come maestra.

Si sollevò dalla sedia tra l'ovazione generale e si ritrovò al centro dell'attenzione con Antonio, Maria e la prima ballerina.

La ronda ricominciò a urlare e la musica riprese.

Il ballo andò avanti senza interruzioni e qualche iniziale impaccio del giovane ebreo fu salutato solo da grida di incoraggiamento e da battimani, mai da disappunto e, ancor meno, da scherno. Imparò in un battibaleno e i passi di danza, con Maria al fianco, furono per lui straordinari.

Mai avrebbe immaginato di provare sensazioni simili danzando.

La serata fu soddisfacente per tutti.

Tra ebrei e cittadini la tempesta si era definitivamente placata ed era tornato il sereno. Con canti, balli e qualche piatto gustoso, tutto era dimenticato.

Alla fine Shimon si ritrovò abbracciato anche con Antonio.

Era il segnale che tutto si era risolto per il meglio.

XX

La conversione

In tarda serata, al rientro dalla festa, Shimon fu accolto dalla madre, preoccupata.

«Ti hanno cercato con urgenza dal quartier generale dell'*Ojri*», lo avvertì.

Nella piccola stanza della radio, dentro la Villa del Matrimonio, solo il giovane poteva entrare. Quando sulla porta si accendeva la luce rossa, era il segnale che i capi cercavano il responsabile del *kibbutz* e qualcuno degli ebrei che abitavano lì andava ad avvertirlo.

«Dal quartier generale? Come mai? E cosa possono volere? Per caso, ne hanno detto il motivo?»

«No, ma attendono un tuo segnale per richiamarti».

Preoccupato più che incuriosito, si recò nella villa e, al segnale convenuto, il contatto fu ripristinato.

Lo tennero alla ricetrasmittente a lungo.

Non finivano di dargli consigli e avvertimenti e lui non finiva di chiedere spiegazioni. Il giovane era stanco e sudato.

Cosa era accaduto?

Quali deduzioni avevano fatto dalla relazione che aveva loro spedito cinque giorni prima? Gliela avevano richiesta loro, era vero, ma l'avevano fatto anche in altre occasioni. Si trattava di una modalità operativa consueta e periodica, non dettata da particolari necessità.

Invece questa volta gli avevano comunicato qualcosa che l'aveva sconvolto: secondo i responsabili di *Ojri*, la spia era da cercare all'interno del *kibbutz* del Porto e, per giunta, non si poteva escludere che si annidasse all'interno dello stesso gruppo dirigente!

Nulla poteva essere trascurato.

Chi aveva sabotato il lavoro di Yermi provocandone la morte, chi aveva tentato di incastrare lui stesso, servendosi di Helein, aveva agito conoscendo bene il Campo 39 e il *kibbutz*.

La rivelazione gettò il giovane nello sconforto. Rimase a lungo in silenzio nella stanza della radio. Non cercò compagnia. D'altronde non sapeva con chi confidarsi, né come farlo.

Si fece coraggio: toccava a lui; era uno di quei momenti in cui un capo doveva dimostrare a sé stesso e agli altri di meritare il ruolo. Ma ora si sentì maledettamente solo, più che mai, senza protezione e senza punti di riferimento.

Aveva seminato interrogativi in varie direzioni, aveva seguito false piste, aveva distribuito sospetti su americani e palestinesi.

Qualcuno probabilmente gli aveva anche riso alle spalle.

E non lo confortava affatto che, ancora tramite la stessa radio, gli avevano aggiunto che si stava muovendo anche la *Brichah*, la rete ebrea "invisibile" che collegava i campi profughi e le città dell'Europa centro-orientale. Quei capi intendevano ricostruire la provenienza dei dirigenti del *kibbutz* del Porto, e cioè di Isaia, Jakob, Riki e Salomon. Sì, la vicenda era diventata di una certa portata, dannatamente complicata.

C'erano movimenti ai piani alti dell'intera organizzazione, ma Shimon, lì e in quei giorni, oltre a sentirsi solo, cominciò a chiedersi se lui stesso non fosse esposto a rischi.

Ci pensò a lungo e si rese conto che era meglio tacere e attendere.

Nella notte non chiuse occhio.

Eppure era abituato a giornate dagli esiti contraddittori, come quella che aveva appena vissuto. La rivelazione dei capi aveva travolto le sue convinzioni e il suo stesso modo di vivere. Avrebbe dovuto ritrovare un nuovo equilibrio, e alla svelta, ma con l'aiuto di chi?

In quel periodo il rabbino Harzog era stato nel Campo di Leuca, era tornato da poco, per la festa del sabato, lo *Shabat*, ed era probabilmente stanco. Poteva confidarsi con don Francesco, ma l'ultimo incontro l'aveva turbato. Poteva farlo col dottor Maier, ma costui era pur sempre un soldato americano alleato degli inglesi. Come il comandante Hamlander. Non poteva parlarne con Maria perché, povera ragazza, si sarebbe spaventata da morire. Decise che avrebbe parlato col rabbino, pregandolo di vincere la fatica: era la soluzione migliore.

Quanto fossero lunghe le notti insonni, Shimon lo sperimentò ancora una volta.

Al far del giorno, si recò nella sinagoga.

La porta era aperta e intorno non c'era anima viva. La penombra nell'aula del culto invitava al raccoglimento. Il giovane si fermò in piedi, all'ultimo banco.

Aveva deciso di aspettare il rabbino e a lui avrebbe chiesto il riserbo più assoluto su quanto intendeva confidargli, per averne consiglio. Era certo che non l'avrebbe tradito. Nonostante ciò che aveva saputo, il giovane non intendeva mollare la presa: se fosse arrivato per primo alla soluzione del mistero, per lui sarebbe stato un bel colpo, un successo di prestigio. Avrebbe dimostrato che da solo, e avendo più o meno tutti contro, ce l'aveva fatta.

Adesso erano queste le sue due anime: il disorientamento della solitudine, del tradimento possibile di qualcuno dei suoi e la determinazione a risolvere presto l'intrigo. E pazienza se col rabbino avrebbe dovuto scusarsi per la sua fretta.

In piedi, dritto e a braccia conserte, con impazienza ora sollevava e ora abbassava i tacchi tradendo.

E lo aspettava.

Nell'aula, una luce fioca filtrava dalla finestra semiaperta.

Chiuse gli occhi e il desiderio di compagnia gli fece venire in mente un pensiero felice: i volti, i suoni, i canti e le grida del coro.

E di Maria.

Sorrise e si guardò intorno, perché non era il momento farsi distogliere dai ricordi.

All'improvviso lo scenario davanti a lui cambiò.

Vide la grande luce sfolgorare, enorme, tutt'intorno all'*Aron qodesh*, e dall'interno dello stesso armadio, levarsi una tenue figura apparentemente alata. Era una suggestione o un banale riflesso sui vetri del grande mobile? Il giovane non ebbe il tempo di capire. Udì la stessa voce possente del sogno intimargli: *"Ercistat ex au!"*.

Non sentì più la padronanza delle gambe, ma non perse conoscenza. Cadde in ginocchio, senza poter staccare gli occhi da quella luce. Una sensazione di estremo abbandono lo pervase fin dentro l'anima. I suoi occhi non vedevano più nulla. Era come se il *flash* di una macchina fotografica si fosse impadronito della sua vista.

«Shimon!», qualcuno pronunciò il suo nome, ma non si girò.

Era troppo preso da quella luce, e temeva che svanisse.

«Shimon!»

Era il rabbino.

S'accorse che il giovane aveva lo sguardo fisso, assente. Qualcosa stava accadendo, o era già accaduta.

Come un padre accoglie in silenzio e senza pretendere giustificazioni un figlio che s'era fatto lontano, così Harzog stette, a lato del giovane.

Dopo alcuni istanti decise di intervenire.

«Dio, Padre del nostro popolo», aggiunse con tono di preghiera.

«Signore di misericordia, Dio Padre, Dio dei nostri padri, Dio di Abramo, di Isacco, di Giacobbe», rispose Shimon, ancora con lo sguardo fisso.

Harzog capì e, nel rispetto di quell'anima, si sedette al suo fianco in silenzio, e attese.

A un tratto il giovane fece un lungo sospiro.

Piegò la testa sul petto.

Il rabbino si spostò ancora più vicino a lui.

«Perché proprio io?», chiese Shimon.

«È Lui che decide, è Lui che sceglie…», rispose pacatamente Harzog, «anche per me poteva esserci la stessa domanda: potevo essere un contadino, un pescatore, un avvocato, perché rabbino? Perché io?»

«E chi non è scelto?»

«Può salvarsi anche lui, imitando le opere buone di chi è scelto».

«Ma è proprio così prestabilito?»

«No, perché anche chi è scelto può perdersi», disse d'un fiato l'altro, e aggiunse: «Chi è scelto conserva la libertà di rimanere scelto oppure di andare per altre strade. Dio è libertà... perché solo chi è libero ama veramente».

«Non capisco».

«La libertà è il più grande dono del Signore, perché senza la libertà non si può scegliere la strada dell'Amore; solo chi è libero può scegliere di amare e se lo fa liberamente è amore vero».

Le parole del rabbino corsero nell'aria come un soffio leggero.

Il giovane le colse per intero.

«Non sento di meritare tanto», si schermì quello.

«Il Signore ama chi sente il bisogno di Lui».

«Essere scelto per cosa... io?»

«Per cosa, ora non ti è dato sapere. Dopo, forse, riuscirai a rendertene conto. Noi siamo le sue mani e i suoi piedi; lasciati guidare, ascolta il tuo cuore e non te ne pentirai».

Nel frattempo, altri ebrei entravano nella sinagoga.

Il rabbino lo salutò con un abbraccio e si avviò verso i nuovi venuti.

Shimon rimase dov'era.

Chiuse gli occhi.

Li riaprì e s'accorse della gente che gli passava vicino.

La grande luce era svanita.

Pregò.

Era andato in sinagoga per consigliarsi con Harzog, ma ora si rendeva conto di non averne bisogno. Percepiva una nuova forza. Si sentiva pronto ad accettare quella sfida. I consigli potevano servire fino a un certo punto, ma era dentro di sé che doveva trovare l'intuizione giusta.

Tornò sul lungomare.

Aveva fatto pochi passi quando vide David che gli veniva incontro.

«Hanno arrestato Isaia!», gli gridò.

«Chi? Isaia? Signore mio! E perché?»

«Sono venuti il maresciallo Rizzini e altri carabinieri a prelevarlo e l'hanno portato nella caserma della Città».

«Sì, ma perché?»

«Parlavano di certe scarpe che gli hanno trovato in casa. Gliene chiedevano la provenienza... poi gli hanno ordinato di seguirli».

«E lui?»

«Ha risposto che si trattava di un regalo; un regalo per lui da parte di Riki... di sandali speciali per quando avrebbe camminato sugli scogli. Perché, come sai, le scarpe a noi le fornisce l'Unrra».

«E i carabinieri?»

«Non hanno voluto sentire ragioni. Dicevano che sono abituati a sentire un accusato scaricare la colpa sugli altri».

«E ora dov'è?»

«In caserma, te l'ho detto!»

«Andiamoci con la tua macchina», concluse Shimon.

Era accaduto che tre giovani fratelli del posto, piuttosto irrequieti, una sera erano entrati nella Villa degli Americani e avevano scorrazzato indisturbati in lungo e in largo, anche nella rimessa dove tenevano legati i cavalli.

La loro presenza, in verità, non era insolita. I militari li tolleravano e talvolta regalavano loro formaggio o cioccolata. Ma quella volta, se avessero saputo quanto stavano per combinare, li avrebbero presi a calci.

Approfittando delle prime ombre della sera, erano entrati in un'autovettura incustodita e, con un coltello, ne avevano asportato il rivestimento in pelle dei sedili. Non contenti, s'erano anche impossessati di una bicicletta.

Con quella pelle s'erano fatti confezionare due paia di sandali e, nei giorni successivi, ne avevano barattato un paio con Riki, in per alcuni accendini. Lo stesso Riki aveva quindi pensato bene di regalarlo a Isaia.

Intanto gli americani, indispettiti dall'accaduto, avevano iniziato a cercare il colpevole, sia dello scempio sull'autovettura che del furto della bicicletta, e ne avevano interessato i carabinieri.

Alla fine, gli inquirenti avevano notato il paio di sandali di pelle tra le mani di Isaia e tutto si era messo in moto, inguaiando l'ebreo. Giunti nella caserma, Shimon e David ebbero la sorpresa di non trovare l'amico.

«Il signor Isaia Levyn è stato condotto nel carcere della Città», sentenziò Rizzini, lasciando trasparire soddisfazione, non per pregiudizio ma per sottolineare di aver portato a termine il suo compito.

Non finirono il dialogo.

Un brigadiere s'avvicinò a Rizzini: «Maresciallo, il direttore del carcere la manda a chiamare... dice trattarsi di comunicazione urgente», avvisò.

«Mi vuole vedere? Così, su due piedi, dovrei lasciare le tante cose che ho da fare? E che vuole costui? Ci vuole rispetto per il lavoro degli altri», replicò infastidito.

«Mi scusi ancora, maresciallo, lui mi ha pregato di insistere presso di voi perché è cosa molto urgente e riguarda l'ultimo arresto», aggiunse il brigadiere.

«Vabbé, se è così lascio tutto e ci vado», concluse Rizzini.

I due ebrei chiesero di poterlo accompagnare, ma quello rifiutò. Sicché si recarono da soli nella spianata dei Cappuccini dove, proprio sopra la chiesa, c'era il carcere. Era stato ricavato dalle celle dell'antico monastero ottant'anni prima. Tutti lo sapevano.

Appena giunti, trovarono stranamente lo stesso Rizzini pronto ad accoglierli.

«Abbiamo trovato i colpevoli», disse con un sorriso, rivolto ai due.

«Che significa?», chiese indispettito Shimon.

«Il signor Isaia non c'entra. Non è colpevole dei danneggiamenti. Semmai resterebbe l'accusa di ricettazione anche se, in verità, bisogna valutare se ce ne sono gli estremi. Ma se agli americani basterà aver trovato i responsabili e non faranno denuncia contro di lui... E comunque, per noi può tornare a casa con voi», concluse con tono sbrigativo il sottufficiale.

Era successo che Isaia, portato in carcere, s'era trovato in cella con i tre fratelli. La bicicletta li aveva traditi. Erano stati scoperti e gli americani non avevano perdonato, facendoli rinchiudere nel carcere.

Nella cella, l'ebreo li aveva sentiti parlare della loro scorribanda nella Villa degli Americani. Aveva ascoltato involontariamente la verità sulle sorti dell'autovettura e della bicicletta e lo aveva riferito al direttore del carcere.

Costui li aveva subito interrogati. Furbescamente li aveva lusingati sulla natura della loro bravata e ne aveva ottenuto la piena confessione. Perciò aveva mandato a chiamare Rizzini e tutto si era chiarito.

«Maresciallo, ascoltiamo con piacere quanto ci dice. Siamo contenti che la verità sia venuta fuori. Ma le ricordo che, sette giorni fa, anch'io sono stato portato in caserma per un'accusa falsa. Non le sembra di farlo troppo in fretta?», fece Shimon.

«Bah... vede... cerchiamo di fare il nostro dovere», farfugliò quello.

«Appunto!» replicò con durezza il giovane. Non aggiunse altro.

Più delle lagnanze per la superficialità o per il rigore professionale altrui, a torto oppure a ragione, era importante tornare a casa. Cosa che si sbrigarono a fare.

XXI

Il monsignore

Don Francesco ammoniva chi considerava il sacerdote un privilegiato, un cristiano più vicino degli altri al Signore. Sosteneva che, al contrario, si trattava di un uomo carico di solitudine.

Il ministro di Dio aveva il conforto della fede – questo era vero – ma era unito al peso della testimonianza e della cura delle anime, perché *«A chi molto è stato dato, molto sarà richiesto»*, ripeteva.

Per la prima Messa di sabato 9 febbraio, ebbe una sorpresa.

Di buon mattino venne da lui monsignor Giovanni Panico, sentì addolcita la sua solitudine di prete.

Erano concittadini ma avevano seguito strade diverse, perché diverse erano state le missioni a loro assegnate.

Lui parroco del Porto e l'altro, prima vescovo e quindi diplomatico della Santa Sede. Inviato in giro per il mondo a nome e per conto della Chiesa, indicando la via maestra del Vangelo.

Quel giorno era arrivato al Porto guidando da sé l'autovettura, senza autista né segretario.

Non indossava l'abito talare ma il più pratico *clergyman*: soprabito, cappello a falda circolare, giacca, *pullover* e pantalone scuri, collare bianchissimo e croce di metallo che cadeva sul petto, appesa a una collana.

Un abito più adatto a chi, per dovere d'ufficio, viaggiava spesso in automobile o in aereo, incontrava uomini politici o presenziava a cerimonie solenni, secondo le direttive della madre Chiesa.

«Benvenuto, Eccellenza... anzi, bentornato tra noi», esordì don Francesco, accogliendolo sulla soglia della chiesa e abbracciandolo.

«Chiamami don Giovanni», rispose, con un sorriso.

Aveva capelli nerissimi, tagliati a sfumatura alta, alla militare. Gli occhiali erano privi di montatura, il volto pulito, con naso pronunciato, il sorriso radioso.

La sua fede, la conoscenza delle lingue e l'abilità diplomatica – intesa nel senso più alto – l'avevano posto in evidenza in Vaticano.

Da semplice sacerdote, a ventotto anni, con laurea in Teologia e dottorato in Diritto canonico e civile, il cardinale Segretario di Stato l'aveva convocato a Roma. Da lì l'aveva spedito a Bogotà, come addetto della Nunziatura apostolica in Colombia.

Non aveva neppure frequentato la solita accademia che formava i Nunzi ecclesiastici.

Per lui non ce n'era stato bisogno.

Quindi aveva fatto il diplomatico del Vaticano in varie nazioni.

«Qui, al Porto sono cambiate molte cose negli ultimi mesi... siamo in tanti! Tanta povera gente, angustiata dalla vita grama e martoriata dalla guerra, ha bussato alle nostre porte... e noi, oggi più che mai, contiamo sull'aiuto del Signore», disse don Francesco.

«Bene... allora chiediamolo questo aiuto, per tutti. Sono qui per pregare insieme a te e ai tuoi parrocchiani», fece il monsignore, con pragmatismo.

«Celebrare qui, con noi? Certo», rispose.

Quindi aprì gli armadi per far scegliere all'ospite i paramenti sacri.

«Fratello mio, conosco la guerra perché da tempo visito ogni anno i campi di prigionia dell'Australia», fece Panico mentre toglieva la giacca del *clergyman* per vestire il camice bianco.

Quella mattina, era lontano dalle luci della ribalta internazionale, dalle cerimonie di rappresentanza, dagli incontri diplomatici.

Ora era lì, davanti a un parroco di periferia, la sua periferia.

«È bello sentirsi a casa», sospirò, pronto per avvicinarsi all'altare.

«Sì, è vero. Il conforto viene da Dio e dalla gente che ci vuole bene», aggiunse don Francesco.

«Si. Confido in Lui... *il Signore della mia vita!*», replicò l'altro, usando una frase per lui consueta.

Si avvicinarono all'altare e il monsignore celebrò, davanti a pochi fedeli. Erano gli abituali della "messa prima", come veniva chiamata.

Il parroco li ringraziò, uno per uno, e annunciò quello che tutti sapevano da un pezzo: il giorno dopo ci sarebbe stato un concerto per il monsignore, poco prima della sua ripartenza per l'Australia.

A celebrazione terminata, i due tornarono in sacrestia.

Monsignore si risistemò il *clergyman* e guardò intorno, prima del congedo.

Molte cose erano cambiate, in meglio, da quando oltre vent'anni prima, giovane sacerdote, aveva posto le basi di quella parrocchia tra i pescatori.

«Ti ringrazio per come mi hai accolto e per quanto fai per questa gente», disse.

«Era la tua gente, ora è la mia. Si va avanti», rispose.

«Dimmi: Nicola il pescatore e la sua famiglia, vivono sempre nella grotta?», chiese il monsignore.

Gli scogli a ridosso del tratto sabbioso della Rena portavano i segni del carsismo nelle profonde insenature che li solcavano. Usando vanga e piccone l'uomo aveva allargato grotte e anfratti rocciosi ricavandone depositi per le barche e anche luoghi riparati dove vivere. In uno di questi, chiuso da un portone, oltre vent'anni prima Nicola s'era sistemato con la famiglia.

«Sì, Nicola è sempre lì, ma i figli sono emigrati per lavoro. Non tutti accettano di fare i pescatori. Sono rimasti lui e la moglie Immacolata. Che lavoratore, di notte e di giorno in mezzo al mare, che ci sia bonaccia o tempesta. Quanta dignità nella fatica quotidiana per portare un tozzo di pane a casa», rispose don Francesco.

«Sì, è vero, anche lui, nella sua semplicità ci insegna qualcosa. E gli altri?»

Il sacerdote aggiunse con un sospiro: «Di solito, in questi anni duri, siamo stati in pochi, tra pescatori e contadini. Adesso abbiamo il Campo profughi, con quasi mille persone».

Nella voce non traspariva il senso della fatica, si percepiva la carica interiore del buon padre di famiglia.

Proseguì: «Si va avanti tra tanti problemi! Quando c'è l'aiuto di Dio se ne risolvono abbastanza, ma la guerra porta sorprese atroci».

«Hai qualcuno che ti aiuta nel tuo servizio pastorale?»

«Le famiglie che risiedono qui al Porto non sono molte».

Prese a elencarle e, mentre ne parlava, sembrava che le avesse davanti a sé, una per una, e con la mano indicava il lungomare.

«Sì. Qualcuno è più vicino. È gente solidale. Conosce la sofferenza. Sono persone fianco a fianco con i profughi».

«Anche Gesù è stato un profugo, tu me lo insegni! Lui ci chiederà conto di ogni vita che ci ha affidato», disse ancora il monsignore con tono di ammirazione e di incoraggiamento.

«Durante la bella stagione s'aggiungevano altre famiglie, qui da noi. Venivano da Lecce, da Maglie, da Ruffano, da Specchia per trasferirsi nelle residenze estive. Ma ora che sono state requisite per i militari e poi per i profughi, non ci vengono più», aggiunse.

«Il Signore ti renda merito anche per loro. Da parte mia ti ringrazio per il concerto che stai preparando. Non dovevi, io sono poca cosa e sono certo che l'hai organizzato perché insieme possiamo rendere gloria al Signore», chiosò.

«È vero! Don Giovanni, tutto è per Lui. Il concerto è per domani sera, la nostra comunità ti aspetta».

«Faccio ben poco! Ma le intenzioni sono buone. Si va sempre per fare un poco di bene», replicò quello.

«Deve essere faticoso. Don Giovanni, sei nella vigna più grande dove il Signore ci chiama a lavorare; sei nel *nuovo continente* e oltre!»

«È vero, caro amico, fratello mio. La messe è molta e gli operai del posto sono pochi. Anzi, non ce ne sono affatto».

«Che vuoi dire?»

«In Australia e in tutto il territorio sconfinato che mi è stato affidato, ci sono solo religiosi irlandesi...».

«Cioè?»

«Oltre un secolo fa i cattolici d'Irlanda ebbero il merito di evangelizzare quelle terre, e tuttora le guidano con loro ministri... sacerdoti, vescovi e cardinali», spiegò Panico, e col pensiero pareva lontano.

Aggiunse: «La Chiesa, il Santo Padre, mi hanno inviato lì per preparare guide locali, sacerdoti australiani. Ho iniziato a benedire nuove chiese, a costruire seminari, a inviare giovani seminaristi australiani in Italia e a farli rientrare al termine della loro formazione sacerdotale. Ho iniziato a nominare vescovi locali».

E questa volta parlava fissando la fotografia di Pio XII sulla parete.

«Quindi tutto volge al meglio», sintetizzò don Francesco.

«Non proprio. La fatica è tanta, anche per le resistenze che incontro su questa strada che mi è stata raccomandata, proprio dal Santo Padre».

«Resistenze?»

«I fratelli irlandesi non sono bendisposti nei confronti della mia persona e del compito che mi è stato affidato. Un compito, bada bene, che il Delegato Apostolico mio predecessore non riuscì ad avviare», insistette Panico.

Proseguì con amarezza: «Ho ricevuto e ricevo critiche aspre, ingiuste, e per giunta dai fratelli nella stessa fede. Prega per me, don Francesco. Che il Signore mi dia forza. Anche perché la salute è quella che è».

Lo disse con tono indulgente, questa volta verso s stesso.

«Don Giovanni... ogni persona che troviamo sulla nostra strada ci dona un po' di sé e si prende un po' di noi. Qualcuno ci offre complimenti, altri ci portano critiche. I primi ci gratificano, i secondi ci stimolano a migliorare».

«Ma quando gli attacchi sono ispirati da malanimo, quanta amarezza si prova».

«Don Giovanni carissimo, coraggio. E poi, solo per la mia anzianità mi permetto di ricordare, innanzitutto a me stesso, quanto è scritto nel libro dell'*Ecclesiastico*: "*Figlio, se intraprendi a servire il Signore, prepara l'anima tua alla prova (...) perché l'oro si prova col fuoco, e gli uomini cari a Dio nel crogiolo dell'umiliazione*"».

E continuò: «Per scegliere di fare il prete bisogna essere pazzi!»

«Pazzi di Dio? Come Francesco d'Assisi?»

«Pazzi, pazzi da legare... pazzi, almeno secondo la logica del mondo».

«Perché, anche tu nel tuo apostolato trovi resistenze?», chiese il monsignore, che non voleva indugiare oltre modo sulle sue vicende australiane.

Don Francesco indugiò, guardando guardò fuori dalla finestra.

«No, no... non si tratta di questo. La gente del Porto, anche quella che veniva solo nella bella stagione... i pescatori, i contadini, hanno un sentimento religioso vivo».

«E allora, di cosa si tratta? Le famiglie?»

«Le famiglie conservano la tradizione cristiana e si preoccupano di trasmetterla ai figli, sono premurose nel rispetto dei sacramenti... battesimo, prima comunione e cresima».

«È merito di quanto tu hai seminato».

«Siamo tutti strumenti del Signore, ma la strada certe volte è tortuosa, difficile».

«Cosa vuoi dire?»

«Il legame col sacro, col soprannaturale, è spesso percepito in maniera solo intima e poco estroversa. I miei parrocchiani comprendono il valore dei riti, avvertono la necessità di un buon rapporto col Signore, ma con Lui non si sentono figli anzi... spesso c'è un timor di Dio che è esagerato. Mi chiedo se non sto sbagliando qualcosa», si sfogò don Francesco.

«Servirebbe un pizzico del Dio misericordia, vuoi dire questo?», sintetizzò monsignore.

«Certo! Il Dio castigatore mortifica la gioia di vivere, frena la voglia di fare e inaridisce la carità. Prega per me don Giovanni, e per la nostra gente».

Il vescovo sembrò per un attimo raccolto in preghiera: chiuse gli occhi e sorrise.

«*"Se non crederete, non comprenderete!"*... concederai anche a me una citazione... quella di Isaia. Che fatica l'annuncio, la buona novella del Vangelo!», esclamò.

«È vero. Se noi pastori non presentiamo e non facciamo accettare il Dio verità, il Dio Padre, se non aiutiamo a credere in Lui, nessuno comprenderà né costruirà la propria sicurezza sulla sua Parola e l'uomo resterà solo, senza la forza del Dio misericordia. E mi sentirò, ancora una volta, servo inutile», fece don Francesco, scuotendo la testa.

«Eh, la guerra è una brutta bestia per tutti, allontana dalla fede».

«Sì, fatichiamo a coltivare la speranza, anche in questa nostra periferia».

«Fai bene a ricordarlo a me, uomo della mediazione, della diplomazia... della cristiana speranza», disse, narrandogli del suo ultimo viaggio a Londra.

Al ritorno dalla capitale inglese, era passato proprio dalla Città per salutare l'anziana madre.

E, nell'attesa di ripartire, era tornato al Porto, nei luoghi del ricordo.

«Eh, don Francesco, amico mio, ogni giorno ha la sua sofferenza da sopportare e non sempre riusciamo a fare quello che vorremmo fare».

«È giusto che decida Lui i tempi e i modi».

«Sì, sempre sia fatta la sua volontà! Le gratificazioni personali, quando ci sono, lasciano il tempo che trovano», confermò monsignore.

Spiegò che lo diceva perché, tornato in patria da Londra, il governo italiano l'aveva ringraziato ufficialmente dell'opera svolta in Australia per alleviare la prigionia degli italiani in quel continente durante la guerra.

E ancora, il Ministero italiano per gli Affari Esteri aveva riconosciuto pubblicamente che, grazie alle sue conoscenze, *«il Delegato apostolico Giovanni Panico era stato molto utile»*.

E il monsignore aggiunse: «Non mi sono esaltato per le lodi, così come non mi sono disperato per gli insulti».

«Insulti? Quali insulti?», chiese don Francesco.

«Insulti ... o come vorremo chiamarli», e spiegò ancora.

Quando era partito per Londra, incaricato dal governo di Sydney di riallacciare normali rapporti diplomatici tra Australia e Italia, accadde l'incredibile.

Il governo irlandese, informato del suo viaggio e temendo che potesse fare scalo in Irlanda, si era affrettato a inviare un comunicato ufficiale alla Santa Sede in Vaticano.

Nel documento quel governo dichiarava monsignor Giovanni Panico *«persona non gradita sul suolo d'Irlanda»*.

«Ero in viaggio sulla nave verso Londra, e la Santa Sede faticò per farmi avere in tempo quel documento di rifiuto», fece il monsignore e aggiunse: «In quella circostanza, mi sono sentito un gabbiano in volo, inseguito da un piccione viaggiatore con un messaggio nel becco, da consegnarmi», aggiunse Panico.

Ne sorrisero insieme, ma il sorriso del monsignore parve molto amaro.

«Coraggio, fratello Giovanni, fratello nella fede. Il Signore ti ricompenserà. Attendiamo da Lui la vera giustizia, solo da Lui».

«Coraggio anche a te, e prega, pregate per me».

E il parroco, in replica: «Da parte nostra, da parte della nostra comunità, ti chiediamo di fare ciò che san Paolo fece per i cristiani di Tessalonica: presentare al Signore "*l'operosità della nostra fede, la fatica della nostra carità e la fermezza della nostra speranza in Gesù Cristo*"», concluse.

Si guardarono sorridendo, mentre l'incontro si avviava al commiato.

«*Resurrexit*!», esclamò d'improvviso Panico, mentre il suo volto tornava radioso.

«Sì, è risorto! È risorto! Dopo la Passione c'è la Resurrezione. Dopo la sofferenza c'è il riscatto. La nostra consolazione e la nostra forza sono nella gioia di essere certi che il Signore è risorto», rispose di rimando don Francesco, quasi con un grido.

Si confermarono reciprocamente nella fede.

Si abbracciarono fraternamente, a lungo.

XXII

La stretta del cerchio

Mentre i due religiosi celebravano, Shimon s'era svegliato ed era tornato nella Villa del Matrimonio. Aveva ripreso contatto con i capi via radio; gli avevano assicurato che presto avrebbe avuto disposizioni e lui s'era annotato le ultime novità.

Non era stato facile, neppure per gli organismi superiori, sia per *Ojri* che per *Brichah*, ricostruire il cammino di tutti i rifugiati sparsi per l'Europa.

Era un compito difficile anche se, in quel periodo, le sorti del *kibbutz Bètar* del Porto erano finite sotto una lente d'ingrandimento piuttosto speciale.

Ora il giovane intendeva riflettere.

Voleva tirare le fila di tutto e cercare di collegare i volti, le singole storie e soprattutto i fatti.

Per capire meglio avrebbe dovuto riconsiderare tutto ciò che era accaduto a partire da quando s'era avventurato sulla costa. O addirittura da quando Yermi aveva saputo del passaggio di Chaver dal Porto. Forse era quello lo snodo dell'intera vicenda.

Più ci pensava e più se ne convinceva.

Ritornò alla Villa del Latifondista, trovò la madre ancora a letto, ma non la svegliò. Si ricordò dei versi scolpiti sulle due lapidi all'ingresso dell'abitazione e volle rileggerli, per trovare la concentrazione che gli serviva in quella giornata.

Intanto Maria era alle prese con la richiesta giornaliera della madre: prendere l'acqua.

La ragazza sapeva che la fontana vicina a casa aveva ripreso a funzionare, ma volle dimenticarlo.

Percorse in discesa tutta via Borgo Pescatori e, senza fermarsi alla fontana, allungò il tragitto, girando intorno al piazzale dove c'erano il chiosco e l'osteria.

Così, svoltò sulla sua destra e si ritrovò proprio nei pressi dell'ingresso della villa dove abitava Shimon, a fianco del garage dell'Assemblea generale.

Le venne spontaneo sbirciare all'interno, mentre il giovane ebreo stava rileggendo le due lapidi.

«Ti piacciono proprio, quelle parole che parlano di riposo, solitudine e ozio», lo stuzzicò.

«Maria!», esclamò il giovane, sorridendo verso di lei.

«Invece io devo lavorare», aggiunse mostrando la *quartara* da riempire.

«Ti aiuto, andiamo», disse, togliendogliela di mano con garbo.

Riempita che l'ebbe, invece di tornare verso la casa di lei, l'accompagnò fino al lungomare.

La ragazza si mise a passeggiare al suo fianco e ne sentì pieno il cuore.

«Ti volevo rivedere. Oggi ci sono le ultime prove, ricordati che domani sera c'è il concerto», gli disse.

«Mi cercavi per il concerto...».

«No, no!», si affrettò a precisare arrossendo.

«Volevo rivederti. Mi mancavi. Dell'acqua m'importa poco... volevo rivedere i tuoi occhi», confessò.

«E io rivedere il tuo sorriso, risentire la tua voce... vivo momenti difficili, ma pensare a te mi aiuta», aggiunse, prendendole la mano.

Lei gli sorrise con tenerezza: «Momenti difficili? Ancora per quella Helein?»

«No, no! Quella donna è stata usata per un gioco cattivo».

«E allora?»

«Devo risolvere un problema per la mia gente. Tu mi potrai aiutare se mi sarai vicina».

«Certo!»

«Ieri facevo una riflessione. Pensavo che il Signore è grande anche... anzi soprattutto, quando fa nascere le cose più belle da quelle più brutte, come la guerra. Questa guerra ci ha fatti conoscere». In altri tempi, prima della conversione, non avrebbe fatto considerazioni di tale genere.

«Mah... la guerra? Sì, forse. Però, in fondo, la decisione di aiutarci per il concerto è stata tua», replicò Maria.

«È vero ma dagli Stati Uniti, dalla Bielorussia attraversando l'Italia, per giungere qui, davanti al tuo mare, con te..., senza la guerra non sarebbe accaduto».

«E oggi avrei dovuto caricarmi l'acqua da sola! Ci pensi? Che fatica sarebbe stata!», scherzò lei.

Ecco, di quella ragazza Shimon amava tutto, ma in particolare la sua spontaneità e l'ingenuità che stava mostrando ancora una volta. E glielo leggeva nel volto solare. Lei non aveva deviato il discorso sull'acqua perché il dialogo si stava facendo intimo, lì sul lungomare, ma piuttosto perché non voleva emozionarsi più di tanto.

In fondo, si considerava ancora una giovanetta, più incline al gioco che alle forti emozioni, più disposta al bel sorriso che al grande amore. Anche se con Shimon, mano a mano, le cose per lei stavano cambiando, e in fretta. Ma non c'era affatto malizia in quelle parole, che sembravano un invito perché lui portasse l'acqua fino a casa.

«Tu sei una ragazza forte. Rispetti i tuoi genitori, trasporti l'acqua ogni giorno».

«Sì, ma se mi riposo qualche volta è meglio, e oggi lo faccio per merito tuo», rispose, con impertinenza.

«Loro, i tuoi genitori, saranno contenti di te».

«Loro? Non lo so. Ehi! A proposito, lo sai che mio padre mi parlava di una lontana parentela con voi?»

«Con noi? In che senso?»

«La nonna, la madre di mio padre, aveva Elia come cognome. Si chiamava Genoveffa Elia. Elia è un nome vostro», fece con esuberanza, come se avesse ricevuto una notizia strabiliante.

Si entusiasmava per piccole cose, tanta era la sua gioia di vivere che Shimon considerava contagiosa.

«Sì, Elia è il nome di uno dei profeti, un profeta per tutti... non è solo nostro».

Maria non si rese conto dell'importanza di quella improvvisa rivelazione perché, senza saperlo, si stava riferendo alle comunità ebraiche sorte nel Salento, dall'epoca romana fino al XVI secolo: a Lecce, Brindisi, Taranto, Otranto, Nardò, Gallipoli. E non si trattava solo di quello perché aveva anche dato a Shimon un alibi grande quanto un macigno, qualora al giovane fosse servito.

«Ma se la guerra ci ha fatto incontrare, quando sarà tutto finito te ne andrai?», aggiunse lei, con pudore.

"*Potrebbe essere questo l'alibi? Sarà mai necessario presentarlo? In fondo la vita è mia e decido io con chi viverla*", pensò, per un attimo, il giovane prima di risponderle. L'alibi era che la ragazza aveva possibili origini ebree. Perciò nessuno dei suoi avrebbe potuto rimproverargli come sconveniente la frequentazione con lei. Si sentiva felice vicino a Maria per lasciarsi distrarre da certe considerazioni.

«Andare via? Io? Chissà! A volte ci sono necessità più grandi della nostra vita. Siamo nelle mani del Signore, Lui mi farà capire al momento giusto. Me l'ha detto il rabbino».

E la guardava negli occhi per scrutarne l'umore. Temeva l'effetto che avrebbero potuto avere le sue parole.

Maria tacque per un momento.

Poi rispose di getto: «Ovunque andrai, verrò con te!»

Questa volta il giovane la guardò con gli occhi dell'anima e sentì di amarla profondamente, di volere per lei ogni bene dalla vita.

E quel bene glielo voleva assicurare lui.

Ora nella sua mente il volto di quella donna, il suono della sua voce, la musica, la luce stessa erano una cosa sola, misteriosa e unica. Erano come l'azzurro indistinguibile del cielo e del mare insieme nelle giornate di sole accecante.

Le dette un bacio furtivo.

Restarono a guardarsi e a sorridersi.

«La mamma!», esclamò d'un tratto Maria, «Aspetta l'acqua per cucinare. Che figura!»

«Ti aiuto...», propose lui.

«No, no, grazie, grazie».

Lei recuperò il recipiente pieno d'acqua, respirò come per darsi forza e s'avviò rapida verso casa.

Le sue scarpe si bagnarono subito.

Lui avrebbe voluto seguirla almeno con lo sguardo, ma accadde qualcosa di nuovo.

«Bejlin, il signor Bejlin?», gli chiese un signore venendogli incontro sul lungomare, accompagnato da un'altra persona.

"Accidenti! Cosa c'è ancora?", pensò preoccupato.

Per un istante gli vennero in mente l'irruzione in chiesa del maresciallo Rizzini e il suo tono accusatorio. Ma questa volta i due individui non portavano alcuna divisa.

«Sì, sono io».

«Sua madre aveva ragione. Ci ha detto che l'avremmo trovato sul lungomare».

«Ebbene?»

«Siamo dell'*Ojri*. Veniamo dal Campo 34. Abbiamo documenti da consegnarle», e uno di loro trasse dalla giacca una busta.

L'aprirono davanti a lui e tirarono fuori fogli scritti e numerose fotografie.

«I nostri profughi sono sparsi specialmente in Austria, Germania e Italia, in vari Campi. Non è facile, anzi è molto difficile ricostruirne il cammino. Forse sono oltre duecentocinquantamila. Spesso viaggiano senza documenti, talvolta illegalmente. E c'è anche chi si sposta, in poco tempo, da un Campo all'altro. Tenga questi fogli! Si è cercato di risalire alla provenienza di alcuni rifugiati ospitati qui al Porto e anche dei dirigenti del *kibbutz*. Per qualcuno i dati sono incompleti», disse uno dei due porgendogli la busta.

«I campi profughi italiani sono dappertutto: da Merano a Pontebba, a Senigallia, a Nereto, fino a Bari. Molti ebrei sono entrati in Italia varcando il Brennero, altri su piccole barche attraversando l'Adriatico provenienti dalla Jugoslavia, è molto difficile riannodare tutti i fili», aggiunse l'altro.

«Qui ci sono fotografie di molti dei nostri, scattate durante adunate o manifestazioni. I capi ti suggeriscono di rintracciare la ragazza che ti ha accusato, farle vedere queste fotografie e chiederle se riconosce l'uomo che l'ha corrotta», concluse il primo.

«Accidenti, è vero! Può essere una buona pista, grazie. Adesso voi restate?»

«No, ripartiremo subito. Ci saranno altri contatti via radio, arrivederci», e si allontanarono.

Il giovane infilò la busta in tasca e s'avviò verso le Colonie, dove abitava Helein. Camminando svelto sul lungomare, superò la Villa del Matrimonio e, giunto poco dopo a destinazione, chiese notizie sulla famiglia della ragazza. Con disappunto si sentì rispondere che nessuno li aveva più visti da giorni. Helein sembrava svanita nel nulla. Non gli seppero dire niente neppure negli uffici del Comando.

"Figurati! L'accusatore può essere uno di loro. Non mi darebbero certamente notizie della ragazza, ammesso che ce l'abbiano", pensò.

Ma non si dette per vinto.

Trovò David e si fece accompagnare nella caserma, in Città.

«La ragazza è libera», disse loro il maresciallo Rizzini.

«Non c'era denuncia contro di lei, e anche se ci fosse stata querela per calunnia da parte sua, signor Beljn, non ci sarebbero stati gli estremi per arrestarla. Per il resto, non ho idea di dove possano trovarsi, lei e la sua famiglia. Forse in un altro campo profughi», azzardò.

Più ci pensava e più Shimon si convinceva che gliela avevano soffiata da sotto il naso. *"Certo, è proprio così! Sarebbe una testimone decisiva, troppo decisiva. L'hanno inviata altrove, in fretta e furia, con tutta la famiglia"*, pensò.

«Ma lei è sicuro di non avere nemici dentro casa, per così dire?», incalzò il maresciallo.

«Cosa intende?»

«Ho già avuto occasione di comunicarle questo timore. Tuttavia, quanto accaduto questa mattina me l'ha fatto ricordare».

«Cosa?»

«L'altro ieri avete fatto la cena… la festa di riconciliazione con la gente locale».

«Sì, e con questo?»

«Oggi è venuto in caserma il notaio della nostra Città. È andato via poco fa, prima del vostro arrivo. Nel corso di quella festa suo figlio ha fatto amicizia con una bella ragazza ebrea, una certa Olga Blanaru, rumena diciassettenne, presente alla cerimonia assieme alla madre».

"La stessa età di Maria!", pensò.

«Quindi? In che modo la cosa ci dovrebbe interessare?»

«Signor Bejlin, il notaio è venuto a segnalare … ma, per carità, non ha fatto nessuna denuncia».

«A segnalare cosa?»

«Ieri sera il giovane rampollo del notaio, andando a trovare la signorina Blanaru e sua madre, nella Villa del Latifondista…»

«Ma io abito nella stessa villa… non ho notato nulla di particolare», lo interruppe.

«Mi lasci finire… quel giovane si è intrattenuto amichevolmente con la signorina e la madre. Fin qui non c'è nulla di strano. Ma, nell'andare via per fare ritorno in Città, è stato avvicinato da un gruppo di giovani ebrei, che in modo brusco gli hanno intimato di non molestare la signorina e di non farsi più vedere da quelle parti. Pare che gli abbiano fatto intendere che uno di loro avesse in tasca una pistola, pronta all'uso».

«Accidenti! Erano i fratelli della signorina?»

«Non faccia dell'ironia! La Blanaru non ha fratelli nel Campo, ci siamo informati. Allo stesso modo abbiamo saputo che siete gelosi delle ragazze e dei ragazzi ebrei. Insomma, volete che tutti i vostri vadano a farsi una famiglia nella terra in cui intendete andare, in Palestina», tagliò corto Rizzini.

«E che c'entra questo con quelli che lei chiama "nemici in casa"?»

«Forse lei, signor Bejlin, ha fatto amicizia con qualche ragazza del posto, al Porto per esempio e, sempre forse, qualche suo conterraneo ebreo vorrebbe fargliela pagare? Oppure, come dire, richiamarla all'ordine?», sibilò il maresciallo, puntando l'indice sul giovane.

«Ah, maresciallo, lei si ripete! Questo è un discorso che abbiamo già fatto, mi pare. Lei ancora non accetta, o non vuole accettare la pista inglese. La posso capire, ma non giustificare. Anzi, mi potrebbe gentilmente dire se ci sono novità nelle indagini sulla morte di Yermi?», osò chiedere.

«Non alzi la voce! Ci stiamo lavorando... i carabinieri interrogano, indagano..., ma il campo profughi è lungo e largo, ci vuole tempo. Ci sono quasi mille persone, tra Porto e Marina Serra», abbozzò quello.

«Capisco, capisco», fece finta di abboccare il giovane ebreo, e aggiunse: «Per il figlio del notaio, se vuole, posso parlare con i miei, posso cercare di chiarire, io abito lì».

«No, no! Stia tranquillo, non ce n'è bisogno. Il notaio ci ha confidato che, nel caso l'amicizia tra il figliolo e la signorina ebrea andasse a buon fine... verso il fidanzamento intendo, deciderà per una soluzione, come dire, radicale».

«In che modo?»

«Prenderà in affitto un appartamento, solo per la ragazza e la madre, in un paese lontano, verso Lecce».

«Bah, mi sembra una buona soluzione. Il notaio e il figlio hanno idee giuste».

«E lei è una persona intelligente, signor Bejlin».

«Lasci perdere, maresciallo. Quindi, della signorina Helein, nessuna traccia...».

«Nessuna, mi dispiace», concluse quello.

Il colloquio convinse Shimon ancor più, qualora ce ne fosse stato bisogno, che toccava solo a lui scoprire la spia e rendere giustizia a Yermi.

Fece un cenno d'intesa a David e tornarono insieme al Porto.

Il giovane cercò il rabbino Herzog nella sinagoga di villa Scarascia. Era vero che, dopo l'ultimo incontro, s'era determinato a cercare dentro di sé la soluzione dei suoi problemi di responsabile del *Kibbutz*, ma ora che anche Rizzini aveva cercato di portarlo fuori strada, i dubbi gli erano tornati. E cominciò a pensare che, in fondo, il dubbio non è sempre insicurezza, piuttosto concedersi il tempo necessario per la decisione più opportuna. In simile attesa, gli parve giusto confrontarsi con Herzog. Lui conosceva bene l'interno del *Kibbutz* e le sue dinamiche umane ed economiche.

Il rabbino lo accolse sorridente; da tempo sperava che, prima o poi, lo avrebbe rivisto.

«Rabbi, ho bisogno di parlarle, di consigliarmi. È un momento difficile per la nostra gente, in questo Campo».

«Sono qui per ascoltarti nel nome del Signore. Lui mi ispirerà nel darti il giusto consiglio».

Rimasero a parlare per un'ora.

In realtà, era solo il giovane che esponeva, sottolineava, cercava collegamenti di vicende e volti, trovava motivazioni, lanciava sospetti.

Il rabbino l'interruppe per qualche chiarimento.

Shimon alla fine appariva provato emotivamente dal racconto, ma determinato a venirne a capo, a trovare la "spia" assassina.

«Non sbagliavano quando mi parlavano di te e delle tue qualità. Sei passato attraverso tante difficoltà e le hai superate. Fratello mio, il Signore ci mette spesso alla prova per misurare la nostra fedeltà come suo popolo».

«Sì, ma oggi e ora bisogna pensare a uomini e fatti, prendere decisioni, sapere cosa fare e come fare», obiettò il giovane.

«Sì, oggi e ora chiediamo aiuto al Signore», replicò il rabbino mettendogli davanti il *Talmud*. Pregarono insieme, in raccoglimento.

Chiuso il Libro, il religioso prese a parlargli.

«C'è qualcosa di nuovo nelle carte dell'*Ojri* che ti hanno consegnato?»

«Confermano la provenienza di molti tra i nostri: da Mauthausen, da Auschwitz, da Arbe, da Buchenwald, da Ebensee, da Dachau, ma di altri le tracce sono incerte».

«Tanto incerte da poter mascherare quelle di un inglese infiltratosi recentemente?»

«Potrebbero…, ma lo credo difficile».

«È vero, gli inglesi tramite l'Unrra hanno inviato ufficiali nei campi profughi, ma può anche accadere che lo facciano alla luce del sole. In fondo, come sai, cercano solo i luoghi degli imbarchi verso la Palestina per bloccarli. Per quale motivo, questa volta, avrebbero alzato il tiro fino ad azioni di sabotaggio così mirate e ripetute?», chiese Harzog.

«Mi sembra ovvio: questa volta c'è di mezzo il bersaglio grosso, il viaggio di Chaver, non di una persona qualsiasi».

«Quindi, se la posta è così alta, si sono presi qualche rischio pur di ostacolare Chaver stesso e, magari, per screditare questo Porto e farlo chiudere».

«È vero. Si sono presi il rischio di essere scoperti e quello di creare un grave incidente di percorso, come la morte di Yermi o l'arresto mio e di Isaia».

«Secondo me, fratello mio, quella Helein ha fatto qualcosa di odioso, ma ti ha dato una grossa mano».

«Una mano? Grossa? Ma se è scomparsa quando avrebbe potuto rivelare il volto del corruttore!»

«Pensaci bene. La signorina conosceva tutto sul viaggio, sulle caratteristiche del Campo dove si sono svolte le gare e, soprattutto, sui dettagli dell'andamento delle competizioni. I singoli atleti potevano essere al corrente di tutto questo?»

«No. Loro erano concentrati sugli incontri. Solo noi dirigenti del *kibbutz* potevamo sapere di tutte le gare ed essere al corrente dei particolari perché i responsabili dei Campi erano distribuiti sui terreni di gioco. Lo facevamo per controllare i membri dello *Sportklub Maccabi* di Santa Cesarea. Loro si occupavano dell'organizzazione e dello svolgimento di ciascuna gara, designavano gli arbitri e annotavano i risultati nei verbali. E noi, con discrezione, cercavamo di tenere d'occhio ogni cosa, mi sembra logico».

«Il colpevole potrebbe annidarsi tra i componenti dello *Sportklub Maccabi*? In fondo anche loro conoscevano i particolari delle gare…», obiettò il rabbino.

«Sì, ma ciascun componente si occupava di ogni singola competizione, non poteva avere il quadro generale delle gare».

«Potrebbe aver chiesto ai suoi colleghi».

«Non può aver fatto in tempo perché tutto ciò che ha inventato Helein si sarebbe svolto la sera stessa del nostro ritorno da Santa

Cesarea. E poi c'erano i particolari del viaggio, che solo qualcuno dei nostri poteva conoscere»

«È vero, è vero... sul viaggio sono d'accordo, e poi, hai ragione, quelli dello *Sportklub Maccabi* potevano avere solo poche conoscenze sull'andamento delle *Maccabiadi*, mentre voi dovevate avere sott'occhio tutto».

«Sì, e vagliare ogni cosa che si muoveva intorno alle gare», precisò Shimon.

«Perché?»

«Insomma, i controllori dello *Sportklub Maccabi* dovevano pur essere controllati. Potevano nascerne contrasti. E questi si evitavano solo se i dirigenti dei Campi discutevano insieme l'applicazione delle regole e i risultati di ogni gara, in modo che tutto fosse condiviso».

«Sai cosa significa questo, allora?»

«Cosa?»

«I capi dell'*Ojri* potrebbero aver visto giusto sospettando qualche dirigente dello stesso *kibbutz*... solo voi conoscevate ogni particolare. Qualcuno ha istruito bene Helein, per renderla più credibile nella denuncia».

«Alle *Maccabiadi*, nel Campo delle gare, c'eravamo tutti: Isaia, Jakob, Riki, Salomon e io».

Shimon sbiancò in volto.

Il rabbino gli sorrise: «Comincerei a togliere Isaia dal gruppo dei sospettati: conterraneo di Yermi, che lo conosceva bene e lo apprezzava».

«Jakob? È polacco anche lui, amico di Yermi da tempo».

«Sì, ma tempo fa si mormorava di qualche alterco tra i due, a causa dei bilanci e dei resoconti delle attività commerciali».

«Yermi per i numeri, per i calcoli, faceva confusione ma, alla fine, si fidava della abilità di Jakob con i numeri. Sì, c'è stato qualche problema tra di loro, ma lieve. E poi ci potrebbe essere un particolare che taglierebbe la testa al toro».

«Quale?»

«A meno che non abbia sempre mentito, Jakob non parla inglese!»

«E allora lui passa in secondo piano tra i sospettati. Anche se si può fingere di non conoscere una lingua straniera, per spacciarsi per qualcun altro», chiarì Harzog.

«Salomon? È l'ultimo arrivato nel gruppo dirigente... un tipo taciturno, ma che lavora bene», spiegò il giovane.

«Diffido dei taciturni. Spesso danno brutte sorprese. E quando meno te l'aspetti».

«Correva voce che con Yermi abbia avuto più di un litigio, quando si incontravano a Nardò e a Santa Maria al Bagno. Salomon avrebbe voluto entrare nel gruppo dirigente del nostro Campo già da tempo e, guarda caso, c'è arrivato dopo la morte di Yermi».

«È un indizio debole...».

«Uniscilo al fatto che, venendo dal campo profughi di Nardò, potrebbe aver saputo prima di tutti noi del passaggio di Chaver dal Porto...».

«Salomon un infiltrato inglese spacciatosi per ebreo cecoslovacco proveniente da Mauthausen?», obiettò perplesso Harzog, e aggiunse: «È vero che non possiamo trascurare nessuna ipotesi, ma questo mi sembra davvero troppo».

«Resta Riki, giornalista, abile a trafficare nei mercati rionali, irruento, a volte impulsivo, permaloso e pericoloso», disse il giovane.

«Ha combinato mai qualche guaio?»

«No».

«Sanguigno, deciso, un tipo dedito alla causa ebrea, dunque», sintetizzò il rabbino.

«Sì. A meno che non sia un atteggiamento di facciata, per nascondere la sua vera natura. Di questo non era sicuro neppure Yermi, che lo considerava un buon figlio, da tenere sotto controllo, ma volitivo».

«Ora che ci penso, sono sicuro che Isaia non c'entri per niente», fece Harzog.

«Perché?»

«È stato messo sotto accusa poco dopo che tu gli avevi chiesto di condividere con te il ruolo di capo del *kibbutz*. Chi sapeva di questa tua decisione?»

«Salomon, Riki e Jakob».

«Ci risiamo. Sempre loro tre».

«Ma, dei tre, è stato Riki a regalare le scarpe incriminate a Isaia».

«Sì... e lo stesso Riki potrebbe sostenere che non ne conosceva l'origine truffaldina, che le aveva barattate con quel ragazzo del Porto, come succedeva con merci e generi di prima necessità».

«Dunque Isaia sarebbe stato accusato a causa del ruolo che gli avevo affidato?»

«Forse. È possibile. Certo è che quel regalo delle scarpe gli ha fatto passare un brutto guaio. E meno male che è finita bene, per puro caso».

«C'è un altro indizio che fa sospettare i dirigenti», sottolineò Shimon.

«Quale?»

«Solo noi sapevamo che, quella mattina, Yermi sarebbe stato da solo, perché Andreas Vogart era impegnato negli allenamenti. E Yermi da solo, assorbito totalmente dalle operazioni di carico e scarico, difficilmente si sarebbe accorto degli atti di sabotaggio preparati».

«Quindi, torniamo a Salomon, Jakob e Riki!»

«Sì»

«Da dove viene Riki?», domandò il rabbino.

«Sappiamo che è stato inviato dall'Unrra nel nostro Campo. Lui sostiene di essere un ebreo austriaco. Che motivi poteva avere Yermi per non credergli?»

«Un po' poco per scagionarlo e un po' troppo per sospettarlo. Se non altro perché è proprio l'Unrra a inviare personale inglese nei Campi».

«Riki, Riki...», fece Shimon pensieroso, come a cercare di richiamare alla mente qualche ricordo sfuggito.

E aggiunse: «Il giorno in cui Yermi morì, Riki si era defilato. Disse di sapere dell'impedimento di Vogart nel dare una mano allo stesso Yermi, ma che non poteva aiutarlo perché tormentato dal mal di schiena».

«Può capitare a tutti un mal di schiena».

«Sì. Tuttavia, nonostante il forte dolore, non è andato dottor Maier in quei giorni, ma solo dopo».

«Indizi, solo indizi».

«E ce ne sarebbe un altro, a pensarci bene».

«Quale?»

«La sera prima della morte di Yermi, il comandante Hamlander ha notato l'insolita presenza di Riki nella Villa degli Americani».

«E ciò che significherebbe?»

«In quella villa c'è un tunnel che i militari americani usano per giungere inosservati sulla banchina del porto. Lo fanno quando vogliono muoversi in sicurezza. Riki potrebbe averlo attraversato quella sera per sabotare la barca di Cosimo col favore del buio», rispose Shimon, preoccupato di quanto stava emergendo dal collegamento dei fatti.

«E perché il comandante Hamlander, un americano, avrebbe smascherato o tradito un inglese, un alleato?»

«No, credo che Hamlander non c'entri nulla. Ha simpatia per i soldati di sua Maestà, è ovvio, comanda d'amore e d'accordo con loro. Ma questo dimostra che gli inglesi agiscono in autonomia, nelle azioni di ostacolo verso i movimenti di noi ebrei. Nonostante siano alleati degli americani», rispose Shimon.

Aggiunse: «Comunque credo che, per il resto, se la intendano. Hamlander cercò di mettermi fuori strada, quando gli parlai della morte di Yermi. Mi fece varie ipotesi sul colpevole, ma guarda caso, volontariamente o involontariamente, trascurò gli inglesi».

«Restiamo ancora con semplici indizi... e gli indizi potrebbero rivelarsi un pugno di mosche».

«Sul conto di Riki sono più d'uno».

«Ma non sempre più indizi fanno una prova».

«Ce ne sarebbe un altro... se volessimo».

«Quale?»

«Alcuni giorni fa, quando mi indicava il *ring* di pugilato posto sul piazzale tra il chiosco e l'osteria, vicino alla fontana, mi disse che era stato preparato dagli angloamericani tre anni fa. Come faceva a saperlo, se lui è arrivato qui da poco più di un mese, come noi?»

«Qualcuno potrebbe averglielo raccontato...».

«Ancora, è solo un indizio, ho capito. Questo lei pensa», l'interruppe Shimon.

«Servirebbe altro per accusarlo di essere una spia, di aver causato la morte di un uomo e di averne calunniati altri due».

«Per me sono indizi gravi. E ne sono preoccupato, ma determinato a smascherarlo, se è lui quello che cerchiamo».

«Sii prudente, fratello mio. Ricordati che sei solo. Anzi, tieni conto di ciò che ti dico: punta su Isaia, solo su Isaia. Di lui ti puoi fidare. Da soli non si va da nessuna parte», avvertì Harzog.

Il giovane gli sorrise per rassicurarlo. Lo ringraziò per le sue parole e per averlo ascoltato nella ricostruzione di quanto era accaduto in quei giorni travagliati.

In serata tornò in chiesa per le ultime prove.

I canti erano iniziati e si infilò tra i tenori, al fianco di Antonio.

Don Francesco disse a tutti: «Shimon farà da battitore libero: corista, organista, direttore del coro. Decideremo insieme a lui, secondo le necessità. L'importante è che tutto fili come deve filare».

I quattro violinisti apparivano a loro agio, padroni della scena. I coristi seguivano con attenzione le disposizioni del parroco.

Il direttore Becket, nel frattempo, era anche riuscito a far collaborare, nell'orchestra, tutti e cinque i giovanotti tricasini del "Complesso sud-ovest '46".

Maria non si emozionò.

Il suo Shimon e la fila dei tenori erano dietro quella delle soprano, e lei si limitava a lanciargli qualche sorriso girandosi di scatto.

Poco dopo, il giovane ebreo eseguì ancora una volta brani all'organo, compreso quello che aveva regalato al parroco per mano di Maria.

Buona parte dei coristi chiese a don Francesco e al maestro Becket di provare e riprovare.

L'ansia da prestazione cominciava a serpeggiare. Si provò e si riprovò. Quindi don Francesco, vista l'ora tarda, fermò tutto e tutti, si mise davanti all'altare e disse: «Non sapete che gioia mi avete dato in questi giorni, e ancor più oggi, in quest'ultima prova. Non conoscete bene il vostro valore. Siete perfetti!», disse per stemperare la tensione, ma era sincero.

Poi concluse: «Adesso andiamo tutti a riposare. Il sonno ci aiuterà, domani sarà un grande giorno», e applaudì facendo partire gli applausi di tutti per tutti.

Abbandonò la chiesa anche Shimon, ma lui con un pensiero felice in più: era stato a contatto a lungo con la musica, la sua musica, senza che gli fosse accaduto niente di strano.

XXIII

Il concerto

La mattina del concerto Shimon si precipitò nella Villa del Matrimonio.

Qualcuno dei suoi era venuto ancora a chiamarlo: si era accesa la luce rossa sulla porta della ricetrasmittente.

Era il segnale che i capi intendevano parlargli di nuovo, e in fretta.

Giunse di corsa, mise in funzione lo strumento e ascoltò esterrefatto quanto avevano deciso: i programmi preparati da giorni e giorni erano saltati perché il passaggio di Chaver dal Porto veniva anticipato di ventiquattro ore, vale a dire in quello stesso giorno.

Così, l'arrivo del misterioso personaggio politico e il concerto sarebbero maledettamente coincisi; avrebbero avuto luogo nella stessa serata!

Dilemmi insopportabili si affollavano ora nella sua mente, e doveva scegliere con rapidità: il capo *kibbutz* o il capo *klezmer*, il dovere patriottico o la promessa agli amici, la patria o l'amore?

Capì che la scelta era obbligata.

Avrebbe sfasciato in un colpo solo la ricetrasmittente, ma dominò la rabbia.

Gli avevano spiegato che quel repentino cambio di programma era dettato da motivi di sicurezza e che la decisione era irrevocabile.

La macchina organizzativa era già partita nella nuova direzione.

Una nave diversa, rispetto al piano precedente, avrebbe atteso Chaver al largo, in serata. Le condizioni del mare erano previste accettabili.

Era anche saltato l'appuntamento nel Canale del Rio.

L'ospite atteso e la sua scorta sarebbero scesi dal camion all'altezza della Rotonda. Confusi tra gli altri profughi, avrebbero percorso a piedi il lungomare e attraversato la banchina del porto fermandosi poco prima della Rena.

Lì era previsto l'incontro con Shimon, almeno questo l'avevano concordato. Così come si erano messi d'accordo che uno dei tre della scorta avrebbe portato a tracolla una piccola rete da pesca come segnale di riconoscimento. Infine, per la conferma della reciproca identità, un altro della scorta avrebbe pronunciato due parole convenzionali:*"Ben Bétar"*, e Shimon avrebbe risposto: *"Campo 39"*.

Avrebbero simulato un incontro casuale sulla banchina, come accadeva per i profughi in quel periodo. Si puntava sull'effetto sorpresa. E finalmente il giovane avrebbe scoperto l'identità di quella personalità che lo stimava. Se la spia fosse stata al corrente del piano iniziale, non avrebbe immaginato che si intendeva caricare l'illustre personaggio sotto il naso degli inglesi, vicino alla Villa del Comando.

Per Shimon la novità più dolorosa del nuovo piano era un'altra: gli arrivati non sarebbero saliti sulla grande imbarcazione che Yermi aveva caricato di ogni bene necessario e aveva nascosto nella grotta della Rena.

No. Si era deciso che anche questa fase dovesse cambiare.

Quel battello forse era stato scoperto ed era già sotto tiro.

Non si potevano correre rischi di alcun genere.

Sarebbero invece salpati da un punto qualsiasi della banchina e su un'imbarcazione comune, come quella di Cosimo, che nel frattempo era stata riparata. E senza azionare il motore, per non dare nell'occhio, lasciando intuire un tragitto breve.

Shimon ripensò al sacrificio di Yermi, che ora appariva inutile, alla sua solerzia nel ruolo guida, e si commosse.

Sì, la sua sorte crudele restava ancor più difficile da accettare.

Né lo poteva consolare il fatto che avrebbe finalmente visto in faccia il suo misterioso estimatore.

Tuttavia capì e giustificò: quanto era accaduto negli ultimi giorni, dalla morte dell'amico in poi, gettava dubbi sulla segretezza dell'intera operazione.

C'era ancora una spia da smascherare e, soprattutto, da rendere inoffensiva.

Andò alla ricerca di Isaia e lo trovò mentre ritirava il pasto alla mensa. Gli disse di tenersi pronto perché avrebbe avuto bisogno di lui verso l'imbrunire. Sul suo conto era d'accordo col rabbino. Di lui poteva fidarsi, ma del nuovo piano gli avrebbe parlato solo all'ultimo minuto, perché erano questi gli accordi presi con i capi, via radio.

Quanto alla sua partecipazione al concerto, ora ci sperava ben poco.

Quella strana coincidenza di impegni l'aveva reso taciturno.

Come giustificare la sua assenza?

Non avrebbe potuto dire la verità. Non dipendeva da lui.

L'avrebbero comunque scusato?

Ad ogni modo, da ebreo, aveva ben altro a cui pensare, in quella giornata. Tuttavia, con don Francesco intendeva parlare. Gli avrebbe detto di impedimenti gravi, indipendenti dalla sua volontà, e lui avrebbe capito.

Cosimo mise a disposizione la sua barca, come aveva fatto con Yermi altre volte. D'altra parte, i profughi pagavano e pagavano bene; il pescatore l'aveva già sperimentato. Tutto era prestabilito; ora bisognava solo pazientare e attendere l'imbrunire.

Più tardi Shimon, a passi lenti, si diresse verso la chiesa.

Erano trascorsi alcuni giorni da quando aveva preso l'impegno del concerto con don Francesco.

Aveva conosciuto Maria, se ne era innamorato.

Aveva percorso chilometri per portare fin lì i quattro violinisti, coinvolgendo nel coro anche Sara, per il suo bene, e la ragazza ne aveva avuto beneficio.

Aveva suscitato la gelosia di Antonio, era vero, ma si era ritrovato tra amici.

Ora stava andando a dire che, per lui, tutto era finito.

A scusarsi, a comunicare che non avrebbe potuto partecipare e che non poteva dirne i motivi.

Provava una sensazione rabbiosa di impotenza, ma si rendeva conto che il senso del dovere doveva prevalere.

Che cosa avrebbe pensato Maria?

Come l'avrebbero presa gli altri?

Solo il demonio poteva architettare una simile coincidenza: Chaver e il concerto, il concerto e Chaver. Ripensò con piacere al belzebù agonizzante sotto la lancia dell'Arcangelo Michele. Poi gli venne in mente l'accusa di Helein e lasciò perdere, ma subito dopo si ricordò della grande luce vista nella sinagoga, e ne sentì pieno il cuore.

Entrò in chiesa.

Non si girò a guardare verso l'abside e l'organo, perché non voleva indugiare sui sentimenti né compiacersi nel ricordo di quello che era stato.

S'infilò nella sacrestia.

Don Francesco se lo ritrovò davanti mentre recitava l'ufficio, com'era solito dopo mezzogiorno. Semmai era la presenza di Shimon a quell'ora a risultare insolita.

«Che ti succede? Hai una faccia!», gli disse il sacerdote.

«Don Francesco, questa serata sarà particolare».

«Lo so... il concerto... il monsignore. Lo sai che verrà tanta gente, anche dai paesi vicini?»

«No, non è per quello».

«E per cosa, allora? Noi ti aspettiamo, contiamo su di te».

«Lo so... vi ringrazio tutti... ma».

«Ma... cosa?»

«Non ci sarò, non ci sarò», ripetette con fare contrito.

«Non ci sarai!»

«Le giuro, le giuro sul cielo che vorrei esserci, partecipare con voi».

«Ehi, non giurare».

«Cosa vuole dire?»

«Non giurare. Il tuo parlare sia *"sì, sì"* oppure *"no, no"*, il di più viene dal Maligno! Lo ha detto Matteo», fece don Francesco.

«Cosa? Matteo... Matteo chi?», chiese Shimon.

«Oh, scusami... questa è roba nostra... non vostra», precisò il parroco.

«In che senso?»

«Visto che me lo chiedi, te lo spiego, ma solo per questo. È Matteo. Queste parole sono nel Vangelo di San Matteo, fanno parte del discorso della montagna che Gesù fece ai suoi discepoli e a una grande folla».

«Chi disse: *"Il vostro parlare sia 'sì, sì' oppure 'no, no', il di più viene dal Maligno?*», tornò a chiedere Shimon, in preda all'agitazione.

«Lo disse Gesù. Stiamo parlando del nuovo Testamento. Il patrimonio prezioso del popolo ebreo è il vecchio Testamento. Qui e ora ti sto parlando del nuovo», aggiunse don Francesco, scandendo le parole.

«Il nuovo Testamento... il Vangelo... Matteo apostolo...», ripeté Shimon, spalancando gli occhi.

«Che ti succede?»

«Niente, niente... Mio Dio! Adesso capisco. Certo, certo!», rispose il giovane, e sembrava essere lontano col pensiero.

«Capisci cosa?»

«Lui non è dei nostri, non può essere dei nostri! E se non è dei nostri...», concluse Shimon, stringendo i pugni.

Era un gesto di soddisfazione e di rabbia.

Il parroco non replicò perché comprese che il giovane non poteva dirgli di più e non insistette.

«Questa sera non potrò partecipare al concerto. Mi dispiace molto. Mi scusi, mi perdoni. Scusatemi, perdonatemi tutti. Lo dica agli altri... devo andare, ho fretta», concluse Shimon, e abbandonò la chiesa lasciando don Francesco di stucco.

Andò alla ricerca di Isaia, Jakob, Salomon e Andreas. Sarebbero stati indispensabili per quanto aveva in mente di fare.

Il problema era Riki Stern, ora ne era convinto. Ci vedeva finalmente chiaro.

Li rintracciò tutti e quattro, quando era pomeriggio inoltrato.

«Più tardi, abbiamo un compito da svolgere. Porteremo le armi, ma nascoste. Vi comunicherò i dettagli al momento opportuno. Adesso dobbiamo rintracciare Riki», fece Shimon.

I quattro non fecero storie perché non era la prima volta che il capo chiedeva il loro aiuto. E pensarono che la ricerca di Riki servisse per ricomporre il gruppo dirigente, ma non era affatto così.

Si separarono per cercarlo nelle ville più vicine, senza perdere tempo.

Si ritrovarono poco dopo sul lungomare con un nulla di fatto.
Sembrava sparito.

Il sole stava per calare e Shimon cominciò a essere impaziente.

«Ma quello non è Riki?», fece Isaia indicando il molo.

In lontananza, per la corporatura e il modo di camminare, quella figura sembrava l'amico cercato.

«È lui, è lui, andiamo sul molo», ordinò Shimon.

Incamminandosi, il giovane si chiedeva per quale premonizione perversa Riki si trovasse nel momento giusto e nel posto giusto: stava per arrivare Chaver con la scorta e da sopra il molo non poteva sfuggire nulla.

A maggior ragione si determinò ad agire.

Lo raggiunsero e Shimon l'avvicinò.

«Salve, amico! Come mai da queste parti? Ti cercavamo», disse.

«Mi piace guardare dall'alto quello che accade. Ho visto anche te, quassù, più di una volta».

«Ma perché oggi e a quest'ora?»

«È un caso. Non sapevo che fare, in attesa dell'inizio del concerto. Forse per scaricare la tensione mi è venuto di cercare la solitudine».

«Ne sei certo?», chiese Shimon, con tono minaccioso.

«Lo giuro...».

«Eh no! Adesso sono io a rimproverarti: non giurare, devi dire *"sì"*, *"sì"* oppure *"no"*, *"no"*, il di più viene dal Maligno!»

«Sì, è vero, hai ragione», rispose quello.

Il tono era insolitamente remissivo per la sua natura collerica, manifestata in altre occasioni.

«*"Il di più appartiene al Maligno"*, lo dice Matteo. Lo ha scritto san Matteo, il discepolo di Gesù, nel suo Vangelo, che tu dimostri di conoscere bene. Con questa frase mi hai rimproverato in diverse occasioni, lo fai da tempo. Ricordi?»

Gli altri quattro s'erano fatti vicini, ma non riuscivano a comprendere il significato di quel dialogo.

«Sì, lo ricordo. E questo ti può aver offeso?»

«No. Ma un ebreo non conosce i vangeli, non li può conoscere, non li deve conoscere!», replicò con durezza Shimon.

Quello cominciò a guardarsi intorno, preoccupato, mentre gli altri si avvicinarono ancora di più.

«Mah, è un mio modo di dire. Non so da chi l'ho imparato, ma che c'entrano i vangeli?», tentò di spiegare Riki.

«I modi di dire, come tu li chiami, uno li impara dall'ambiente in cui vive».

«Appunto…».

«Appunto un accidenti! Tu hai vissuto con noi solo negli ultimi tempi».

«Sì, al Porto… mi ha mandato qui l'Unrra», balbettò Riki.

«Il tuo modo di dire viene da lontano. Tu non sei dei nostri, tu non sei ebreo», replicò Shimon puntandogli l'indice.

«Ma cosa dici? Non è vero!», esclamò quello, in un estremo tentativo di difesa.

Meccanicamente portò la mano destra alla tasca.

Shimon si ricordò della pistola che l'altro portava nei pantaloni quando era andato in chiesa con l'intenzione di *"far cantare"* don Francesco, ma non si fermò.

«Tu sei un protestante. I protestanti conoscono i vangeli. Tu sei un protestante. Anzi, tu sei un inglese, sei l'inglese che cerchiamo! La spia che cerchiamo», gli gridò in faccia Shimon.

Gli altri finalmente capirono.

«Non è vero, non è vero. Dov'è finita la nostra amicizia?», urlò quello a sua volta.

«Hai sabotato la barca passando attraverso il tunnel degli americani… e Yermi è morto per colpa tua; hai cercato di far arrestare Isaia…», incalzò Shimon.

«Non è vero. Tu mi accusi ingiustamente!», continuò a gridare quello, guardando dietro di sé, verso la Villa del Comando, come se da lì sperasse in qualche aiuto.

«E poi hai tentato di incastrarmi con Helein, che ti ha riconosciuto», bluffò Shimon. E aggiunse, ad alta voce: «Sì, l'abbiamo rintracciata, abbiamo mostrato alla ragazza alcune fotografie, molte fotografie, ed Helein ti ha riconosciuto. Sei stato tu a corromperla, per inventare quella storia con cui volevi togliermi di mezzo».

Qualcuno intanto si era affacciato dalle finestre del primo piano della Villa del Comando, attirato dalle grida.

«Helein... quella puttana! Maledetta», inveì quello, mentre tentava di arretrare per sottrarsi all'ira di Shimon, spalleggiato dagli altri.

Si fermò.

Il molo era finito e oltre, molto in basso, c'era solo il mare.

Davanti a sé, i quattro gli bloccavano l'unica via di fuga.

Si sentì perduto.

«Helein ti ha smascherato!», ripeté Shimon, «e ora avrai la punizione che ti meriti. Vieni con noi!»

«Ma... non volevo che Yermi morisse. È stato un incidente», ammise quello, cadendo nel tranello.

«Ne sei comunque responsabile, e ora pagherai per tutto», gridò Shimon.

Andreas tirò fuori la pistola.

Riki si vide anticipato e temporeggiò nel prendere la sua.

Capì che una possibilità di fuga era il mare: gettarsi in acqua e raggiungere a nuoto la Villa del Comando approfittando delle ombre della sera che stavano calando. Lì sarebbe stato al sicuro e aveva già intravisto qualcuno uscire dal cancello della villa e incamminarsi sulla banchina.

Fu un attimo.

Gli sguardi disperati verso quella direzione e, nello stesso tempo, il tentativo di tenere a bada i quattro lo tradirono.

Mise un piede sul bordo del molo e perse l'equilibrio.

Non gli riuscì l'estremo tentativo di lanciarsi verso l'acqua e dall'alto cadde rovinosamente su una bitta in pietra dove i pescatori avvolgevano le gomene.

Restò esanime sulla banchina.

Un piccolo rivolo di sangue scorreva dalla sua bocca.

Pochi istanti dopo arrivarono i militari che erano usciti dalla Villa del Comando, allarmati dal trambusto.

Non poterono fare altro che constatarne la morte: frattura della base cranica, come per Yermi. Qualcuno andò affannosamente a cercare il medico del Campo.

Shimon era riuscito dove altri non avevano potuto o voluto.

La spia era stata smascherata, ma lui provò una grande tristezza per l'epilogo tragico dell'intera vicenda. Ne rimase scosso.

Guardò verso gli altri tre, scuotendo la testa.

Non potevano fare nulla perché tutto era accaduto troppo velocemente.

Il sole calava.

Mentre abbandonavano il molo, videro quattro persone camminare sulla parte opposta della banchina. Una di esse portava a tracolla una piccola rete: era il segnale.

Il momento importante era giunto e Shimon invitò gli altri a seguirlo lasciando il traditore al suo destino.

Nello stesso tempo si rese conto che la scena si stava presentando nella maniera propizia. I militari e il medico rimanevano impegnati sul luogo dell'incidente e, soprattutto, le barche ancorate nascondevano ai loro sguardi gran parte della banchina, quella di accesso al bacino del porto, là dove sarebbero transitati Chaver e la scorta.

Shimon e i suoi amici scesero dal molo al riparo da occhi indiscreti e raggiunsero i quattro.

Le parole d'ordine furono pronunciate ed erano quelle giuste, ma per il giovane non ce ne sarebbe stato bisogno perché gli fu sufficiente guardare finalmente in faccia quell'ospite misterioso.

«Lei? Lei qui? Chi l'avrebbe immaginato che si trattava di lei», esclamò verso Chaver.

«Caro amico, come stai? È proprio il caso di chiedertelo».

«Lei... il medico di famiglia di Pinsk; mia madre sarebbe contenta di salutarla».

«Anch'io... Vuol dire che lo farai tu a mio nome».

«Perché questo viaggio repentino in Palestina?»

«Me l'ha chiesto Moshe Sharett che è rimasto nel campo di Santa Maria di Leuca. Insieme collaboriamo con Ben Gurion. Ma tu, come stai?», tornò a chiedergli.

«Bene. In verità potrei dirle molte cose, ma sarebbe un discorso troppo lungo», aggiunse.

«Avremo tempo per farlo, in un altro momento e in un altro luogo, in Palestina. Noi contiamo su di te», replicò Chaver tendendogli la mano.

Il giovane gliela strinse forte, senza parlare.

Gli altri si abbracciarono furtivamente e si avviarono verso la barca di Cosimo ancorata nei pressi. Shimon aveva fatto montare dal pescatore anche la grande cabina utilizzata nelle giornate di pioggia. Ora sarebbe servita per nascondere l'ospite e la scorta alla vista degli altri.

Il muscoloso Andreas si mise ai remi mentre Salomon gli stava vicino, seduto su uno dei banchi. I tre della scorta, fisicamente prestanti, nascondevano a stento le armi sotto i giacconi. Si sedettero nel fondo della cabina circondando Chaver e fecero altrettanto Shimon, Jakob e Isaia.

In quel modo, con un rematore e un passeggero visibile a bordo, il barcone attraversò lentamente l'intero bacino e abbandonò il porto.

Chiunque l'avrebbe scambiato per una delle imbarcazioni da diporto che ogni tanto portavano in giro americani o inglesi.

Magari all'imbrunire era poco consueto, ma certamente possibile. E poi gli occhi di tutti erano distratti dalla sorte di Riki Stern.

La campana della chiesa suonò, e Shimon ebbe un moto di stizza.

Una volta al largo, tutti furono preda di una strana euforia.

Era come se sentissero la necessità di scaricare la tensione accumulata nel timore di essere scoperti. Coloro che stavano accompagnando Chaver, in particolare Shimon, sentivano il peso della responsabilità nel caso qualcosa fosse andato storto. Invece stavano abbandonando il porto senza problemi.

Sembrava che i contrattempi dei giorni precedenti fossero stati ricompensati da una sorte divenuta propizia.

La brezza dell'imbrunire e l'incedere largo delle onde preannunciarono a tutti una serata tranquilla, al contrario delle previsioni.

Shimon affiancò Andreas sul banco del vogatore e afferrò uno dei due remi per accelerare il ritmo e la forza delle vogate.

Non aveva perso del tutto la speranza di partecipare al concerto.

Quando ebbero percorso un miglio verso est, al largo dell'"isola" incrociarono l'imbarcazione che li attendeva.

Fu calata la scaletta per il trasbordo e ci fu un abbraccio fugace fra tutti, con l'impegno a ritrovarsi nella Terra Promessa.

Qualcuno accennò un canto, un altro cercò di seguirlo ma la fretta che i marinai della nave misero nell'operazione fece spegnere quelle voci.

Quando tutto fu compiuto, l'imbarcazione riprese il largo, in direzione di Corfù.

La barca di Cosimo beccheggiò per pochi minuti, a controllare, fino alla fine, il trasferimento dell'ospite.

Shimon non resse oltre.

Fece mettere ai remi Isaia e Salomon e impose ritmi incalzanti.

Dopo poche centinaia di metri dette loro il cambio insieme ad Andreas.

Tornarono nel porto quando non c'era traccia dei militari né di Riki.

Attraccati alla banchina, Shimon vi saltò d'un balzo.

Diede disposizioni agli altri per ancorare la barca, ringraziò, salutò e si dileguò.

Giunse nei pressi della chiesa quando era sera inoltrata ed entrò dalla porta laterale che conosceva. Non l'aveva mai vista così piena di gente e cercò di capire a che punto fosse la cerimonia.

Scorse i componenti del coro ancora seduti e Maria che parlottava nell'orecchio di Rocco.

Gli orchestrali avevano gli strumenti in pausa.

Il cuore gli batteva forte per la corsa ed era sudato.

Sorrise.

Aveva capito di essere giunto in tempo.

Don Francesco s'illuminò quando s'accorse di lui; Maria non credeva ai suoi occhi e anche gli altri, quasi tutti, ne furono contenti.

Tra le ali della folla in piedi, intravide il monsignore in pompa magna, vestito dei paramenti sacri. Abbandonava l'altare e si dirigeva verso la sacrestia.

Aveva appena terminato di celebrare la messa. Sopra l'amitto che gli copriva il collo, indossava la pianeta e la croce pettorale in metallo appesa a un cordiglio. Sulla testa, la mitria sembrava imponente. All'anulare destro portava un anello e, con la mano sinistra, impugnava il bastone pastorale.

Erano i segni dell'autorità religiosa, ma anche del ruolo di guida per il popolo dei credenti. Scomparve nella sacrestia tra bianchi chierichetti.

Don Francesco, compiaciuto, guardava e riguardava il pubblico.

Oltre le famiglie del Porto quasi al completo, era presente buona parte dei proprietari delle ville. Costoro erano arrivati direttamente in chiesa per rendere omaggio a monsignore, ma nessuno aveva voluto passare dalle proprie case né tanto meno entrarvi. Il parroco l'aveva saputo.

Il sindaco era in prima fila e, al suo fianco, aveva il viceparroco della Città, al posto dell'anziano titolare.

Tra costui e il monsignore c'erano stima e collaborazione, ma li divideva un diverso carattere: sorridente e spesso disponibile alla battuta il vescovo, di poche parole l'altro.

Prima della celebrazione, don Francesco aveva detto: «Salutiamo e ringraziamo il Delegato Apostolico dell'Australasia monsignor Giovanni Panico, vanto della nostra Chiesa. Egli ha avuto il merito di avviare questa nostra parrocchia, oltre vent'anni fa, prima di essere chiamato a più gravosi compiti». E aveva proseguito: «Condivide con noi non solo le origini e la fede, ma anche il carattere ospitale verso i profughi che la guerra ha portato qui. Difatti anche la sua casa è stata messa a disposizione di questi fratelli più sfortunati».

Lo aveva detto per spirito di carità cristiana e con l'intento di conciliare i malumori dei proprietari. Da parte sua monsignor Panico, prima della benedizione finale, aveva fatto un breve discorso.

«Nel mio lungo peregrinare nel mondo, in nome della nostra comune fede nel Signore, porto sempre nel cuore questa mia piccola patria, porto sempre nel cuore voi», disse.

E aggiunse: «Alla fine del compito che mi ha dato la Chiesa, vorrei portare un poco di bene al mio paese, a tutti voi, in particolare ai giovani e ai sofferenti. Se il Signore mi aiuterà, ci riuscirò». Non aveva aggiunto altro.

Mentre il vescovo toglieva i paramenti nella sacrestia, don Francesco riprese la parola.

«Adesso, uniti nella preghiera, aspettiamo che l'Eccellenza si cambi d'abito», disse, e proseguì: «Egli è segno del riscatto della nostra terra, posta ai confini d'Italia. Per questo vogliamo dedicargli il concerto che tra breve seguirà, e mi è gradito comunicare che, a questa iniziativa, hanno collaborato anche alcuni amici profughi», concluse.

Ci fu un diffuso brusio, ma non si capì se di consenso o di dissenso.

Nel frattempo il monsignore era tornato nella navata gremita; indossava il vestito comune del vescovo, l'abito talare di colore nero, filettato in paonazzo, con bottoni di colore del filetto e ai fianchi cingeva la fascia viola. Dello stesso colore erano anche la mozzetta poggiata sulle spalle e lo zucchetto sul capo.

Per quella occasione aveva evitato il *clergyman* che, con discrezione, si era concesso nel giorno precedente. La sua gente non era preparata a simili novità. Non l'avrebbe capito e forse neppure accettato. Era abituata a concepire l'abito talare come segno esteriore di distacco del religioso dal mondo. Il vescovo lo aveva deciso come segno di rispetto verso di loro.

Sedette in prima fila tra gli applausi, al fianco di don Francesco e del sindaco. A lato c'erano anche il comandante di Brigata della Guardia di Finanza del Porto e alcuni assessori comunali.

A quel punto, con un cenno della mano il parroco chiamò a sé Shimon, gli consegnò gli spartiti e gli indicò che il suo posto era all'organo.

Il giovane accettò, inorgoglito, mentre lui si mise davanti al coro, per dirigerlo, quindi dette il segnale e il concerto ebbe inizio.

Rocco e gli orchestrali non distoglievano lo sguardo dal maestro Becket. Maria, ogni tanto, si distraeva per guardare nella direzione dell'organo e per seguire, ammirata, i movimenti del suo Shimon.

Nella navata tutti rispettarono il silenzio e ciascuno poté cogliere ogni nota introduttiva dell'organo e dell'oboe.

Seguirono il coro e l'orchestra, in un crescendo armonioso. C'era chi si meravigliava e chi non riusciva a trattenere l'applauso prima che ciascun brano fosse terminato. I testi erano tratti dai salmi, tranne il pezzo composto da Shimon.

Quindi il parroco lasciò a Becket anche la guida del coro e si sedette accanto al vescovo, che non si attendeva una simile accoglienza.

Nelle cerimonie di Sydney aveva sperimentato la perizia di gruppi musicali organizzati, specie nelle occasioni solenni, ma non s'aspettava il livello delle interpretazioni che stava ascoltando e, per giunta, da parte di un gruppo di recente costituzione.

Alla sua destra aveva don Francesco che poggiava la mano sul bracciolo della sedia. Gliela strinse sorridendogli.

«Straordinario, straordinario...», gli mormorò.

«A gloria del Signore!», fece il parroco.

«Sempre sia gloria a Lui!», disse di rimando il vescovo.

Monsignor Panico fu acclamato e dovette più volte alzarsi per ringraziare i presenti, applaudendoli a sua volta. Si sentì a casa, tra amici, lontano mille miglia dagli impegni australiani e dalle amarezze provate a Sydney.

Ci sarebbe tornato, rigenerato nel corpo e nello spirito da quel viaggio nella marina, come i mille profughi.

Ci fu una pausa e il vescovo volle ringraziare personalmente, uno per uno, i coristi e gli orchestrali, preannunciando che avrebbe fatto altrettanto con tutti i presenti, alla fine, congedandoli sulla soglia della chiesa.

«Ma, Eccellenza, questa è solo una pausa, il concerto non è terminato», fece don Francesco, e preannunciò un finale composto da due duetti: uno tra Antonio e Maria e l'altro tra Maria e Shimon.

Alla notizia, Maria parve frastornata, e non solo perché il duetto con Antonio non lo faceva da tempo. Guardò perplessa nella direzione di Shimon, lui le fece un cenno di incoraggiamento e così tornò serena.

Il sacerdote non aveva avuto quell'idea per ridare fuoco alla gelosia dei due giovani, perché lui lo considerava ormai spento a favore di Shimon. Piuttosto intendeva far comprendere che i rapporti privati dovevano rimanere distinti da quelli all'interno del coro.

Anzi, il coro doveva essere l'occasione per rafforzare ogni amicizia. Pertanto, se il duetto tra Maria e Antonio c'era da tempo, doveva continuare. Se poi il duetto con Shimon aveva fatto faville nelle prove, come era vero, a maggior ragione doveva esserci anche quello. Era il *"Insieme a te partirò"* composto dal giovane ebreo, il capo *klezmer*.

Fu il brano conclusivo del concerto.

«Il *"pezzo forte"* va servito alla fine per sollecitare l'ovazione conclusiva», diceva spesso don Francesco.

Se Antonio e Maria avevano cantato rimanendo distanti, il duetto tra Maria e Shimon trasmetteva la magia della musica solo a vederli insieme, non appena iniziarono a cantare.

L'introduzione fu un breve monologo dell'oboe col sottofondo dell'organo. Seguirono i due assolo della voce melodiosa della ragazza e poi di quella potente del giovane, intervallati dal ritornello dell'organo.

Nella seconda metà del brano cantarono invece con l'accompagnamento del coro. Nella parte finale i due tennero l'acuto insieme e Shimon, catturato dall'interpretazione, lo tenne più a lungo di Maria, fino all'estremo fiato che aveva in corpo. Tanto che l'ovazione finale partì ben prima che il giovane cantasse l'ultima nota, che fu coperta dagli applausi.

Tutti erano in piedi, tra battimani e grida di soddisfazione.

Gli sguardi generali erano sul vescovo, che voleva incontrare le famiglie presenti. Don Francesco, lasciato l'organo, lo seguiva passo per passo.

Gli orchestrali avevano poggiato gli strumenti e si accingevano a scambiare qualche parola anch'essi col monsignore, mentre il coro aveva rotto le fila per i medesimi motivi. Maria e Shimon avevano finito di cantare nello stesso istante in cui nella chiesa iniziava un grande movimento tra saluti, sorrisi e profumo d'incenso.

I due giovani si erano presi per mano.

Rimasero vicini, contenti, quasi inebriati di felicità per l'esito del concerto e per i sorrisi che continuavano a scambiarsi.

Lui non poteva crederci.

Aveva partecipato all'intero concerto senza che gli fosse accaduto nulla.

Ma all'improvviso si sentì mancare.

Tirò a sé la mano di Maria.

Lei lo vide scivolare sul suo seno e ne accompagnò il corpo esanime portandolo tra le sue braccia mentre si sedeva sulla pedana del coro.

La ragazza sembrò terrorizzata.

Don Francesco era lontano.

Lei iniziò ad accarezzarlo nella speranza che si riprendesse, ma quello rimaneva inerte e la disperazione della donna aumentava. Si guardava intorno confusa, in difficoltà. Continuava a toccargli il volto, a riavviargli i capelli, ad asciugargli la fronte sudata. Da un lato avrebbe voluto aiuto, dall'altro voleva proteggerlo e non far notare l'accaduto.

Nel trambusto ben pochi se ne accorsero. Solo Antonio e il dottor Alfonso del coro, notarono i due sulla pedana e rimasero loro vicini.

Il medico, che l'aveva già visitato pochi giorni prima, gli dette un rapido sguardo e non ebbe dubbi. «Ha voluto tenere troppo a lungo l'acuto e ha avuto una reazione vagale. Il ritmo del cuore ha rallentato e c'è stato un calo di pressione. Non è niente, tra poco si riprenderà», disse sicuro di sé. Dal canto suo Antonio osservò la scena e non parlò.

Maria invece era stravolta.

In un istante le tornarono alla mente gli altri due episodi in cui lui, nella stessa chiesa, aveva avuto un mancamento. I timori, nella giovane donna stavano prendendo il sopravvento sulla speranza, anzi sulla certezza, che il medico, poco prima, aveva espresso.

Intorno a loro l'atmosfera della festa continuava.

Lo strinse a sé mentre i suoi occhi diventavano lucidi.
Poi accadde qualcosa.
All'improvviso la mano di Shimon, si mosse e si allungò fino a toccare quella di Maria. La ragazza spalancò gli occhi e lo guardò.
Il giovane si stava riprendendo e lei gli diede un bacio sulla fronte.
Sorrise di una gioia infinita. Gli occhi erano pieni di luce.
«Il dottore ha detto che hai avuto solo un calo di pressione, per lo sforzo finale nel canto», aggiunse, sicura.
Lui sorrise con fatica, e tra le braccia di Maria si sentì al sicuro.
In un attimo, nella mente del giovane ritornarono tre circostanze: le repentine "mancanze" durante i concerti a Pinsk, lo scampato pericolo Helein e il sogno premonitore con quella voce possente che l'ammoniva.
Pensò: *"Aveva ragione don Francesco a dire che non siamo soli. Chissà chi è il mio angelo custode... forse l'Arcangelo Michele, come lo è di tutti noi, di tutta la mia gente. Ma ora mi basta Maria"*, e si sollevò sedendosi sulla pedana del coro.
Mise il braccio sulle spalle della ragazza mentre il dottore e Antonio si allontanavano verso il gruppo di chi si complimentava, sorrideva e salutava.
Monsignor Panico e il parroco rimanevano al centro della scena.
Quindi pian piano la chiesa iniziò a svuotarsi, nel generale convincimento di aver partecipato a una serata speciale. Don Francesco accompagnò monsignore fino all'autovettura che l'avrebbe riportato in Città.
Al rientro in chiesa non trovò più nessuno, neppure Shimon e Maria.
I due ragazzi s'erano allontanati insieme.
Avevano molto da raccontarsi, finalmente.
Lui aveva smascherato la spia del *kibbutz* e saldato il conto che, in cuor suo, teneva aperto con la memoria di Yermi, non per vendetta ma per giustizia.
Lei non aveva più l'ansia di preparare i canti del concerto e Rocco aveva capito di doverli lasciare soli. Rimase col resto del coro che, alla spicciolata, si diresse verso il lungomare. Però li seguì con lo

sguardo, a distanza, perché l'ora s'era fatta tarda e, prima o poi, Maria l'avrebbe cercato per rientrare insieme a casa.

Mano nella mano, i due giovani giunsero nei pressi della fontana.

Si fermarono a guardarla, con aria di complicità, sorridendosi.

Quindi proseguirono sul lungomare, avvolti da una tenue nebbia mentre la luce della luna li rischiarava appena.

XXIV

La patria e l'amore

I giorni che seguirono furono meno frenetici per Shimon e Maria, ma non favorirono i loro incontri. Le occasioni offerte dalla preparazione del concerto si erano esaurite e il giovane aveva preso a frequentare con assiduità la sinagoga. Maria collaborò sempre più con la madre nella gestione della casa e cominciò a pensare a quanto don Francesco le diceva negli ultimi tempi.

«Tu e Rocco dovete proseguire gli studi musicali, dovete coltivare le vostre doti. I talenti che il Signore vi ha dato non vanno sprecati. Sarebbe un peccato. Capisco le difficoltà, immagino gli impegni familiari, ma parlane con i tuoi genitori. Magari falli venire da me», le aveva detto. Aveva anche aggiunto che a Lecce, a poco più di cinquanta chilometri, c'era un Conservatorio musicale.

Maria ne parlò in casa, ma il padre sembrò assorbito dal lavoro e la invitò a vedersela con la madre. Quella prese tempo nel risponderle perché, da un lato aveva bisogno della figlia in casa e dall'altro non intendeva frenarne gli entusiasmi. In fondo, ogni genitore per i figli desidera un futuro migliore del presente. Le opportunità della Città sarebbero state maggiori.

«Figlia mia, vedremo. Siamo nelle mani del Signore. Speriamo che don Francesco abbia qualche idea su come fare», le rispose.

Maria continuò a prendere l'acqua alla fontana, ogni mattina e alla stessa ora, più o meno. Erano questi gli accordi con Shimon per vedersi, ma il giovane non sempre riuscì a rispettarli e la ragazza se ne crucciò. Glielo disse.

«Maria, amore mio, il Signore sa quanto desidero stare con te. Guidare settecento persone non è cosa da poco. Mi farò venire qualche idea», le replicò con tono di chi chiedeva comprensione. Lei gli rispose con un sorriso abbozzato.

Forse era troppo giovane per capire il daffare di un capo *kibbutz*.

Un giorno se lo ritrovò in casa sua.

«Cerco Cosimo, per ringraziarlo della barca e per saldare le spese», disse alla moglie del pescatore.

«Mio marito è per mare, non è ancora rientrato», rispose la donna.

Vide Maria impegnata a impastare la farina sul tavolo, in una stanza vicina all'ingresso.

La ragazza gli lanciò uno sguardo furtivo e continuò nel suo lavoro versando acqua sull'impasto. Pensò che, in definitiva, il giovane era lì come capo degli ebrei, e non per lei. Ma si sbagliava. "*Così sono le donne, un poco permalose. Lo fanno per farsi cercare, per farsi corteggiare*", riflettè il giovane ebreo, che ne aveva intuito il pensiero.

«Volevo sapere da Cosimo la spesa… Peccato che non ci sia», indugiò, continuando a guardare intorno e, ancor più la signora, che sembrava appesantita. Pensò che tutto fosse dovuto all'età o a problemi di salute.

Poco distante da Maria notò un camino. Era come quello della villa dove abitava: dal suo interno cadeva una catena, sostenuta in alto da un'asse di legno e in basso agganciata a una pentola sospesa su un cumulo di legna in attesa di essere accesa. Capì che tutto era pronto per la cottura del pranzo e quell'asse mobile, collegata alla muratura, serviva per orientare la pentola che conteneva il cibo da cuocere. Nella sua villa un simile scenario era bloccato perché i loro pasti venivano ritirati dalle mense ebree comuni. C'erano catena, asse e pentola, quello sì, ma il camino non era attivo.

«Prima non avevate preso accordi per la spesa?», domandò la signora

«No, ma non è importante… Magari torno», replicò distrattamente quello, continuando a guardare Maria e l'interno della casa.

Accanto a quel camino c'era un recipiente di creta dov'erano ammassati indumenti e, poggiata trasversalmente sui suoi bordi, una tavola di legno dai contorni irregolari e sulla quale era posato un pezzo di sapone. Lui si ricordò che anche sua madre, in casa, preparava le stesse cose: servivano per il bucato che, al momento opportuno della giornata, avrebbe fatto. Tutto ciò che vide gli suggerì un'atmosfera familiare.

«È un ambiente accogliente, questo…».

«È una piccola casa, e sarà ancora più piccola tra pochi mesi», replicò la donna, senza spiegare il motivo di quel giudizio così netto.

«Come volete fare, signora? Vengo un'altra volta?»

«Non so cosa dire».

«Facciamo così. Mi ricordavo dei soldi versati dal mio amico Yermi per l'affitto della barca, l'altra volta, e avevo pensato a una certa somma. Eccola», aggiunse lui, mettendo il denaro tra le mani della signora.

«Mah, io non so…», fece quella con imbarazzo.

«Grazie ancora, glielo dica a Cosimo. Certo avrei potuto cercarlo sulla banchina…», continuò distogliendo lo sguardo dalla donna e indirizzandolo verso Maria, che nel frattempo s'era girata a osservarli, «ma forse avrei fatto tardi a pagare… a saldare il conto, voglio dire», concluse.

Maria finalmente capì.

Comprese che lui cercava ogni occasione per vederla e la felicità tornò a illuminare i suoi occhi.

Il mattino seguente il giovane attese la ragazza al solito posto.

Le rubò la *quartara*, prima che potesse riempirla, la prese sottobraccio e le disse: «Vieni, per l'acqua c'è tempo».

«Dove andiamo?»

«Nella villa dove abito. Una persona ti vuole vedere».

Lei lo seguì e conobbe la madre dell'ebreo.

«Shimon ha ragione, sei una bella ragazza», esordì la donna.

Aggiunse: «Ora capisco mio figlio, quando qualche volta aveva poca fame o non dormiva».

Lui sorrise imbarazzato, mentre Maria lo guardava con dolcezza.

«So che vuoi bene a mio figlio e che sei una donna in gamba», disse ancora.

«Lui si fa voler bene. E questo è anche merito di chi l'ha cresciuto», osservò la ragazza.

«Figlia mia, un amore che nasce in tempo di guerra è un segno di speranza. Ma la guerra non è ancora finita, e noi siamo gente senza patria».

La ragazza non ebbe esitazioni ed esclamò: «Per me Shimon è tutto».

«Anche se lui dovesse appartenere a una terra lontana?», chiese la donna.

Sorrise verso il giovane, e poi verso la madre. «Sì!» E si abbracciarono.

Poi Shimon indicò a Maria il recipiente dell'acqua, e tornarono alla fontana.

Qualche settimane dopo, il 23 marzo, la Giunta comunale della Città decise all'unanimità di conferire la cittadinanza onoraria al dottor Friedrich Maier e al Comandante Karl Hamlander di Magnus, per meriti professionali e umanitari, così come aveva proposto la Conferenza di San Vincenzo.

Shimon, accompagnato da un gruppo dei suoi, andò in municipio a felicitarsi con i due a nome del *kibbutz*. Con Hamlander ci fu freddezza, ma era la ruggine che permeava i rapporti tra ebrei e inglesi, e che sfiorava lo stesso comandante.

Quella ruggine rimase, tanto che nel dicembre successivo, in segno di protesta, la bandiera dell'*Irgun Zwai Leumì*, l'organizzazione nazionale militare ebraica, fu esposta, alla stessa ora, sugli edifici più alti di tutti i Campi del Salento. Fu un gesto clamoroso.

Si era a fine 1946 e l'embrione del nascente Stato d'Israele proseguiva la sua crescita.

Ben presto se ne accorse anche Shimon.

«Fai i preparativi, perché corre voce che vogliono convocare in Palestina i capi dei *kibbutz*», gli disse Isaia.

Il giovane rimase turbato.

Capiva che l'amor patrio lo reclamava, ma l'impegno preso con Maria era serio, e non intendeva tradirlo. Negli ultimi mesi era riuscito a vedersi anche nei pomeriggi, sul lungomare, e il legame s'era fatto più forte. Le perplessità dei suoi compagni sul rapporto affettivo con una ragazza del luogo parevano superate. Lui aveva fatto sapere che sarebbe andato in Palestina con lei e che Maria era d'accordo. Di più: la ragazza era di probabili origini ebree così come suggeriva il cognome della nonna paterna.

«Chi ti ha confidato la notizia di una simile convocazione?», chiese, di rimando, a Isaia.

«Ne parlano gli ebrei degli altri Campi. E la nostra gente ne discuteva al mercato».

Shimon si affrettò a chiedere conferma all'*Ojri* con la radio.

Era proprio così.

Cosa fare, ora? Come dirlo a Maria?

Certo, lei voleva seguirlo, ma come gestire l'accelerazione degli eventi?

Per giunta, in quel periodo, la ragazza era presa da una novità familiare emersa nell'aprile precedente e della quale aveva messo al corrente da poco tempo Shimon: la madre era in attesa del terzo figlio. Quindici anni dopo la nascita di Rocco.

«Non ce l'aspettavamo, tuo padre e io, ma un figlio è sempre un dono del Signore», le aveva confidato la donna. Aveva portato avanti la gravidanza, pur timorosa di ciò che poteva accadere, per via dell'età. L'aveva accettata con preoccupazione, ma fiduciosa nell'aiuto del cielo.

Così aveva detto. E contava su Maria.

Shimon decise che gliene avrebbe parlato il giorno seguente.

Quella mattina l'acqua sarebbe arrivata tardi a destinazione.

Maria giunse puntuale, ma il sorriso le si affievolì sul volto quando vide lui pensieroso.

Lo fissò e lo prese sottobraccio.

«Che ti succede?», gli disse d'un fiato.

«Come sta tua madre?», tergiversò lui.

Non sapeva come affrontare l'argomento e aveva deciso di far parlare la ragazza.

Poi, qualche idea gli sarebbe venuta.

«Sei preoccupato per lei?»

«No. La madre è il centro della famiglia e se in casa c'è serenità è un bene per tutti, a cominciare da te».

«La mamma. Che forza! Vorrei essere anch'io come lei».

«Sei già sulla buona strada, se hai deciso di venire in Palestina con me».

«Sì, è vero. Ma quando?»

Il giovane capì che era giunto il momento.

«Tra pochi mesi, forse a febbraio del prossimo anno il Campo potrebbe chiudere. Il mio popolo ha fretta di riunirsi, e bisogna liberare le ville».

«Vuoi dire che potresti andare via presto? E noi che facciamo?», chiese preoccupata.

«Noi saremo sempre insieme», la rassicurò.

«Sì, ma ora che succede? Voglio venire con te. Come facciamo a partire insieme? Ne parlerò con la mamma», disse contenta.

E aggiunse: «Mi ha confessato che, se sarà una femminuccia, la chiamerà Anna Maria».

Fece una pausa, quindi riprese: «Dice di essere convinta che la mia vita sarà lontana dal Porto e vuole avere un'altra Maria in casa...», si commosse e si strinse al giovane.

«E se sarà un maschietto?», fece lui, per non vederla piangere.

«Simone... ha detto che lo chiamerà Simone, perché i nomi stranieri non li sa pronunciare». Sorrisero.

«Maria... amore mio, forse dovrò andare in Palestina prima della chiusura del Campo», fece lui, d'improvviso.

Lei trattenne il respiro.

Lo guardò.

«Ma... siamo a dicembre. Se dici che il Campo potrebbe essere chiuso a febbraio che significa?», chiese lei, con tono angosciato.

«Che potrei essere costretto a partire fra pochi giorni... ma tornerò. Tornerò a prenderti», assicurò.

La ragazza impallidì.

Rimase a bocca aperta, senza parlare, e sentì il mondo crollarle addosso.

Per un solo istante odiò tutto: il coro, l'orchestra, il concerto, il parroco, il rabbino, la guerra e ogni cosa che l'aveva portata a innamorarsi, sospiro dopo sospiro.

Gli girò le spalle perché non voleva che la vedesse piangere.

Il giovane si spostò davanti a lei e l'abbracciò, incurante di qualcuno che si avvicinava alla fontana.

Poi Maria ebbe un moto d'orgoglio.

«Non ci sto ad aspettare. Vengo con te!»

«Ma... i tuoi genitori, Rocco. La nostra felicità deve essere piena. Non dobbiamo dare sofferenza agli altri, alla tua famiglia. Pensaci. Pensiamoci bene, insieme», replicò lui.

Maria non aggiunse altro. Pensierosa, riempì il recipiente.

Quindi lo guardò, ancora muta e, in silenzio, tornò verso casa.

Il giorno successivo giunse nei Campi la comunicazione ufficiale per radio: i responsabili dei *kibbutz* dovevano trovarsi in Palestina entro il venti dicembre. Sarebbero partiti con una nave da Napoli. E c'era di più: l'*Ojri* aveva deciso che l'imbarco di Shimon e dei capi *kibbutz* del sud Salento sarebbe avvenuto di lì a quattro giorni.

"Mio Dio!", pensò il giovane *"quattro giorni per preparare la partenza, affidare tutto a Isaia e trovarsi a Napoli. E a Maria chi glielo dice? Come reagirà?".*

Glielo disse.

«Vengo con te!», gli ripeté la ragazza, con ingenua sicurezza.

In quel momento, per lei, raggiungere la Palestina equivaleva girare l'angolo di casa. Pensare che potesse perdere Shimon le aveva fatto dimenticare le distanze, la famiglia e, soprattutto, le condizioni della madre.

Rimase ferma nella decisione e a nulla valse l'assicurazione del giovane che sarebbe tornato.

«È sicuro. Devo anche prendere con me mia madre. E ti dico di più: ho il dovere di tornare perché devo fare alcune cose prima della chiusura del Campo. Non è come chiudere la porta di casa e andare via. La mia gente conta su di me, mi devi dare fiducia», la scongiurò il giovane.

Per tutta risposta lei restò in silenzio, adirata e ferma nella sua decisione.

Giunse il giorno che precedeva la partenza.

Lui era tormentato dal pensiero di quello che Maria aveva in mente.

Pensò anche al rabbino, a don Francesco e al fatto che non s'era fatto più vivo con nessuno dei due, ma la certezza che sarebbe tornato gli alleviò il rimorso.

"In fondo, vado per una missione in cui sono stato scelto, per un compito al quale sono stato chiamato", pensò il giovane. *"Era questo quello che, prima o poi, avrei saputo o, almeno, avrei dovuto capire, secondo le parole del mio rabbino? Chissà. E perché, per svolgere questo compito e rispondere a questa chiamata devo decidere tra patria e amore?"*.

Mentre rifletteva su tutto ciò, Isaia gli venne incontro.

«Il dottor Maier ti cerca. Ti aspetta nel suo ambulatorio», gli disse.

Lo raggiunse nella Villa del Comando.

«Vuole parlarmi, dottore?»

«Sì, la signorina Maria mi ha pregato di informarla delle condizioni della madre, e lei oggi la sta assistendo».

«La madre? Oh, mio Signore, che è successo?»

«Nulla, nulla di grave. Ha avuto un accenno di parto prematuro, mi hanno chiamato e sono intervenuto. Ma ora la situazione è tranquilla, almeno per ora», concluse il medico.

Shimon capì che Maria aveva ceduto.

Con la madre in quelle condizioni non sarebbe andata via con lui, non se la sarebbe sentita. Se non altro, per evitarle le emozioni di quella partenza improvvisa. Senza quella complicazione, lei lo avrebbe veramente seguito? E poi, lui stesso glielo avrebbe consentito? In fondo, era certo di tornare.

Uscendo dall'ambulatorio della Villa del Comando proseguì verso la chiesa, che era a pochi passi, perché pensò, fra sé e sé, che quel prete meritava il suo saluto. Lo trovò in fondo alla chiesa vuota, solo, in piedi tra i banchi, assorto nella lettura.

«Non ti ho più visto dopo la fine del concerto. Volevo ringraziarti», fece il sacerdote.

«Sono io che voglio ringraziare lei. Se penso a quello che è successo in questi giorni, alle occasioni che mi ha dato di suonare e cantare. Di incontrare persone. Il merito è suo».

«Lascia perdere; sei stato tu a farti voler bene e a guadagnarti il ruolo che hai avuto nel concerto. A proposito, da ieri riflettevo che né durante le ultime prove né durante lo stesso concerto hai avuto problemi... nessuna reazione, nessun mancamento, voglio dire».

«No, no! Sì, è così... solo un poco di affaticamento alla fine, ma niente di strano, nulla di quello che temevo. Eppure, era stata una giornata intensa per vari motivi».

«Niente di particolare dunque, bene. E tu come lo spieghi?»

«Non lo so, ma ne sono felice. Lei che ne pensa?»

«Penso che non sia accaduto nulla perché la chiamata per te era andata a buon fine. Mi hai raccontato quanto ti è accaduto nella sinagoga».

«Già, la chiamata», fece l'ebreo, pensieroso.

«La vita non è facile per nessuno, Shimon. C'è da fare... c'è da fare. Siamo strumenti del Signore».

«Domani parto per la Palestina».

«Sì? Parti dunque?»

«Parto, ma tornerò, anche per prendere mia madre e Maria».

«Maria? Lo sentivo. Il suo Sogno Guida prevedeva il mare... tanto mare da attraversare».

«Ah... la sua interpretazione dei sogni».

«A proposito, sul tuo Sogno Guida, quello delle tre parole latine, "*Ercistat ex au!*", vorrei essere sincero con te».

«Sincero?»

«Sì. Fin dal nostro primo incontro ho rispettato la tua fede e continuerò a farlo. Ora è giunto il momento che io renda omaggio alla verità, è mio dovere. Non so se ci potremo più rivedere, e perciò non mi posso sottrarre; lo faccio solo per questo, non per mancarti di rispetto o, peggio, per proselitismo».

«Proselitismo? Cos'è questa parola?»

«Voglio dire che non intendo convincerti alla mia fede. Come prete, sono già felice che tu abbia ritrovato il Dio di Abramo, Isacco e Giacobbe».

«E che altro c'è?»

«Beh, sì, c'è dell'altro! Nel tuo sogno c'erano, ben distinti, tre elementi, ricordi?»

«Sì, lo ricordo molto bene».

«Ti dissi che il fuoco poteva indicare la presenza del Signore, ed è vero, così come la voce potente».

«È così».

«Ma il resto…, il resto è necessario che te lo dica».

«Cosa? Quale resto?»

Il parroco non rispose, tentennò, ma subito riprese a parlare.

«La pietra rettangolare piantata nel terreno e col lato superiore arrotondato, nella nostra tradizione, simboleggia Gesù; per voi il profeta Gesù, per noi il Figlio di Dio. Il cerchio di fuoco che d'improvviso hai visto disegnarsi sulla stessa pietra rappresenta lo Spirito Santo e quindi, sì, esso indica la presenza del Signore, come t'ho detto, ma attraverso lo Spirito. La voce invece è segno del Padre e Signore di ogni cosa, la Luce Assoluta, la Realtà Superiore», spiegò don Francesco quasi sottovoce, fissando il giovane negli occhi.

«E dunque, la spiegazione definitiva del mio sogno quale sarebbe?»

«Nel tuo Sogno Guida il Signore ti chiede con forza di farti avanti, di venire via dalla terra dove hai vissuto finora e andare oltre, in Palestina. Questo sì, l'avevamo capito. Ma la presenza della Trinità ti invita a fare un passo avanti anche nella fede».

Il giovane ebreo tacque.

Resse a lungo e con fierezza lo sguardo del sacerdote, in silenzio.

«Shimon, figlio mio, ho solo risposto alla tua domanda, non me ne fare una colpa», concluse con tono accogliente.

Ma dopo la felice parentesi della collaborazione nel concerto, ora tra i due era tornata la freddezza del primo incontro.

«La saluto», disse secco Shimon, e uscì dalla chiesa.

Don Francesco scosse la testa sconsolato.

Ricordò, d'un tratto, il passo della Lettera ai Romani di san Paolo, che aveva letto poco prima dell'arrivo del giovane, in cui l'apostolo dichiarava di amare tanto i suoi consanguinei ebrei che avrebbe preferito egli stesso andare all'inferno pur di far conoscere a loro Gesù Cristo.

Shimon recò a salutare anche il rabbino. Si dettero appuntamento in Palestina.

Il sole infine tramontò anche su quella giornata.

La mattina seguente un camion, fermo sul lungomare, attendeva Shimon.

Maria venne, libera dell'impegno dell'acqua.

S'era levata di buon mattino e vi aveva provveduto.

Quindi era tornata per l'appuntamento.

«Come sta tua madre?», esordì lui.

«Meglio, molto meglio, grazie», rispose.

Dopo una pausa aggiunse, con un filo di voce: «Così, vai via... vai via, parti».

«Devo farlo, mi hanno convocato. A proposito, già, la chiamata!» sospirò, e aggiunse: «Quando l'ho salutato, ieri, il parroco è tornato su quel mio sogno, ma non capisco bene perché chiamarmi. Sì, ora confido in Dio, ma anche senza la fede in Lui sarei andato comunque in Palestina con la mia gente. E allora, che senso avrebbe quella chiamata?»

Maria lo fissò con maggiore tenerezza perché capiva che, con quell'interrogativo, sperava di distrarla dalla sofferenza del distacco.

Gli rispose: «Don Francesco ci ha detto che senza il Signore non possiamo fare nulla di buono e che, credendo in Lui, potremmo sollevare le montagne. E poi aggiungeva che solo la fede indirizza verso il bene i nostri pensieri e le nostre azioni».

«Me lo ripete anche il mio rabbino. Perciò tu dici che andare in Palestina da credente avrà un valore diverso...».

«Sì, sì... è così. Dunque, vai via», tornò a chiedergli, angosciata.

«Sarà per pochi giorni, un paio di settimane al massimo. Tornerò», disse guardandola negli occhi, come sempre.

Maria si fece forza. Pensò a sua madre.

Ancora una volta, non voleva che la vedesse piangere.

«Ti volevo ringraziare per tutto...», singhiozzò invece la ragazza.

«Ringraziare? Tutto cosa...? Non parto per il fronte, amore mio, la guerra è finita», replicò lui sorridendole.
Le prese il mento con le dita e le diede un bacio.
Lei chiuse gli occhi.
«Ti volevo ringraziare per tutto... Grazie per il canto, per la musica, per le parole, per i sorrisi... grazie per l'amore, grazie perché sei Shimon...».
Non ce la fece a finire la frase.
E *"chi se ne importa se mi vede piangere"*, pensò questa volta.
Riaprì gli occhi bagnati e l'abbracciò.
Qualcuno suonò il clacson del camion.
«Mi aspettano», spiegò, «ma possono ancora attendere».
«Come fai a essere certo di tornare? Il viaggio è lungo, i pericoli possono essere tanti. E poi, ti potrebbero trattenere», singhiozzò lei.
«Tornerò. Non sono uno qualsiasi. E conterò i giorni», le rispose, e non era per confortarla.
Shimon aveva chiesto e ottenuto dall'*Ojri* un permesso speciale, che valeva anche per qualcun altro dei responsabili *kibbutz*. Ma in particolare per lui, perché i capi lo stimavano. E non solo per come aveva gestito le indagini sulla morte di Yermi. Sarebbe stato libero di rientrare al Porto appena possibile, in tempo per sbrigare in prima persona le procedure di chiusura del Campo e tornarsene in Palestina con sua madre, Maria e la sua gente.
«Tornerò, me l'hanno promesso», le disse sottovoce nell'orecchio mentre l'abbracciava.
Lei si asciugò gli occhi con un fazzoletto.
Gli teneva ancora la mano.
Il clacson del camion si fece più insistente.
«Devo andare, ora devo andare. Non c'è più tempo. Arrivederci, arrivederci ... amore mio», le aggiunse.
Questa volta fu lei a rimanere ferma sul lungomare e lui a salutare dal finestrino del camion.
Finché non scomparve nell'ultimo tornante.
I giorni che seguirono furono terribili per Maria. Le era difficile accettare l'assenza di Shimon perché non poterlo vedere, non potergli

parlare le metteva angoscia. Ogni tanto nella giornata sentiva la necessità di respirare profondamente, come se avvertisse fame d'aria.

«Figlia mia, non ti preoccupare di queste sensazioni, sei innamorata e questo è bello, ma devi fartene una ragione. Ti ha detto che tornerà, abbi fede. Altrimenti rischi di diventare un peso, per te stessa e per la nostra famiglia perché in queste condizioni non sei utile a nessuno», l'ammonì la madre. Che pure aveva i suoi problemi.

Maria non rispose e non volle neppure rifugiarsi dal rabbino né da don Francesco. Tornare in chiesa avrebbe risvegliato in lei tanti ricordi e ne avrebbe pianto.

Decise di imitare Shimon e corse sul molo.

Il mare era agitato, le onde si susseguivano alte, schiumose e s'infrangevano violente a mordere la scogliera.

Lo scirocco soffiava impetuoso.

Maria sentì l'aria umida sul viso; i capelli si sciolsero al vento.

Respirò profondamente e allungò la mano verso l'orizzonte, come le aveva insegnato Shimon.

Si fermò, in silenzio, ad ascoltare il respiro della natura.

A tratti, il vento ululava tra le onde e quando attraversava i canneti dava vita a un suono particolare. Ferma, immobile sul molo, chiuse gli occhi per ascoltarlo meglio.

Ma sì! Sembrava proprio una voce.

Era simile a un canto melodioso, malinconico.

"È la voce di Shimon", pensò *"questa è la voce di Shimon"*.

E sorrise.

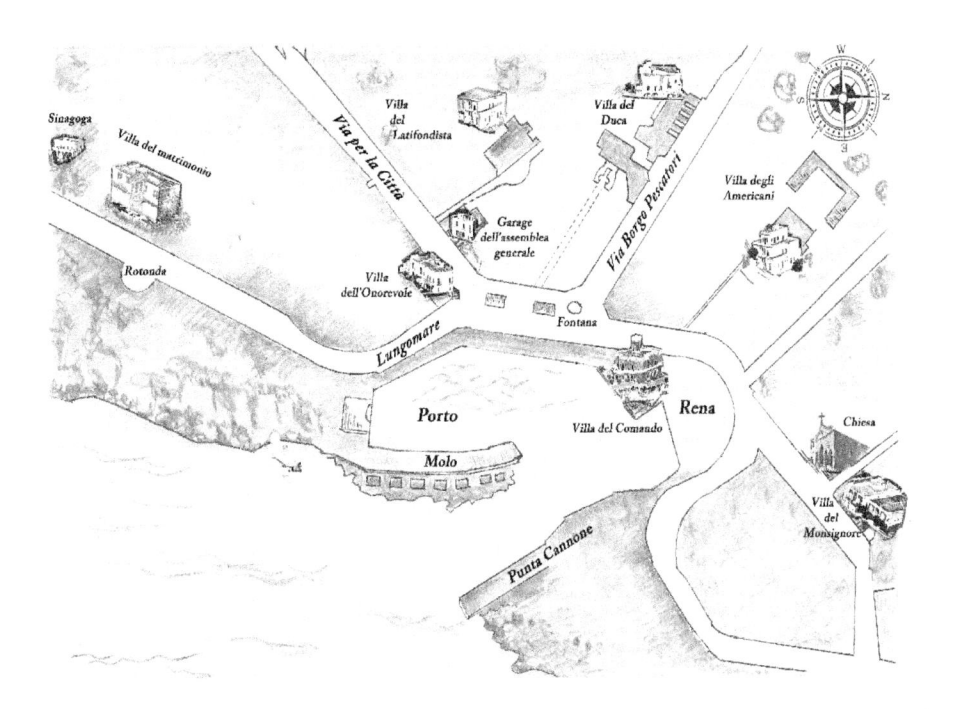

Mappa dei luoghi del romanzo

Nota per il lettore

Il romanzo è frutto di fantasia ed è inserito in un contesto storico documentato. Si svolge nel 1946 in Italia, regione Puglia, nel Campo profughi 39 di Tricase Porto, nel sud della provincia di Lecce. I rifugiati erano associati in *kibbutz*, una forma di aggregazione sociale ebraica. Si tratta di un'istituzione collettiva, ancora in vigore in Israele, ispirata alla proprietà comune e con adesione volontaria. Essa, negli anni narrati dal romanzo, doveva anche servire a fare esperienza prima dell'*alyà* in Palestina, in attesa di tornare nella terra promessa, in *Eretz Israel*. Negli anni del racconto, milioni di persone vagavano per l'Europa: civili in fuga, ex prigionieri di guerra, internati scappati dai campi di sterminio e dai campi di lavoro, collaboratori volontari dei nazisti. A costoro bisognò trovare sistemazione provvisoria nei Campi profughi da parte delle autorità americana e inglese. La Unra (*United Nations Relief and Rehabilitation Administration*) era l'organizzazione internazionale, capeggiata dagli Stati Uniti, che elargiva aiuti umanitari e gestiva i Campi. In merito ai rapporti tra cittadini ed ebrei così come qui narrati, sono storicamente accaduti: lo scontro sulla spianata dei Cappuccini, l'inseguimento e la conseguente cena di pacificazione, il prestito dell'abito da sposa a una ragazza ebrea. Tra i personaggi citati, sono realmente esistiti: la famiglia Gerechter, la famiglia Otto, Golda Blanaru, don Stefano Virgulin, don Antonio Cecic, Erwin Lustig, Zivi Miller, Alfredo Scarascia, il dottor Friedrish Maier e il comandante Karl Hamlander. Questi ultimi due hanno realmente ricevuto pubblici riconoscimenti dalla comunità ospitante il Campo 39, ma le vicende che li coinvolgono nel racconto sono inventate. Il Delegato Apostolico monsignor Giovanni Panico è realmente esistito e sono vere le situazioni descritte che lo riguardano. Quanto ai cinque giovanotti cittadini che, con la loro orchestrina, allietavano i matrimoni ebrei, essi effettivamente furono protagonisti delle feste dell'epoca. Ne faceva parte, come batterista, l'allora quindicenne Donato Valli, che diventerà Professore ordinario di Letteratura italiana moderna e contemporanea nell'Università del Salento e Rettore per due mandati nello stesso ateneo. I contesti storico, ambientale e umano del romanzo sono tratti, tra gli altri, dal libro *Ebrei a Tricase Porto*, di Ercole Morciano, ediz. Grifo, Lecce 2009; *Ebrei a Nardò*, di Mario Mennonna, edit. Congedo, Galatina 2008; *La chiesa di Cristo Re in Marina di Leuca*, di Vito Cassiano, Serafino arti grafiche, Tricase 2006. Moshe Sharett era il primo collaboratore di Ben Gurion e personalità di primo piano negli sforzi per il riconoscimento dello Stato di Israele. Nei diari resi pubblici dalla figlia, vi è il rapporto scritto all'Agenzia Ebraica in cui Sharett descrive le visite nei Campi profughi italiani, da Bari a Santa Maria di Leuca fino a Ferramonti e Napoli. Infine i nomi, i riti, i simboli e la descrizione dei luoghi di culto ebraici sono stati affidati alla gentile consulenza di Gady Castel, regista e produttore israeliano; Riccardo Di Segni, Rabbino capo di Roma; Fabrizio Lelli, docente di Lingua e Letteratura ebraica presso l'Università del Salento, verso i quali impagabile è il mio debito di gratitudine. (r. f.)

INDICE

5	PREFAZIONE
9	CAPITOLO I - LA MORTE
18	CAPITOLO II - IL MATRIMONIO
28	CAPITOLO III – IL PARROCO
36	CAPITOLO IV – L'EQUIVOCO
43	CAPITOLO V – LA RAGAZZA
49	CAPITOLO VI – IL CAMPO PROFUGHI
64	CAPITOLO VII – IL RABBINO
71	CAPITOLO VIII – ECHI DI GUERRA
83	CAPITOLO IX – IL PESCATORE
97	CAPITOLO X – SANTA MARIA DI LEUCA
102	CAPITOLO XI – SANTA MARIA AL BAGNO
112	CAPITOLO XII – AL DI LÀ DELL'ORIZZONTE
123	CAPITOLO XIII – L'INDAGINE
132	CAPITOLO XIV – IL SOGNO
142	CAPITOLO XV – SANTA CESAREA TERME
150	CAPITOLO XVI – LA PROMESSA
157	CAPITOLO XVII – L'ACCUSA
167	CAPITOLO XVIII – IL TURBAMENTO
179	CAPITOLO XIX – L'INSEGUIMENTO
189	CAPITOLO XX – LA CONVERSIONE
197	CAPITOLO XXI – IL MONSIGNORE
205	CAPITOLO XXII – LA STRETTA DEL CERCHIO
221	CAPITOLO XXIII – IL CONCERTO
239	CAPITOLO XXIV – LA PATRIA E L'AMORE
253	MAPPA DEI LUOGHI DEL ROMANZO
254	NOTA PER IL LETTORE

Printed in Great Britain
by Amazon